헌팅

# 헌팅

H U N T I N G

조영아 장편소설

한겨레출판

HUNTING (차례)

프롤로그 _007

1장·나이를 재는 소년 _011
2장·잔치가 시작될 무렵 _061
3장·문장을 만나다 _125
4장·기록을 위한, 기록에 의한 _149
5장·도시의 무덤 _183
6장·신기루, 그림자 _253
7장·잔혹한 여행 _281

에필로그 _313

해설 | 푼크툼, 문명에 찍힌 얼굴 **정은경** _318
작가의 말 _332

## 프롤로그

 린은 둔덕에 서서 저 멀리 펼쳐진 자작나무 숲을 내려다보았다. 오랜만에 드러난 파란 하늘이 숲 전체를 감쌌다. 숲에는 채 마르지 않은 습기가 떠다녔다. 둔덕 한가운데 누워 있는 시우의 알몸이 햇빛을 받아 반짝였다. 여기저기 멍이 든 그의 몸은 금방이라도 흙을 털고 부스스 일어날 듯 생생했다. 윤기가 흐르는 연한 갈색의 짧은 머리와 창백한 얼굴, 살포시 감긴 눈꺼풀 위로 길게 말려 올라간 속눈썹은 건드리면 금세라도 파르르 떨릴 듯했다. 다부진 골격 위로 드러난 근육은 막 성장을 마친 소년의 뒤태처럼 미완의 싱그러움을 간직한 채 찬란하게 빛났다. 길고 곧게 뻗은 팔과 다리는 인간의 몸이 이루는 대칭 구조의 아름다움을 논하기에 부족함이 없었다.
 지구 상 어디에도 존재하지 않는 곳인 양 그곳에서 지낸 날들이 기억 속에서 아스라해졌다. 린은 어이없게도 세계지도를 펼쳐놓고 그곳을 기억해내려고 애썼다. 주로 문명과 멀리 떨어진 곳에 시선이 머물렀다. 이를테면 칠레 해안에서 3,700킬로미터 떨어진, 대륙에서 가장 멀리 있는 유인도 이스터 섬과 이보다 1,800여 킬로미터 더 떨어진, 세계에서 가장 적은 인구가 사는 핏케언 섬 같은 곳. 물론 그 어느 곳도 아니었다. 그곳을 지도에서 찾는다는 것 자체가 망상이었다. 그곳은 어떤 기호나 숫자로 표시할 수 있는 영역 밖에 있었다. 그곳에서 린이 본 것은 우거진 나무와 키를 넘는 덤불과 소슬한 바람과 어쩌다 마주친 토끼와 청설모 몇 마리 정도였다.

시우가 죽었을 때 린의 의식은 이미 이 땅에 국한되어 있지 않았다. 그곳이 어디든 중요하지 않았다. 이스터 섬이든 핏케언 섬이든 한때 키와 나이의 정의를 자신들만의 언어로 훌륭히 소화하고 행복해했을 또 다른 시우를 찾으려 했다. 그런 곳에서라면 시우를 위해 기꺼이 잔치를 벌여주리라. 하지만 태생적으로 키와 나이의 차이를 정확하게 학습해온 린의 눈에는 그런 곳이 보이지 않았다. 아쉽게도 끝내 그곳을 찾지 못했다. 잔치를 더 이상 미룰 수 없었다. 한낮의 기온이 삼십 도를 훌쩍 넘어서고 있었다. 될 수 있는 대로 고착된 언어와 기계 소리에서 멀리 떨어지려 노력했다. 그리고 물소리와 바람 소리가 곧 말이 될 법한 곳을 찾아냈다.

시우의 집은 서쪽에 있었다. 린은 아스라해져가는 시간을 그들과 마지막으로 공유하기로 마음먹었다. 그건 린이 그들에게 구하는 일종의 용서였다. 봉인된 시간에 대한 예의였다. 시우를 서쪽을 향해 눕혔다. 종종 서쪽으로 머리를 두고 누우면 귀에 익은 풀벌레 소리가 들려왔다. 시우에게도 그 소리를 들려주고 싶었다. 별이 쏟아지는 한여름 밤 풀밭에 누워 허공에 대고 함께 써대던 낱말들의 기억을 마지막으로 더듬어주고 싶었다. 시우. 그가 처음으로 소리 내 발음하던 그대로, 천천히 그리고 또렷하게 그의 이름을 불렀다.

린은 어떠한 동요나 갈등 없이 조용히 일을 진행했다. 오래전 노파의 죽음 앞에서 시우가 그랬던 것처럼 린은 어느새 또 다른 시우가 되어 죽음의 무도를 즐기려 하고 있었다. 아무도 이해할 수 없는 일을 숲은 알고 있었다. 죽음은 잔치예요. 이 세상에서 벌이는 가장 성대한 잔치예요. 높낮이가 한결같은 시우의 음성이 귓가에 맴돌았다. 축 늘어진 채 검붉게 말라붙은 시우의 성기 위로 해가 지나갔다.

숲의 어둠은 잰걸음으로 왔다. 린은 가방에서 비닐 꾸러미를 꺼냈다. 단단히 동여맨 비닐 꾸러미를 조심스럽게 끌렀다. 피비린내가 진동했다. 돼지 피를 들고 시우 가까이 다가갔다. 자, 이제 시작이야. 잔치가 시작되었어. 너만의 잔치. 봉지를 기울여 시우가 누워 있는 주변에 돼지 피를 뿌리기 시작했다. 시뻘건 핏방울이 시우의 몸에 튀었다. 그들을 부르는 거예요. 시우의 목소리가 환청이 되어 들렸다. 린은 손놀림을 더욱 빨리했다. 가. 즐겁게 한바탕 놀고 가. 린의 손이 가늘게 떨렸다. 빈 봉지를 집어 던지고 가방에서 카메라를 꺼냈다. 시우가 내려다보이는 소나무 가지 위에 카메라를 장착했다. 시우가 정중앙에 위치하도록 카메라 앵글을 맞추었다. 린은 카메라에서 눈을 떼었다가 다시 들여다보았다. 앵글 속 숲에 둘러싸인 시우의 몸은 중세의 그림같이 비장하고 엄숙했다.

린은 성큼성큼 산을 내려갔다. 막무가내로 밀고 올라오는 어둠과 부딪혀 발을 헛디디고 이마에는 생채기가 났다. 몰려오는 것이 어둠만은 아니었다. 멀리서 까마귀 울음소리가 들렸다. 그들이 오고 있었다. 숲이 술렁였다. 잔치가 시작될 무렵이었다.

같은 시각, 도시에서는 시우의 장례식이 치뤄지고 있었다.

1장

# 나이를 재는 소년

그곳에 가면 편안했어요. 그건 뭐라 설명할 수 없는 묘한 느낌이었어요. 이 지상에서 그런 기분을 누릴 수 있는 곳은 그곳이 유일했으니까요. 제가 당신을 이해하지 못하듯 당신 또한 저를 이해하지 못할 겁니다.

아버지의 아들로 행복했던 기억은 거의 없어요. 어려서부터 늘 따라다니던 감시와 경멸의 눈초리, 보이지 않는 울타리가 우리를 옭아맸어요. 전 세상이 원래 다 그런 줄 알았어요. 한 번도 넓은 세상에 나가보지 못한 개구리가 그러하듯 내가 사는 곳이 제일인 줄 알았어요. 그게 아님을 알았을 땐 이미 사방에 견고하고 두터운 성벽이 둘러쳐진 후였지요. 어머니는 늘 말소리를 낮추었어요. 우리의 목소리가 밖으로 새 나가는 걸 두려워하는 눈치였어요. 우린 머리를 맞대고 소곤소곤 속삭였어요. 누가 보면 모자 사이가 매우 좋아서 그런 줄 오해하기 십상이었지요. 우린 싸움도 그렇게 해야 했어요. 머리가 커지면서 고개를 빳빳이 들기 시작했지요. 말소리도 제법 우렁차지고요. 그런 저를 어머니는 불안해했어요.

"얘야, 고개를 숙여라. 목소리를 작게 하렴."

어머니는 늘 주변을 살폈고 말수는 점점 줄었어요. 그 이유를 모르는 저는 어머니께 반항했지요.

"왜 그래? 무슨 죽을죄라도 지었어? 왜 만날 숨어서 사느냐고!"

밥을 먹다가 밥상을 엎어버렸어요. 그날은 제 열여섯 번째 생일이었어요. 모처럼 고기를 듬뿍 넣고 끓인 미역국과 불고기 반찬이 방바닥으로 흩어졌어요. 어머니는 말없이 그것들을 치웠어요. 아주 천천히 오래오래 쓸고 닦았어요. 주체할 수 없이 흐르는 눈물 때문에 더디게 움직였다는 사실을 나중에야 알았지요.

나는 머리를 냅다 흔들었다. 언제나 그렇듯 머릿속에 화석처럼 박혀 있는 승준의 편지는 사라지지 않았다. 점점 더 또렷하고 깊게 각인되었다. 편지는 아침에 눈을 뜨는 순간부터 밤에 잠들 때까지 종일 머릿속을 어지럽혔다. 나는 눈을 감았다. 편지 위로 작은 비행기 한 대가 날아왔다. 은색 날개에 붉은 물결무늬가 그려진 경비행기였다. 비행기는 낮은 고도를 유지하며 머릿속을 자유자재로 날아다녔다. 비행기를 놓치고 싶지 않았다. 눈을 감은 채 한동안 그대로 있었다. 그때 철문이 열렸다.

"1047! 짐 가지고 나오시오!"

간수 목소리가 신경질적으로 높아졌다. 눈을 떴다. 순식간에 비행기가 사라졌다. 허공을 천천히 둘러보았다. 잿빛으로 둘러싸인 네모진 공간 어디에도 비행기의 흔적은 없었다. 작은 보따리를 움켜쥐고 몸을 일으켜 세웠다. 왼쪽 가슴에 새겨진 1047 수인 번호에서 검붉은 녹이 투두둑 떨어졌다. 더디게 발을 옮겼다. 간수가 서 있는 문 앞까지 크게 서너 걸음이면 족히 걸리는 걸 발바닥을 바닥에 붙인 채 질질 끌다시피 걸었다. 지난 시간이 발끝에 채였다. 몇 번이고 기우뚱거렸다. 그럴 때마다 걸음을 멈추고 중심을 잡았다. 간수가 문간에 서서 이런 내 모습을 바라봤다. 마치 내가 절대로 넘어지지 않고 문밖까지 제 발로 걸어 나오리라 예견하고 있다는 듯이. 아니면 그러기를 바라는 건지. 그가 그렇게 아무 말 없이 오랫동안 기다려주기는 처음이었다. 문이 점점 가까워졌다. 마지막 발을 떼기 전 잠시 눈을 감았다. 비행기가 왱 소리를 내며 날아왔다. 눈을 뜨고 뒤를 돌아보았다. 텅 빈 회색 벽이 어서 가라 손짓했다. 비행기는 벽 속으로 사라졌다. 간수가 내 옆에 와서 섰다.

"서류상의 절차가 남았소."

간수는 팔짱을 끼거나 팔을 부여잡지 않았다. 내가 편하게 걸을 수 있도록 가볍게 부축했다. 절차는 사인 하나로 간단하게 끝났다. 나는 오 신부가 미리 넣어준 옷으로 갈아입었다. 오랜만에 입어보는 양복은 어색하고 불편했다. 나는 다른 수감자들과 함께 밖으로 향했다. 햇살이 눈부셨다.

교도소 정문 앞에 보수 단체와 진보 단체 회원들이 피켓을 들고 마주 보고 서 있었다. 우리가 정문에 모습을 드러내자 기자들이 곧 둘러쌌다. 몇몇 진보 단체 사람들도 이에 합세했다. 이들 간에 격렬한 몸싸움이 벌어졌다. 건장한 남자들이 감싸듯이 대기하고 있던 소형 버스 안으로 우리를 밀어 넣었다. 나는 휘청거리며 버스에 올랐다.

"그동안 고생이 많으셨습니다."

미리 승차해 있던 오 신부가 자리에서 일어나 일일이 수감자들 손을 맞잡았다. 나는 오 신부가 이끄는 창가 자리에 앉았다. 창에는 초록색 커튼이 드리워져 있었다. 커튼 사이로 3월의 햇살이 새어 들어왔다. 옆자리에 앉은 오 신부가 말없이 내 손을 꼭 쥐었다. 오 신부한테 손을 맡긴 채 눈을 감았다. 교도소 회색 벽 속으로 사라졌던 비행기가 다시 나타났다. 버스가 움직였다. 버스가 우리를 내려놓은 곳은 도심 한가운데 자리한 허름한 이 층 건물이었다. '만남의 집'이라는 현판이 붙은 평범한 양옥집이었다. 어느 독지가가 출소한 비전향 장기수들을 위해 마련한 곳이었다. 그날 나를 포함해 네 명의 장기수가 새로 들어갔다. 나까지 모두 일곱 명의 비전향 장기수가 생활했다. 거기서 육 년을 살았다. 두 번의 이사를 거쳐 지금의 집으로 왔다. 그 사이 세 명의 동지가 세상을 떠났다. 한 명은 실어증에 걸려 병든 고양이처럼 등을 말고 방구석에만 처박혀 있다가 어느 봄날 꽃잎 지듯 사라졌고, 다른 한 명은 아침밥을 먹다가 피를 토하고 죽었다. 마지막 한 명은 고향이 내려다보이는 바닷가 언덕 소나무에 목을 맸다. 고향집에서는 아직도 귀가 말간 아흔 살의 노모가 저녁 지을 쌀을 씻고 있었다. 그 시간 나는 다큐멘터리 〈사냥〉 CD를 이백 번쯤 돌려보고 있었다.

린은 소년을 따라 풀숲으로 들어섰다. 풀숲을 헤치고 앞으로 나아가는 소년의 절도 있고 힘 있는 몸짓은 린이 따라잡기에는 역부족이었다. 소년이 지나간 자리에 길이 났다. 그 길을 따라 부지런히 걸음을 옮겼다. 배낭에 카메라 가방까지 메고 있어서 걷는 것조차 힘겨웠다. 허리까지 올라오는 길고 날카로운 풀들이 손등을 할퀴었다. 풀뿌리에 걸려 넘어질 뻔하고 발밑에 밟히는 뭉클한 감촉에 놀라 몇 번이고 걸음을 멈추었다. 그사이 소년과의 간격은 점점 벌어졌다.

　린은 숲에 도착한 지 얼마 안 돼 길을 잃었다. 물길을 따라 열심히 내려오다 보면 또 다른 능선이 나오고 또 물이 나왔다. 내려가는 길 같아 부지런히 가다 보면 또 봉우리가 보였다. 무엇에 홀린 것처럼 돌고 돌았다. 그 시작과 끝을 알 수 없었다. 휴대전화도 터지지 않았고 그마저 배터리가 방전되었다. 헌팅을 다니면서 종종 겪는 일이라 처음에는 별로 걱정하지 않았다. 똑같은 자리를 세 번 돌고 나서야 덜컥 겁이 났다. 이렇게 종잡을 수 없는 경우는 처음이었다. 게다가 오줌보까지 터지기 일보 직전이었다. 린은 슬며시 풀숲으로 발을 들여놓았다. 사방은 고요하고 적막했다. 엉덩이를 까고 오줌을 누었다. 오줌발이 잦아들 즈음이었다. 이상한 기척이 느껴져 무심코 뒤를 돌아보았다. 얼마 떨어지지 않은 나무 뒤로 시커먼 그림자가 후다닥 사라졌다. 린은 재빨리 옷을 추켜입고 그림자를 쫓기 시작했다. 그림자는 분명 사람의 모습을 하고 있었다.

소년은 산을 제집처럼 탔다. 그럴수록 놓쳐서는 안 되겠다 싶었다. 소년을 놓치면 산속의 미아가 될지도 모른다는 엉뚱한 생각까지 들었다. 뒤에서 바라본 소년의 모습은 들짐승 같았다. 누렇게 탈색된 머리는 제멋대로 자라 어깨를 덮고 있었다. 달릴 때마다 획획 바람 가르는 소리가 났다. 맨발은 땅에 닿을 새도 없이 내달리는 것처럼 보였다. 마치 공중에 뜬 자세로 미끄러져가는 것 같았다. 린은 달리기를 포기하고 어기적어기적 걸어갔다. 소년이 힐끔 뒤를 돌아보았다.

"이봐요!"

린이 소리쳤다. 소년은 고개를 돌려 더 속력을 냈다. 그때 소년의 발바닥에 예리한 통증이 스쳤다. 발가락 사이로 붉은 피가 솟았다. 발걸음을 옮길 때마다 풀잎에 핏물이 뚝뚝 들었다. 통증은 점점 더 살 속을 파고들었다. 이를 눈치챈 린이 걸음을 재촉했다. 소년은 얼마 못 가 풀숲에 주저앉고 말았다. 린이 조심스럽게 다가갔다. 소년은 피가 흐르는 발을 부여잡고 앉은 자세로 뒷걸음질을 치며 경계심 어린 눈빛으로 린을 쏘아보았다. 린은 움찔 멈춰섰다. 생각보다 어려 보였다. 기껏해야 열네다섯 살 정도밖에 안 된 앳된 얼굴이었다. 몸집은 호리호리하고 여려 보이는데 동작은 날쌔고 재빨랐다. 구릿빛 피부 속 소년의 눈은 크고 맑았다. 그리고 목에 목걸이가 보였다.
"괜찮니?"
"……."
"이런, 피가 많이 나는걸."
소년은 여전히 경계 태세를 취했다. 발바닥만 다치지 않았다면 움막까지 뒤도 안 돌아보고 내달릴 참이었다. 아마 곰이나 멧돼지를 만났다면 상황은 달라졌을지도 모른다. 허리춤에 찬 칼을 빼들고 나무 뒤에 숨어 상대의 급소를 노려봤을 것이다. 아직 혼자서 곰이나 멧돼지를 만난 적은 없지만 할머니가 일러준 대로 능숙하게 대처해나갈 자신이 있었다. 할머니는 저녁을 먹거나 잠자리에 누워 곰이나 멧돼지 혹은 뱀이나 토끼의 급소에 대해 이야기했다. 육식동물이 사냥을 할 때는 목을 노려. 포유류는 목에 급소가 있거든. 인간이 총이나 활로 사냥을 할 때는 상황이 좀 달라. 단번에 물어뜯는 맹수 이빨과 달리 총알이나 활은 그저 뚫고 들어가는 것이기 때문에 가장 효과적인 곳에 타격을 가해야 해. 거기가 바로 여기야. 할머니는 들고 있던 숟가락 끝으로 소년의 관자놀이를 가리켰다. 사람이나 짐승이나 여기가 가장 약해. 만약 맹수에게 들켜서 마주 보고 대치하는 순간에는 이곳을 노려야 해. 할머니가 이번에는 숟가락 끝으로 미간을 짚었다. 여기도 급소지. 호랑이나 사자는 속도가 워낙 빠르기 때문에 한 방에 이곳을 타격하지 못하면 죽었다고 생각해야 해.

그 밖에도 곰과 싸울 때는 명치를 노려야 한다는 둥, 곰은 두 발로 일어서기 때문에 미간을 노리기가 쉽지 않다는 둥 그런 이야기를 할 때 할머니의 목소리는 결의에 차 있었다. 할머니는 칼에 대해서도 여러 번 말했다. 상대방을 벨 목적일 때는 칼날이 위나 아래쪽을 향하도록 하고 몸을 뚫지 말고 부드럽게 가격해야 하며, 찌르는 목적일 때는 배나 심장을 노려야 한다는 점, 높은 곳에서 떨어지며 찌를 때는 얼굴이나 머리를 먼저 가격하고 칼을 빼는 순간 가격당하지 않도록 주의를 기울여야 한다는 점 등을 일러주었다. 소년은 은근히 그 이야기에 빠져들었다. 하지만 아직까지 한 번도 그럴 만한 상대를 만난 적이 없었다. 따라서 급소를 가격할 일도 칼을 쓸 일도 없었다.

"지혈을 해야겠는데……."

린이 소년의 목에 걸린 목걸이를 힐끔거리며 중얼거렸다. 나무로 된 작은 비행기 모형이 달려 있는 가죽 끈 목걸이였다. 설마했는데. 심장이 요동쳤다. 린은 애써 태연한 척했다. 소년이 그런 린을 곁눈질로 훑어보았다. 풀숲 사이로 보이던 허연 살덩이가 자꾸 눈앞에서 아른거렸다.

"나쁜 사람 아니야."

린은 소년을 향해 두 손을 펴 보이며 어깨를 으쓱했다. 소년은 린의 하얀 손보다 등 뒤에 있는 커다란 배낭이 더 궁금했다. 마침 린이 배낭을 벗어 수건을 꺼냈다. 땀과 때에 전 노란색 수건을 이로 북 찢어 상처에 대고 칭칭 감아 동여맸다.

"집은 어디야?"

린이 부축해 일으켜 세우려 하자 소년이 잡힌 팔을 빼며 물러났다.

"혼자 걸을 수 있어?"

소년은 날렵하게 몸을 일으켜 씩씩하게 발을 내디뎠다. 그러나 얼마 못 가 주저앉고 말았다. 린이 다시 소년을 부축해 일으켜 세웠다. 좀 마른 듯해도 나름 균형이 잘 잡힌 몸이었다. 잔 근육으로 다져진 어깨와 골격은 강단 있어 보였다. 소년은 린보다 조금 작았다. 발등은 얼핏 보면 파충류의 표피 같았다. 켜켜이 앉은 때가 오묘한 무늬와 빛깔을 만들어냈다. 길게 자란 손톱은 새까맣게 때가 끼었고, 비썩 마른 손등은 터지고 갈라져 도무지 그 또래의 손 같지 않았다. 짐승의 털처럼 덥수룩한 머리는 눈썹까지 내려왔고 그 아래 까만 눈동자가 유독 빛났다. 겁에 질린 듯하면서도 무서울 게 없는 눈이었다. 소년에게는 세계가 존재하지 않는 듯했다. 존재하는 것은 자신이 속해 있든 아니든 눈앞에 펼쳐지는 현상 그 자체일 뿐, 거기에 어떤 사유나 철학을 더하지 않는 것처럼 보였다.

그냥 어디선가 날아온 축구공처럼 밀림 속에 뒹굴고 있었다. 린은 얼핏 본 소년의 눈에서 평생 살면서 봐야 할 것을 전부 다 본 것 같은 야릇한 체험을 했다. 소년의 몸이 자꾸 린에게로 쏠렸다. 소년은 중심을 잡으려 애썼다. 린은 소년이 편하게 걸을 수 있도록 몸을 내주었다. 소년에게서 마른풀 냄새가 났다. 린이 주변을 둘러보았다.

"잠깐 쉬었다 가자."

린이 먼저 나무 아래 주저앉았다. 소년이 앉으려다 말고 린의 팔을 잡아끌었다. 린은 얼떨결에 몸을 일으켜 세웠다.

"왜?"

린이 앉았던 자리 바로 옆에 새까맣고 털이 부숭부숭한 거미가 납작 엎드려 있었다. 거미치고는 너무 컸다. 소년이 넓적한 풀잎을 한 움큼 따 거미 위에 덮고 왼발로 재빨리 밟았다가 뗐다. 와작. 콩깍지 터지는 소리가 났다. 다시 한 번 풀잎 위에 발을 대고 힘껏 비볐다. 그러고는 나무 아래 주저앉았다.

"괜찮아?"

린은 소년 옆에 자리를 잡고 앉았다. 소년이 씩 웃으며 발바닥을 들어 보였다. 때에 절어 새까만 발바닥에 짓이겨진 풀잎 자국이 묻었다. 린은 자신도 모르게 신발로 눈이 갔다. 측면에 빨간색 나이키 로고가 선명한 운동화는 흙투성이였다. 멋쩍은 린이 침을 뱉어 신발로 문질렀다. 소년이 린처럼 침을 뱉고 맨발로 쓱싹 문질렀다. 피익. 린이 웃었다. 소년이 따라서 씩 웃었다.

"이름이 뭐야?"
"시우."
"시우?"

할머니가 아프고부터 시우는 혼자 중얼거리는 일이 잦아졌다. 숲을 쏘다니다 보면 하고 싶은 말이 생겼다. 나무를 보고 토끼를 만나면 속에 없던 말이 불쑥불쑥 튀어나왔다. 가슴속 한가득 말들이 들어차서 입만 벌리면 별난 말들이 다 쏟아져 나올 것 같았다. 어제보다 컸네. 뭘 먹고 그렇게 크니? 나는 매일 너만큼 크게 해달라고 기도하는데. 기도는 누구한테 배웠느냐고? 그냥 해, 아무렇게나. 밤에 잠이 안 올 때. 할머니가 그랬거든. 기도는 그때 하는 거라고. 아, 그러고 보면 할머니한테 배웠나 봐. 후후후. 하긴 할머니 말고 누가 있겠어. 요즘은 무슨 기도를 하느냐고? 비밀인데. 아무한테도 말하지 않겠다고? 그래도 말하지 않을래. 이건 정말 비밀이거든. 시우는 나무 밑에 누워 중얼거렸다. 비밀이 새 나갈까 봐 입도 크게 못 벌렸다. 할머니는 가끔 산을 내려갔다 어둑할 때 돌아오곤 했다. 그런 날은 밥상에 색다른 게 올라왔다. 소금에 절인 고등어나 뜨거운 물에 데친 오징어였다. 산속에서 구경할 수 없는 것들이었다. 간혹 사탕 몇 알을 쥐여주기도 했다. 그것도 이제는 맛볼 수 없었다. 할머니는 더 이상 산을 내려가지 않았다. 내려간다 해도 걱정이었다. 할머니는 힘을 빼는 중이었다. 할머니가 아무 말을 안 해도 시우는 어렴풋이 느끼고 있었다.

"집은? 멀어?"

시우가 자리에서 벌떡 일어나 어딘가를 가리켰다. 린도 따라 일어섰다.

🕊

움막 안으로 들어서자 악취가 진동했다. 시궁창에서나 날 법한 시큼한 냄새가 콧속으로 쏟아져 들어왔다. 마치 온몸으로 냄새를 빨아들이고 있는 것 같았다. 린은 한 손으로 코를 움켜쥔 채 머뭇거렸다. 숨을 고른 후 천천히 주위를 둘러보았다. 어둑한 실내가 흐릿하게 들어왔다. 그리 넓지 않은 실내는 한쪽을 막아 부엌으로 쓰고 있었다. 부엌은 다른 공간에 비해 바닥이 오십 센티미터 정도 낮아서 전체적으로 푹 꺼져 보였다. 구석에 아궁이가 있었고 그을음이 묻은 벽에는 냄비며 국자 같은 낯익은 주방 도구들이 걸렸다. 다른 한쪽에는 제법 탄탄해 보이는 통나무 선반 위에 크기가 다른 그릇 몇 개가 포개져 있었다. 흙바닥은 오래 길들어 반질반질 윤이 났다. 다른 한쪽 공간은 건초 더미를 벽 삼아 다시 방 두 개로 나뉘었다. 벽에는 동물 가죽이 방 전체를 둘러가며 빽빽하게 커튼처럼 걸렸다. 사지를 평평하게 펼쳐놓아 본래 모습을 단번에 알아차리기는 어려웠지만 어린아이 체구보다 큰 놈부터 손바닥만큼 작은 놈까지 다양한 크기의 가죽이 걸려 있었다. 벽 중앙에 난 작은 창으로 희미한 빛이 새어 들어왔다. 린은 코를 움켜쥐던 손을 서서히 풀었다. 실내는 점점 또렷하게 제 모습을 드러냈다.

시우는 절뚝거리며 그중 작은 방으로 들어가 대자로 누웠다. 린은 안중에도 없었다. 저런, 버르장머리하곤. 들어가도 되는 건지 들어가서 어디에 앉아야 하는 건지, 아무리 둘러봐도 마땅한 곳이 없었다. 린은 어찌할 바를 몰라 문간에 엉거주춤 서 있었다. 시우가 누워 있는 곳으로 가기 위해 발걸음을 떼려는 순간, 신발 위로 뭔가가 느리고 더디게 지나갔다. 신발을 내려다본 린은 외마디 비명을 질렀다. 회갈색 털이 복슬복슬한 정체불명의 형체가 통통한 몸을 이끌고 발등을 지나치고 있었다. 기분 나쁘게 느리고 소름 끼치도록 여유롭게. 시우가 벌떡 일어나 앉았다. 그러나 그보다 더 빨리 놈을 내리치는 그 무엇이 있었다. 철퍼덕. 눈앞에서 길고 굵은 막대가 민첩하게 공중을 갈랐다.

시우가 그것을 들어 올렸다. 그제야 린은 정체불명의 기분 나쁜 놈이 들쥐라는 사실을 알아차렸고, 이 공간에 시우와 자신 말고 제삼자가 있다는 것을 인지했다. 시우가 할머니라 부르는 노파였다. 허리가 기역 자로 굽은 노파는 순식간에 들쥐를 후려친 무지막지한 순발력이 무색할 정도로 작고 왜소했다. 린은 아직도 발등에 이상한 감촉이 남아 있는 것 같아 바닥에 대고 발을 여러 번 굴렀다. 노파가 그런 린을 노려보았다. 가늘게 옆으로 쫙 째진 노파의 눈과 린의 눈이 마주쳤다.

"실례하겠습니다."

노파는 린의 인사를 받는 둥 마는 둥 홱 돌아서 시우에게 갔다.

"길을 잃었습니다."

노파는 시우 발에 칭칭 동여맨 수건을 풀고 상처를 살폈다. 약초를 짓이겨 상처에 바른 후 다시 동여맸다. 린은 처다보지도 않았다. 무안해진 린이 눈빛으로 시우에게 도움을 요청했다. 시우 역시 반응이 없었다. 당혹스럽기는 노파도 마찬가지였다. 린의 급작스러운 출현에 시우 표정부터 살폈다. 다행히 시우는 평상시와 달라진 게 없어 보였다. 이 깊은 산골에서 사람을 만나기란 흔치 않은 일이었다. 지금까지 노파가 만난 사람은 열 손가락 안에 꼽을 정도였다. 대부분 산에 들어왔다가 길을 잃은 사람들이었다. 길을 헤맬 만큼 헤매다가 노파를 만난 사람들의 반응은 반가움 반, 놀라움 반이었다. 인기척 하나 없는 적막강산에서 절체절명의 순간에 사람을 만났으니 일단은 반가움이 앞섰다. 그러나 곧 한 발짝 물러섰다. 저 노인이 진짜 사람인가? 사람이 어떻게 이런 데서 살 수 있지? 그것도 노인이, 라는 생각에 반가움은 어느새 알 수 없는 의구심과 두려움으로 바뀌었다. 다들 노파가 일러주는 대로 부리나케 산을 내려갔다. 움막까지 온 사람은 없었다. 그만큼 험준하고 깊은 곳이었다. 도대체 뭐 하는 년인가. 노파는 쪽 째진 눈을 한껏 치켜뜨고 린의 행색을 살폈다.

린이 어정쩡하게 서서 갈팡질팡하는 새에 시우가 죽은 들쥐를 손가락으로 치켜들고 절룩거리며 아궁이로 가더니 불길 속에 들쥐를 집어 던졌다. 그러고는 긴 쇠꼬챙이로 서너 번 뒤적거리다가 다시 꺼내 밖으로 나갔다. 린도 따라 나갔다. 잡풀 위 평평한 곳에 털이 제거된 들쥐를 올려놓고 길고 날렵하게 생긴 무쇠 칼로 배를 갈랐다. 피비린내가 훅 끼쳤다. 벌어진 가죽 속으로 손을 디밀어 창자와 내장을 꺼냈다. 시우의 손이 피로 범벅이 되었다. 창자와 내장을 땅에 파묻고 풀잎으로 덮은 후 그 위에 오줌을 갈겼다.

시우가 걸레처럼 너덜거리는 들쥐를 들고 안으로 들어갔다. 린은 차마 따라 들어가지 못하고 움막 주변을 맴돌았다. 속이 울렁거렸다. 움막은 평평한 곳에 있어 주변만 보고는 깊은 산속인지 아닌지 구분이 되지 않았다. 움막 옆 비탈진 곳에는 옥수수와 푸성귀가 자라고 있었다. 나무와 돌로 낮게 지은 움막은 집이라고 할 수 없을 정도로 허술해 보였다. 지붕과 벽이 있어 하늘과 바람만 가린다 뿐이지 몹시 낡고 초라했다. 곧이어 고기 익는 비릿한 냄새가 새 나왔다. 린은 손으로 코와 입을 틀어막았다.

노파는 시우가 손질해 온 들쥐를 석쇠에 올려놓고 구웠다. 마침 식량도 다 떨어져가고 오랫동안 고기는 구경도 하지 못했다. 들쥐는 훌륭한 사냥감이었다. 숲에서 먹을 수 없는 것은 없었다. 시우가 알기에도 독이 있는 것을 제외하고 먹어선 안 되는 것은 없었다. 씹어서 삼킬 수 있는 것이라면 뭐든지 가리지 않았다. 노파가 딱히 그렇게 가르친 것은 아니었다. 바람과 비와 햇볕이 일러주었다. 시우와 노파는 바싹 구운 들쥐 고기를 오래 씹었다. 누구도 린에게 먹어보라고 권하지 않았다. 린으로서는 천만다행이었다. 그들의 식사가 다 끝날 때까지 린은 움막 밖에서 헛구역질을 했다.

날이 저물고 있었다. 검은 장막을 드리운 듯 숲 어디에도 길은 보이지 않았다. 어디선가 부엉이 울음소리가 들려왔다. 팔에 오스스 소름이 돋았다.

"곧 어두워져."

등 뒤에서 음산한 목소리가 들려왔다. 흠칫 놀란 린이 뒤를 돌아봤다. 노파가 유령처럼 서 있었다.

"잠자는 멧돼지 주둥이나 밟지 말게."

노파가 소리도 없이 움막 안으로 사라졌다. 린은 한 손으로 팔등을 쓸어내렸다. 새되고 청승맞은 산짐승 울음소리가 부엉이 소리에 섞여 들려왔다. 일정한 간격을 두고 들려오는 소리는 점점 크고 또렷해졌다. 위대한 기록의 서막을 알리는 징표 같았다. 린의 입가에 의미심장한 미소가 스쳤다. 린은 움막 안을 기웃거렸다. 누린내가 가시지 않은 움막 안은 이미 어둠이 짙게 깔려 있었다. 린은 어둠 속을 더듬어 시우 곁으로 갔다. 시우는 벌써 곯아떨어졌다. 린은 시우 옆에 가만히 누웠다. 시우의 콧김이 바로 앞에서 느껴지는 것 같았다. 잠이 오지 않았다. 머리맡을 더듬어 배낭을 머리 밑으로 끌어왔다. 배낭을 베고 누워도 잠이 오지 않았다. 벽 쪽으로 돌아누웠다. 등 너머로 시우의 코 고는 소리가 자장가처럼 들려왔다.

린이 잠들자 어둠 속에 누워 있던 노파가 상체를 일으켜 세웠다. 목을 길게 빼 린이 누워 있는 쪽을 기웃거렸다. 아까 본 짐은 커다란 배낭과 작은 가방이 전부였다. 가뜩이나 요즘 말이 없어진 시우가 괜히 쓸데없는 생각을 할까 봐 걱정이었다. 그 잘하던 말

대꾸도 하지 않았다. 야단을 쳐도 화를 내지 않았다. 종일 산을 뒤져 따 온 버섯 속에 독버섯이 섞여 있기도 했다. 딴 데 정신이 팔렸다는 걸 뜻했다. 그래서 린이 더 신경 쓰였다.

발아래는 낭떠러지였고 그 아래는 시퍼런 물이 넘실댔다. 물소 떼가 뽀얗게 먼지를 일으키며 돌진해왔다. 더 이상 갈 데가 없었다. 물소 뿔에 받혀 죽든지 물에 빠져 죽든지 둘 중 하나였다. 에라, 모르겠다. 린은 두 눈을 질끈 감고 낭떠러지 아래로 뛰어내렸다. 으악. 꿈이었다. 목에서 식은땀이 흘렀다. 사방이 깜깜했다. 눈을 감았다가 다시 떴다. 여전히 암흑이었다. 잠시 자신이 진짜 물속에 빠진 게 아닌가 생각했다. 배 위의 묵직한 느낌이 아니었다면 또다시 비명을 지를 뻔했다. 한 손으로 배를 더듬었다. 단단하고 길쭉한 것이 만져졌다. 시우의 다리였다. 화들짝 놀란 린이 손을 거두었다. 배 위의 무게감은 여전했다. 린은 잠시 숨을 들이마시듯 천천히 그리고 은밀하게 그 무게감을 느꼈다. 발끝에서부디 훅 하고 열이 올라왔다. 어둠 속에서 손끝이 들먹거렸다. 린은 작심한 듯 고개를 돌려 얕은 한숨을 내쉬었다. 팔을 뻗어 시우의 다리를 가만히 들어 내려놓았다. 어디선가 풀벌레 소리가 들려왔다. 그제야 상황 파악이 되었다. 적어도 한데서 잠을 자는 것은 피했다. 어둠 속에 눈을 뜨고 한참을 누워 있었다. 다시 잠을 청했으나 잠이 오지 않았다. 얇은 자리 때문에 등이 배겼다. 린은 낮에 다친 시우의 발을 잠시 떠올리다가 노파의 쪽 째진 눈을 생각하다가 마침내 목걸이가 떠올랐다. 그리고 또다시 노파의 굽은 등과 함께 들쥐가 생각났다. 오후 내내 자신이 아무것도 먹지 않았음을 기억해냈다. 몹시 배가 고팠다. 자신의 위가 아까 들쥐를 먹지 않은 걸 후회하고 있는 것 같아 무진장 불쾌했다. 그렇게 말도 안 되는 불쾌감에 시달리다가 다시 깜빡 잠이 들었다.

따다닥. 미세하게 귀를 두드리는 소리에 눈을 떴다. 노파가 구부정한 등허리를 곧추세우고 목을 길게 빼 입고 있는 옷을 뒤집어 이를 잡고 있었다. 창으로 들어오는 희미한 빛에 노파의 모습이 검은 실루엣으로 드러났다. 두 개의 엄지손톱을 콧등 높이까지 치켜 세우고 뾰족하게 마른 턱을 위로 향한 채 이를 죽였다. 얼핏 보면 기도를 하고 있는 것처럼 보였다. 갑자기 온몸이 근질거렸다. 실내에서는 여전히 악취가 풍겼다. 린은 가만히 몸을 일으켰다. 시우는 보이지 않았다. 이를 잡던 노파가 창문 너머를 기웃거리더니 갑자기 벌떡 일어났다. 휘적휘적 걸어 문을 벌컥 열어젖혔다.

"염병할 놈, 또 시작이야!"

린은 슬그머니 노파 곁을 지나쳐 움막을 빠져나왔다. 여름인데도 서늘했다. 상큼한 숲의 향기가 났다. 나무들의 향연에 취해 얼마를 걸었을까. 갑자기 눈앞이 환하게 밝아왔다. 자작나무 숲이었다. 아름드리 자작나무가 빼곡히 들어찬 숲은 등을 밝힌 듯 환했다.

옹골차고 우람한 자태의 나무 표피에서 뿜어져 나오는 은빛이 숲 전체를 은은하게 감쌌다. 위로 곧게 뻗은 가지가 위풍당당하게 하늘을 떠받치고 있었다. 바람이 불었다. 아기 손바닥만 한 잎사귀들이 일제히 팔랑팔랑 소리를 냈다. 시우는 나무 밑동에 발뒤꿈치를 붙이고 서 있다가 린이 다가가자 얼른 나무에서 떨어져 딴청을 했다.

"발은 괜찮아?"

시우는 대답 대신 발을 내려다봤다. 아직 통증이 있었지만 이 정도는 상처도 아니었다. 린은 시우의 머리를 쓰다듬으려다가 자신의 머리를 쓸어내렸다. 지저분한 시우 머리와 노파의 이가 오버랩되어 떠올랐다. 몸이 또 근질거렸다. 두 손으로 몸을 탁탁 털고 머리도 살뜰하게 털었다. 그런 모습을 시우가 물끄러미 바라보았다. 시우와 눈이 마주쳤다. 괜히 미안했다.

"어제 종일 헤매고 돌아다녔더니 먼지가 많네."

린이 멋쩍게 웃었다. 시우는 어서 저 성가신 사람이 사라져주기만을 기다렸다. 이 순간만큼은 그 누구도 다 성가신 사람이었다. 시우에게도 삶의 목표라는 게 있다면 바로 이것이었다. 누군가가 아침에 눈을 뜨는 즐거움이 무엇이냐고 물어온다면 서슴지 않고 바로 이 순간이라고 말할 것이다. 아침마다 눈을 뜨면 맨발로 자작나무 숲으로 달려갔다. 자작나무에 두 발을 모으고 기대어 서서 숨을 골랐다. 그리고 나이를 쟀다. 머리끝이 머무는 지점에 때 낀 손톱을 눌러 표시를 했다. 나이는 매일 자랐다.

자작나무에 대고 나이를 재기 시작한 것은 우연이었다. 자꾸 하늘을 향해 가지를 뻗는 자작나무를 올려다보다가 자신도 나무처럼 자라는지 궁금해졌다. 시우가 느끼기에 몸은 매일 그대로인 것처럼 보였다. 자작나무에 발뒤꿈치를 바싹 붙이고 섰다. 머리끝이 닿는 부분에 대고 손톱으로 표시를 했다. 그 다음 날 같은 방법으로 표시를 했다. 어제와 달라지지 않았다. 그 다음 날도 그 그 다음 날도 매일같이 쟀다. 처음에는 같은 위치에 머물러 있던 표시가 아주 조금씩 그 자리를 벗어나기 시작했다. 신기하고 흥분되었다. 자작나무처럼 자라고 있다고 생각하니 잠이 오지 않았다. 한편으론 은근히 걱정도 되었다. 자작나무보다 훌쩍 커버리면, 이 숲에서 시우가 가장 크면 그다음에는 어디다 대고 손톱으로 표시할까 조바심이 일었다. 그리고 알지 못했다. 자작나무에 대고 재는 게, 매일매일 크는 게 '키'라는 사실을. 손톱으로 표시할 수 있는 건 나이가 아니라 키란다. 아무도 바로잡아주지 않았다. 그래도 상관없었다. 키를 재든 나이를 재든 그건 중요한 게 아니었다. 그보다 중요한 건 비밀을 간직하는 것이었다. 시우도 어느덧 은밀함을 즐기고 싶은 나이가 되었다.

"근데 아침부터 여기서 뭐 해?"

시우가 고개를 좌우로 흔들었다. 수상히 여긴 린이 자작나무를 살폈다. 나무 표면에 잔금이 수도 없이 나 있었다.

"음, 키를 쟀구나."

"나이."

"나이? 이게 나이를 잰 거라고?"

시우가 고개를 끄덕였다. 린이 웃음을 터뜨렸다.

"나이가 아니라 키야. 누가 나이를 나무에다가 재. 이건 키를 잴 때나 쓰는 방법이야."

린은 이렇게 말하면서도 시우의 눈빛이 하도 진지해, 여기선 나이를 이런 방식으로 재고 표시하나 하는 의구심마저 들었다.

"봐. 내 키는 이만큼이고 네 키는 요만큼이야."

린은 자작나무에 대고 자신의 키를 표시해 보였다. 시우는 고개를 갸우뚱했다. 자신이 여태껏 믿어오던 가치가 단번에 흔들렸다. 혼자만 간직해오던 비밀에 금이 가는 소리가 났다. 하지만 곧 평정을 되찾았다. '나이'가 '키'로 바뀌어도 달라지는 것은 없었다. 숲은 나무로 울창하고, 나무에는 이름 모를 새들이 날아오고, 자작나무는 계속 자라고, 바람이 불고, 비가 몰아치고, 눈이 쌓이고, 움막 안에서는 할머니의 기침 소리가 간간이 들리고, 토끼 모는 꿈을 꾸다 깨어난 시우는 여전히 자작나무를 향해 맨발로 달릴 것이다. 그냥 좀 낯설 뿐이었다. 당분간……. 정말 아무렇지 않은 표정으로 린을 쳐다보았다.

"그러니까 어디 보자, 지금 네 키는 일 미터 육십 정도 되겠는걸?"

린은 손가락을 벌려 대충 길이를 가늠했다. 이 나이에 키와 나이의 개념도 모르고 있다니. 충격이었다. 게다가 나무에 대고 나이를 잰다? 어이가 없으면서도 나름 기발하고 신선했다. 보통 사람들이 죽을 때까지 한 번도 의심해보지 않을 일들이 눈앞에서 벌어지고 있었다. 점점 구미가 당겼다. 침을 꿀꺽 삼키고 시우의 눈을 들여다보았다. 크고 말간 눈이 무심히 린을 쳐다보았다. 린은 막 세상에 발을 디딘 어린아이의 눈높이로 돌아가 '나이'와 '키'를 떠올렸다. 하나는 추상적, 다른 하나는 물리적 개념이었다. 이를 또 어떻게 이해시켜야 하나. 별거 아닌 게 갈수록 첩첩산중이었다. 이런 걸 몰라도 아무 탈 없이 잘 살고 있는데 괜히 머릿속만 혼란스럽게 만드는 것은 아닌지. 린은 한참 고민 끝에 입을 열었다.
"나이는 눈에 보이지 않고 키는 눈에 보여."
"……."
"이를테면 나이는 일 년을 주기로 하나씩 늘어나. 일 월부터 십이 월까지 열두 달이 지나면 해가 바뀌잖아. 그럼 나이도 한 살 많아지는 거야. 그러니까 여기에 대고 표시할 수 없어. 알았어?"
시우는 린을 멀뚱멀뚱 바라봤다. 린의 말소리가 바람 소리만도 못하게 들렸다. 리듬도 가락도 기쁨도 슬픔도 분노도 아무것도 없었다. 그저 시끄러운 소음에 불과했다.
"키는 눈에 보이지 않지만 매일매일 조금씩 자라. 그래서 어느 순간이 되면 눈으로 확인할 수 있어. 시우 몸이 자라는 거야. 그러니까 여기에 대고 표시할 수 있어."
"……."
"음……. 아, 그래. 그거야. 여기다 표시할 수 있는 것과 없는 것의 차이. 그게 바로 키와 나이의 차이야."

린의 목소리가 차츰 높아졌다. 알고 있는 지식과 동원할 수 있는 모든 비유를 들어 차근차근 조목조목 설명했다.

"이 곱하기 사는 팔이고, 이 곱하기 육은 십이야. 이유는 나도 몰라. 옛날 사람들이 그렇게 하자고 약속한 거야. 그러니까 그냥 그렇게 외우는 것처럼 키와 나이도 똑같아. 그러니까 그렇게 알고 있으면 돼."

열심히 설명하면 할수록 구차하고 궁핍해졌다. 결국 시우가 알 리 없는 곱셈까지 입에 올리고 말았다. 시우는 린의 열띤 말소리를 귀담아들으려고 애썼다. 드물긴 했지만 간혹 소음에서도 뭔가를 느낄 때가 있었다. 단순히 시끄럽거나 듣기 싫다가 아닌 약간 정제된 그 무엇. 예를 들면 바람에 풀잎들이 꺾이는 소리 같은 것을 아주 미세하게 찾아낼 수 있었다. 그러나 그건 아주아주 가끔 일어나는 일이었다.

노파는 커다란 솥에 무언가를 끓이고 있었다. 윤이 반질거리는 나무 주걱으로 가운데를 휘휘 저었는데 제법 구수한 냄새가 났다. 다 된 내용물을 찌그러진 양은그릇 두 개에 담았다. 하나는 시우 앞에, 다른 하나는 린 앞에 놓았다. 린은 그릇 안의 내용물을 살폈다. 들쥐 사건이 떠올랐다. 이 속에 또 무슨 음모가 숨어 있을지 알 수 없었다. 이곳 생활은 언제든 마음만 먹으면 린이 알고 있는 상식을 한순간에 깡그리 무너뜨리는 위험 요소가 곳곳에 널려 있었다. 그게 바로 이곳 생활의 상식이요, 일상이었다.

린은 일단 내용물의 냄새부터 맡았다. 굳이 점검하지 않아도 이미 후각을 점령한 냄새는 침샘을 자극했다. 밥 냄새와는 조금 다르지만 그 비슷한, 제법 익숙한 냄새였다. 일단 냄새로는 합격이었다. 그다음은 눈에 보이는 현상이었다. 날이 밝았는데도 실내는 어둑했다. 사물을 구분하지 못할 정도는 아니었지만 바느질을 하거나 글을 읽기에는 형편없는 조건이었다. 그러나 이곳의 모든 사물은 그 실루엣만으로도 훌륭히 존재했다. 섬세함이나 세밀함은 오히려 해가 되고 독이 될 수 있었다. 혹시 들쥐 발톱이 들었다 하더라도 그것을 나무의 뿌리나 열매의 씨앗쯤으로 여기고 그냥 삼킬 수도 있었다. 그럴 수 있다면 다행이었다. 그것을 꺼내 밝은 곳에서 이리 살펴보고 저리 돌려본다면 그다음 상황은 안 봐도 뻔했다. 입을 틀어막고 달려 나가 나무 아래다 대고 다 게워낼 것이다. 꼬박 하루를 굶은 린은 배가 몹시 고팠다. 들쥐 발톱이라도 갈아서, 입안에서 걸리지만 않는다면 먹을 수 있을 것 같았.

노파는 그런 린이 못마땅했다. 보다 못한 노파가 린의 앞에 놓인 그릇을 홱 채가더니 그릇째 입에 대고 후루룩 쏟아부었다. 순식간에 일어난 일이라 린은 어찌할 바를 몰랐다. 시우는 벌써 다 먹고 일어섰다. 그릇을 말끔히 비운 노파가 거칠고 투박한 손으로 입을 훔쳤다. 빈 그릇을 뒤집어 바닥에 대고 탁탁 털고는 거기에

다 다시 솥의 내용물을 퍼 담아 린 앞에 놓았다. 린은 크고 둥근 숟가락을 그릇 속에 푹 박아 주는 노파와 눈이 마주쳤다. 주름으로 골이 진 노파의 얼굴은 살집이 다 빠져 작은 골격만 앙상했다. 유난히 도드라진 광대뼈와 길고 가늘게 옆으로 쭉 째진 눈매 주위로 검은 얼룩이 잔뜩 번졌다. 그것이 검버섯인지 아닌지는 어둑한 실내 때문에 정확히 알 수 없었다. 어둠 속에서도 눈은 날카롭게 빛났고, 낮고 울퉁불퉁한 콧망울에는 음험한 기운이 맴돌았다. 키는 시우보다 한참 작았다. 기역 자로 구부러진 등허리를 곧게 펴도 시우 어깨 정도밖에 오지 않을 것 같았다. 검은 머리가 드문드문 섞인 머리카락을 단단히 동여맨 다음 두 줄기로 갈라 뱀이 똬리를 틀듯 틀어 올렸다. 산만하게 풀어헤친 시우 머리와는 정반대였다. 린은 그릇의 내용물을 한 입 떠먹었다. 멀건 밀가루 풀 같았다. 시우가 왜 그렇게 빨리 먹어치웠는지 알 수 있었다. 죽은 입에 들어가자마자 목구멍으로 넘어갔다. 씹거나 맛을 음미할 여지가 없었다. 간혹 산나물 같은 건더기가 딸려 올라왔다. 그것마저 너무 푹 익어 씹지 않고도 술술 넘어갔다. 한번 먹기 시작하자 들쥐 발톱 따위는 떠오르지도 않았다. 린은 '맛있다'는 낱말 뜻을 새로 고쳐 쓰고 싶어졌다. 어떤 음식의 맛이 좋다, 가 아닌 어떤 음식을 먹을 때 들쥐 발톱 따위가 떠오르지 않는다, 로.

뒤도 안 돌아보고 앞서 걸어가는 노파의 걸음걸이는 느리고 더뎠지만 날렵했다. 린은 노파보다 두어 발자국 뒤에 서서 걸었다. 말없이 걷던 노파가 커다란 소나무 아래서 멈춰 섰다. 밑동이 붉고 굵은 소나무들이 군락을 이루고 있었다. 솔향기가 짙게 풍겨왔다.

"여기 이 나무를 잘 기억해두게. 저기 상처가 있어."

노파가 가리킨 나무의 굵은 가지에서 새 가지가 뻗어 나오는 바로 아래에 가로로 십오 센티미터쯤 시커멓게 상처가 나 있었다. 그것만 빼면 크기도 굵기도 모양도 다 비슷비슷해서 그게 그거 같았다. 방향감각도 없어서 지금 바라보고 선 쪽이 서쪽인지 동쪽인지 짐작할 수 없었다. 그보다 더 감 잡을 수 없는 건 노파의 행동이었다.

"이 나무를 등지고 오른쪽으로 가."

그제야 린은 노파가 내려가는 길을 알려주려 한다는 걸 눈치챘다. 자신이 노파에게 아무런 양해도 구하지 않고 사흘 밤을 지냈다는 사실도 덩달아 기억해냈다. 지금 당장 이곳을 떠나라는 표현을 간곡하게 하고 있다는 점도 인지했다.

"정신을 바싹 차리지 않으면 힘들걸세."

아닌 게 아니라 노파가 가리키는 곳은 울창한 소나무 숲이었다. 거기 어디 길이 있을 것 같지 않았다.

"나무들을 눈여겨보면 그중에 다른 놈이 보일 거야. 그걸 따라

가면 돼."

"다른 놈이라면…… 종류가 다르다는 말씀인가요, 아니면 저 나무처럼……."

린은 상처가 있는 소나무를 가리켰다.

"숱한 나무에 일부러 상처를 낼 수는 없어. 가보면 알 거야."

노파는 더 이상 상세히 일러주지 않았다. 궁금하면 직접 가보라는 투였다. 린은 이대로 산을 내려갈 수 없었다. 마음속 카메라에는 이미 빨간불이 들어왔다. 노파와 시우의 일상을 기록하는 일만 남았다. 오십 퍼센트의 가능성을 보고 왔지만 시우를 만나는 순간 성공 확률은 백 퍼센트가 되었다. 완벽한 헌팅이었다. 드디어 찌에 반응이 오는 중이었다. 그 찌를 꺼내 확인도 해보지 않았는데 내려가라니. 어림도 없는 일이었다. 린은 노파에게 신분을 밝히고 정중하게 협조를 구했다.

"텔레비전에 나온다고?"

노파는 인상을 찌푸렸다.

"네. 할머니하고 시우의 생활을 촬영했으면 하는데요."

"어디다 써먹으려고?"

"이곳 생활에는 도시 사람들이 체험할 수 없는 독특함이 있습니다. 이를테면 신선하다고 할까요. 그걸 카메라에 담고 싶습니다. 허락해주세요."

"그러니까 똥 싸는 것까지 참견하겠다는 거지?"

노파가 실눈을 떴다. 당치도 않아 하는 표정이었다.

"참견이 아니라 기록입니다."

노파는 계속 린을 쏘아봤다.

"나쁜 의도가 아닙니다."

"번지수를 잘못 찾았네."

노파는 단호했다. 그렇다고 순순히 물러설 린이 아니었다.

"이곳의 아름다움과 순수함은 많은 사람들이 자신의 삶과 생활을 돌아보는 계기가 될 겁니다. 정말 의미 있는 일이 될 거예요."

노파를 졸졸 따라다니며 설득했다. 아침에 일찍 일어나 서툰 길을 더듬어 물도 길어 오고 움막 청소도 했다. 린은 집요했다. 의미 있는 일? 순수하고 아름답다고? 니들이 뭘 알아. 나에 대해서, 이곳에 대해서 뭘 안다고. 노파의 머릿속은 어지러웠다. 세상에 다시 나가기는 싫었다. 거기다 시우까지. 솔직히 말하면 시우 때문이었다. 이러지도 저러지도 못한 머릿속을 린이 훤히 꿰뚫고 있는 것 같아 불쾌했다.

"일없대도!"

노파가 홱 돌아앉았다.

"시우한테 좋은 기회가 될 수도 있어요."

기침을 해대던 노파가 다시 몸을 틀었다.

"무슨 기회?"

노파가 시우에 대해 아는 게 뭔데, 하는 표정으로 쏘아봤다. 린이 얼른 둘러댔다.

"아니 제 얘기는, 시우에게 새로운 경험이 될 수도 있다는 거죠.

경험이라는 건 좋은 거잖아요."

린의 집요한 설득에도 요지부동이던 노파의 마음이 흔들리기 시작한 것은 건강 때문이었다. 요즘 들어 하루하루가 부쩍 예전 같지 않았다. 노파는 결국 린을 불렀다.

"까마귀의 수다를 들어본 적 있어?"

노파가 눈을 가늘게 뜨고 속삭였다.

"수다요?"

"그래, 수다. 까마귀들의 수다. 그쪽이 알고 싶은 게 아마 그런 걸 거야. 그런데 그런 조악한 기계로는 알아먹기 힘들걸."

"좀 알기 쉽게 말씀해주세요."

"자신 있나?"

"네?"

"제대로 할 자신 말이야."

"허락해주시는 건가요?"

"그 대신 부탁이 있네."

노파는 촬영하는 조건으로 두 가지 부탁을 들어줄 것을 제의했다. 이번에는 린이 망설였다. 헌팅을 떠나 기록과 개입의 문제였다. 다큐멘터리 본질에 대한 질문이었다.

"무슨 부탁인데요?"

"그건 차차 이야기해주겠네."

어떤 부탁이냐에 따라 달라질 수 있었지만 신중하지 않을 수 없었다.

"왜, 내키지 않아? 그럼 관둬."
"아뇨, 하겠습니다!"
눈앞에 목걸이가 어른거렸다. 이미 결론은 나 있었다.

비좁은 잠자리와 비위 상하는 식사 등 린은 모든 게 불편했다. 식사는 하루 세 번 했지만 제대로 된 식사는 저녁 한 끼뿐이었다. 아침과 점심은 죽이나 감자, 옥수수 등으로 때웠고, 저녁은 콩과 옥수수가 섞인 보리밥에 나물 반찬이나 갓 뜯어낸 잎채소를 먹었다. 린은 하루 종일 배가 고팠고, 배낭을 뒤져 남아 있는 라면과 초코파이를 한 귀퉁이씩 야금야금 뜯어 먹으며 노파와 시우 몰래 배를 채웠다. 세수는커녕 마실 물도 아껴야 했다. 한참 떨어진 샘물에서 틈틈이 물을 길어 왔다. 노파나 시우의 도움을 받지 않고 할 수 있는 일은 그것뿐이었다. 그 덕분에 시우는 물을 긷느라 가파른 길을 오르락내리락하지 않아도 되었다.

또 견디기 힘든 일은 용변 보는 것이었다. 비교적 장소의 제약을 덜 받는 소변은 그나마 나았다. 문제는 큰 일을 볼 때였다. 화장실은 따로 없었다. 이런 곳에서 제대로 된 화장실을 기대하는 것 자체가 망상이었다. 숲 전체가 화장실이었다. 볼일을 보러 갈 때는 휴지 대신 작은 삽을 들고 갔다. 물가에서 멀리 떨어진 숲 속 큰 나무 밑이나 덤불이 최적의 조건이었다. 나무 아래 사발 하나

들어갈 만한 구덩이를 파고 쪼그리고 앉아 그 안에 볼일을 봤다. 볼일을 다 본 후에는 주변에 널린 나뭇잎으로 뒤처리를 하고 흙으로 덮었다. 흙을 덮은 자리에 나뭇가지를 꽂아 표시를 했다. 다른 사람이 같은 곳을 파헤치는 걸 방지하기 위해서였다. 사방에 나뭇가지를 꽂은 곳이 늘어났다. 볼일을 보기 위해 점점 더 숲 안쪽으로 걸어 들어가야 했다. 린은 매번 똥 누는 데 실패했다. 자세가 익숙하지 않아서기도 했지만 홀딱 깐 자신의 엉덩이를 누군가가 지켜보고 있는 것 같아 신경이 자꾸 그리로 쏠렸다. 게다가 설사라도 하면 낭패였다. 그 더러운 분비물이 사방으로 튀어 어느 땐 콧등에까지 묻었다. 아마 입을 벌리고 있었다면 백 퍼센트 적중했을 것이다.

어두워지면 할 수 있는 일이 없었다. 다들 일찍 잠자리에 들었다. 린도 시우 옆에 누웠다. 노파와 시우는 금세 잠이 들었다. 린은 잠이 오지 않았다. 잠자리에서 괴로운 것은 근질거림이었다. 낮 동안 아무 기척이 없던 이들이 스멀스멀 활동을 개시했다. 가려움도 아닌 근질거림을, 마음대로 뒤척거릴 수도 없는 좁은 공간에 낀 듯이 누워 꼼짝없이 당해야 하는 괴로움은 고문에 가까웠다. 린을 약 올리듯 이들은 전 방위로 공격해왔다. 촬영이고 뭐고 다 팽개치고 싶었다.

숲의 아침은 일찍 왔다. 린은 노파의 이 잡는 소리에 잠에서 깼다. 노파는 매일 아침 희미한 빛이 들어오는 창가에 앉아 이를 잡고 머리를 빗었다. 그 시간 시우는 어김없이 사라지고 없었다. 언제나 린이 꼴찌였다. 린은 움막을 빠져나와 숲을 거닐었다. 숲의 아침은 필요 이상으로 시끄럽고 재기발랄했다. 밤새 축축해진 대지가 습기를 뿜어댔고 나무들은 참고 있던 기지개를 켜듯 산들바람에 부스스 가지를 떨었다. 재잘거리는 새소리가 숲에 울려 퍼졌다. 린은 이 모든 것을 놓치지 않고 영상으로 기록했다.

시우는 여전히 아침이면 맨발로 자작나무 아래로 달려갔다. 마치 그것이 자신의 유일한 존재 이유인 것처럼, 밤새 별 탈 없이 다시 눈뜬 아침을 자축하는 세리머니처럼 보였다. 시우가 나무 사이를 가로질러 자작나무를 향해 달려가는 모습은 경건하면서 왠지 모르게 조금은 쓸쓸해 보였다. 대지 혹은 광활한 숲을 향한 일종의 경배 같기도 했고, 자신을 향한 애틋한 의식 같아 보이기도 했다. 맨발이 주는 원시적 느낌 때문이었을까. 린은 시우의 발에 나이키 로고가 찍혀 있는 운동화를 신겨보는 환상에 빠지기도 했다. 그러다 이내 고개를 저었다. 표피가 희고 반짝이는 자작나무 대신 튼실한 소나무나 잎이 무성한 후박나무를 등장시켜보기도 했다. 역시 아니었다. 맨발도 자작나무도 시우를 돋을새기지는 못했다. 그럼 대체 내 안의 무엇이 저 아이를 기웃거리게 할까. 린의 머릿속은 또다시 '키'와 '나이'로 얽혀들었다. 시우는 자작나무 아래서 어제처럼 또 내일처럼 키를 재고 있었다.

"어때? 컸어?"

"아니."

"매일 재니까 그래. 한 서른 밤 자고 나서 재봐. 그러면 달라져 있을 거야."

시우는 린을 멀뚱멀뚱 쳐다봤다. 그건 곤란하다는 뜻처럼 보였다.

"아직도 키하고 나이가 헷갈려?"

사실 그 얘기라면 별로 재미없었다. 어느 숲에서 왔는지, 뭐 하러 여기까지 왔는지, 그 숲에도 토끼가 사라지고 있는지, 왜 돌아가지 않는지, 그리고 밤낮 없이 들이대는 그 검은 물체의 정체는 무엇인지, 그런 것들이 더 궁금했다. 시우는 물어볼 용기가 나지 않았다. 어쩌면 궁금한 게 너무 많아서 뭘 어떻게 물어봐야 하는지 모르는 것일 수도 있었다. 누군가에게 질문을 하고 그 답을 듣는 소소한 일상에 익숙하지 않았다. 대화의 상대는 기껏해야 할머니가 전부였다. 게다가 할머니는 시우의 물음에 친절하게 답해주지도 않았다.

아주 어렸을 때 토끼 사냥을 하기 전의 일이었다. 시우는 우연히 토끼를 만났다. 토끼는 시우를 보고도 도망가지 않았다. 그 긴 귀를 쫑긋 세우고 꼼짝도 하지 않았다. 시우는 토끼를 향해 살금살금 다가갔다. 손을 뻗어 닿을 만큼 가까이 다가갈 때까지 가만히 있던 토끼가 손을 뻗는 순간 달아나기 시작했다. 그날 밤 잠자리에서 자꾸 토끼 생각이 났다.

"할머니, 토끼 어떻게 잡아?"

시우는 할머니가 누워 있는 쪽에다 대고 속삭였다.

"왜, 토끼 잡아오려고?"

"응."

어둠 속에서 한참 동안 대꾸가 없었다.

"가르쳐줘."

내일 당장 또 토끼를 만날 것만 같았다. 이번에는 놓치고 싶지 않았다. 시우는 조바심이 일었다. 할머니는 대답이 없었다.

"할머니, 자?"

"어서 자. 토끼가 널 잡겠어."

그 뒤 몇 번을 졸라댔지만 할머니는 끝내 토끼 사냥하는 법을 알려주지 않았다. 토끼뿐 아니라 모든 게 그런 식이었다. 그나마 할머니가 친절하게 일러준 것은 독버섯과 독풀, 독사, 독거미 등 숲에서 만나는 '독'에 대한 정보였다.

한 번도 숲을 벗어난 적이 없는 시우에게 숲만큼 거대하고 대단한 존재는 없었다. 숲이야말로 시우의 전부였다. 움막에 없는 게 숲에는 있었다. 나무가 있고 버들피리가 있고 이슬이 있고 청설모가 있고 열매가 있고 바람이 있고 토끼도 있었다. 시우는 도토리 열매를 주우며 셈을 익혔고, 심심할 때는 길게 늘어진 나뭇가지를 잡고 이쪽 나무에서 저쪽 나무로 옮겨 다녔고, 피곤하면 나무 아래서 잤다. 잠에서 깨어나 배가 고프면 칡뿌리를 캐 우물거렸고 배가 부르면 바위 위에 올라가 노래를 불렀다. 노래가 끝나면 나뭇잎들이 바람에 일제히 흔들리는 모습이 마치 자신을 향해 갈채를 보내는 것 같았다. 시우에게 숲은 없는 게 없는 곳이었다. 모르는 것투성이어도 슬프지 않았다. '키'와 '나이' 같은 것을 몰라도 자작나무가 있으니 다행이었다. 그 사실을 린에게 말해주고 싶었다. 그러니 자꾸 골치 아픈 얘기는 그만하라고.
"네 키가, 아니 나이가 몇인 줄은 아니?"
질문을 해놓고도 당혹스러웠다. 키와 나이의 개념도 모르는 애한테 지금 무슨 이야기를 하는 거야. 린은 자신의 경솔함을 책망하며 시우의 눈치를 살폈다.
"백육십 센티미터."
"센티미터?"
린은 자신의 귀를 의심했다.
"여기."
시우가 자작나무 뒤를 가리켰다. 자작나무 뒤에는 놀랍게도 눈금이 매겨져 있었다. 맨 아래서부터 린의 어깨높이까지 일정한 간격으로 선이 표시되어 있고, 각각의 선마다 아라비아숫자로 1부터 180까지 정확하게 쓰여 있었다.
"네가 한 거야?"
시우가 고개를 끄덕거렸다.
"근데 왜 뒤에다가 했어?"
"그냥."
"이런 건 누가 가르쳐줬어?"
"할머니."

숫자는 할머니가 감자나 열매를 셀 때 옆에서 익혔다. 백 단위까지 셀 만큼 감자나 열매가 많지는 않았다. 기껏해야 칠팔십에서 끝났다. 언제부터인가 시우는 그 이후가 궁금해졌다. 그 이듬해를 기다렸다. 여름에 비가 많이 와 오히려 수확이 줄었다. 감자를 세던 할머니의 손은 오십육에서 멈추었다.
"그다음은?"
"오십칠, 오십팔, 오십구, 육십, 육십일……"
"육십이, 육십삼, ……, 백, 백일……"
할머니는 시우의 속마음을 읽은 듯 이쪽으로 헤아려 옮겨놓은 감자를 다시 저쪽으로 옮겨놓았다. 빗소리 때문에 가끔 할머니 목소리가 묻혔다. 일정한 리듬을 탄 할머니의 셈은 한동안 이어졌다. 무슨 노래 같기도 했다. 시우는 할머니의 소리에 집중했다. 마침내 사백을 넘어섰을 때 어떤 깨달음이 왔다. 일정한 규칙이 반복되고 있다는 것을 알아차렸다. 시우는 자신 있게 숫자를 헤아려 갔다. 할머니가 가르쳐준 것은 그다음이었다. 소리를 글로 옮기는 방법이었다. 할머니는 시우에게 1부터 100까지 표기법을 알려주었다. 영리한 시우의 두뇌는 진화를 계속했다. 차츰 의문이 생겼다. 숫자는 누가, 왜 만들었을까. 단순히 감자나 열매를 헤아리기 위해서 생겨난 것 같지는 않았다. 내가 가지고 있는 감자나 열매의 수량이 무슨 의미가 있을까. 열 개를 갖든 백 개를 갖든 그게 뭐 그리 중요할까. 할머니에게도 큰 의미가 있는 것 같지 않았다. 시우가 보기에 모든 일은 그저 즐기기 위해 심심풀이로 하는 놀이처럼 보였다.

이상한 현상은 그다음에 일어났다. 숫자를 알고부터 시우에게 전에 없던 습관이 생겼다. 무엇이든 보기만 하면 일, 이, 삼 혹은 하나, 둘, 셋 하고 헤아리는 것이다. 밥을 먹으면서도 입으로 들어가는 밥숟가락을 헤아렸다. 그러자 재미난 사실을 알았다. 어제 먹은 밥보다 오늘 아침 밥이 세 숟가락 더 많다거나 오늘 눈 뭉덩이가 어제 눈 뭉덩이보다 하나 더 적은 사실을 알았다. 숫자를 알기 전에는 인식도 하지 못하던 사실이었다. 재미있고 신기했다. 눈에 보이는 것, 손에 닿는 것은 모조리 헤아렸다. 나뭇잎과 나무와 돌과 구름과 토끼 똥과 다람쥐 발톱과 숲에 널린 도토리를 헤아렸다. 세상은 헤아릴 수 있는 것과 헤아릴 수 없는 것으로 나뉘었고, 그전에는 그게 그거 같던 나뭇잎도 색다르게 보였다. 잎맥이 사방으로 뻗어 있는 것과 그렇지 않은 것의 차이도 보였고, 토끼와 다람쥐의 발톱이 다르다는 사실도 알았다.

숫자를 헤아리는 것은 단순한 셈이 아니었다. 그것은 세상을 보는 또 다른 눈이었다. 가장 확연한 변화는 마음에 있었다. 전에 없던 욕심이라는 보따리가 생겨났다. 일보다는 이가, 이보다는 삼을 취하고 싶어졌다. 열보다는 백이, 백보다는 이백이 더 좋아졌다. 그래 봤자 한나절 산속을 헤매 얻은 버섯이나 열매, 칡뿌리 따위였지만 단순한 욕심이라기에는 지나칠 정도로 빠져들었다. 할머니한테 센티미터에 대한 이야기를 들은 뒤부터 그 욕심은 날개를 달고 욕망이라는 구름을 향해 날아올랐다.

햇볕이 좋은 봄날, 노파는 볕이 잘 들어오는 문가에 앉아 무엇인가를 들여다보고 있었다. 손때가 묻어 반질반질 윤이 나는 나무로 된 자였다. 촘촘한 눈금이 선명하게 보이는 기다란 자는 양끝이 뭉툭하게 닳아 그 시작과 끝이 지워진 채였다. 노파는 젊은 시절 남편과 포목점을 운영했다. 시장통에 자리한 가게는 꽤 잘돼 제법 돈을 많이 벌었다. 금고에 쌓이는 돈을 보며 내외는 밤늦도록 천을 재단하고 바느질을 해도 고단한 줄 몰랐다. 세 평 남짓한 가게는 점점 평수가 넓어졌다. 이웃한 다른 가게 주인들은 이들을 시기해 갖은 모략을 일삼았다. 그때마다 굴하지 않고 성실함 하나를 무기로 열심히 일에만 전념했다.

어느 날 가게를 잠깐 비운 사이 불이 났다. 가게 안에는 학교를 다녀와 낮잠을 자던 어린 아들이 있었다. 소식을 듣고 달려왔을 때 가게는 어린 아들과 함께 시뻘건 화마에 휩싸인 후였다. 불은 같은 시장 사람의 소행이었다. 하지만 증거가 불충분하다는 이유로 무죄판결이 났다. 아들과 함께 전 재산을 잃은 남편은 제정신이 아니었다. 대낮에 술을 먹고 재단할 때 쓰는 날렵한 가위를 품에 숨긴 채 방화범을 찾아갔다. 재단을 하고 있던 남자의 목에 가위를 꽂았다. 그 일로 남편은 징역형을 선고받았고 복역하던 중 모범수로 감형이 되었다. 출소했을 때 남편은 반백의 머리에 한쪽 눈까지 보이지 않았다. 노파의 손에는 불에 그은 나무 자 하나만 달랑 남았다. 도시를 떠나 이곳저곳을 유랑하던 부부는 자연스럽게 숲으로 흘러 들어왔다. 숲에 자리를 잡고 한참만에야 봇짐 속에 처박혀 있는 자를 발견했다. 그때 왜 자를 버리고 오지 않았는지 노파는 가끔 그것을 꺼내볼 때마다 몸서리를 치곤 했다.

"그게 뭐야?"

시우는 할머니의 손에서 자를 빼앗아 들었다. 얼핏 보기에는 그냥 나무 막대기 같았는데, 자세히 보니 일정하게 금이 표시되어 있었다.

"자야."

"자?"

"이런 거를 잴 때 사용하는 거야."

"재는 게 뭔데?"

할머니는 잠시 고개를 젖히고 천장을 쳐다보다가 시우 눈을 뚫어져라 바라보았다.

"이거야, 이거."

할머니가 손가락으로 자신의 눈을 가리켰다.

"눈?"

"그래, 눈이야."

"에이, 엉터리! 무슨 눈이 이렇게 생겼어? 어디로 보는데?"

시우가 비아냥거리자 할머니가 자 끄트머리로 시우 머리를 톡 쳤다.

"이놈아, 얼굴에 박혀 있는 것만 눈인 줄 알아?"

이리저리 아무리 돌려봐도 눈 비슷한 것조차 달려 있지 않았다. 그냥 허접한 나무 막대기였다.

"여길 봐. 이게 눈금이야. 이 작은 한 칸이 일 밀리미터야. 이게 열 개 모인 게 이건데, 일 센티미터라고 해. 이렇게 똑바로 대고 길이를 재는 거야."

할머니는 나무 자를 바로 세워 문틀을 쟀다. 가로를 재고 세로를 쟀다. 할머니의 설명은 거의 중얼거림에 가까웠다. 본래부터 할머니는 시우에게 "알겠어?"라든가 "이해가 돼?"라고 묻지 않았다. 이곳 생활에서 그런 물음은 필요하지 않다는 걸 너무도 잘 알고 있기 때문이었다. 시우는 할머니의 설명을 다 알아듣지는 못했지만 무엇을 잰다는 말이 친밀하게 들렸다. 그것은 숫자를 알았을 때의 희열과 비슷했다. 길이라는 말도 생소하고 재미있었다. '길이'와 '재다'를 모르고 '자'를 알지 못해도 시우는 눈어림으로 혹은 나뭇가지로 나무의 길이를 재고 매일 베고 자는 수숫단의 가로세로를 비교했다.

시우는 할머니 몰래 자를 가지고 나왔다. 할머니가 알지 못하도록 자작나무 뒤쪽에 대고 눈금을 그었다. 그전에는 그냥 단순히 대보던 자작나무가 다르게 보였다. 나무는 거대한 자로 변했다. 아침에 일어나 누구는 제일 먼저 거울을 보고, 누구는 눈도 뜨지 못한 채로 오줌을 누는 것처럼 전에는 습관에 불과하던 행위에 의미가 생겼다. 습관적인 단순함이 얼마만큼씩, 몇 센티미터씩 자라는지 구체적인 호기심으로 바뀌었다. 아침이면 흥이 나 자작나무, 아니 거대한 자를 향해 맨발로 달려갔다. 하지만 나이는 거대하고 정확한 자가 필요할 만큼 쑥쑥 자라지 않았다. 누구에게 대놓고 물어볼 수 없었다. 단 한 사람의 누구인 할머니에게조차. 아무에게도 묻지 못해도 시우는 충분히 행복했다. 비밀스러움과 더불어 은밀함의 마력을 조금씩 알아가는 나이였다.

아침 식사 후 린은 시우를 따라나섰다. 시우는 삶은 마 껍데기를 말려 만든 망태기를 메고, 한 손에는 가늘고 길지만 제법 견고해 보이는 나뭇가지를 들었다. 린의 손에는 어김없이 카메라가 들렸다. 시우는 능숙하게 덤불을 헤치고 앞으로 나갔다. 한낮의 뜨거운 햇살이 나무 위로 내려앉았다. 나무가 없었다면 뜨거운 햇살을 직격탄으로 맞을 뻔했다. 다행히 여름 숲은 뜨거움보다 시원함이 앞섰다. 시우는 걷는 도중에 여러 번 멈추어 나물을 캐고 열매를 땄다. 린은 생전 보지도 듣지도 못한 것들이었다. 그게 그거 같아 보였다. 그래도 뭐가를 거들어야 할 것 같아서 시우가 캐는 나물들을 눈여겨보다가 비슷한 것들을 캐 망태기에 담았다. 이를 본 시우가 이런저런 말도 없이 린이 캔 풀 쪼가리들을 집더니 가차 없이 내팽개쳤다.

"왜 버려?"

"못 먹어."

"똑같이 생겼는데."

"달라."

어디가 어떻게 다른지 설명해주지 않았다. 린은 시우가 캔 나물을 유심히 살폈다. 자세히 보니 잎 모양이 약간 달랐다. 얼핏 보면 구분하기 힘들 정도로 둘은 유사했다. 얼마 후 린은 시우를 앞질러 풀 쪼가리가 아닌 제대로 된 나물을 채취하는 데 성공했다. 시우는 린에게 엄지손가락을 들어 보였다. 둘은 나무 그늘에 앉아 따 온 열매를 나누어 먹었다. 크기도 작고 보잘것없는 열매였지만 훌륭한 요깃거리가 되었다. 배 속이 차자 슬슬 졸음이 몰려왔다. 두 사람은 누가 먼저랄 것도 없이 다투어 잠으로 빠져들었다. 나무에 기대어 늘어지게 잤다. 시우가 먼저 눈을 떴다. 린은 시우 어깨에 머리를 기댄 채 곤히 잠들어 있었다. 긴 머리칼이 시우 뺨에 닿았다. 기분이 이상했다. 바람이 불어왔다. 머리칼이 날리며 뺨을 어루만졌다. 린의 벌어진 셔츠 사이로 뽀얀 속살이 보였다. 신기하고 궁금했다. 그 빛깔과 감촉이. 손을 뻗어 만져보고 싶었다. 그러나 움직일 수 없었다. 린이 잠에서 깰까 봐 어깨가 저려오는데도 꾹 참는 중이었다. 쌕쌕. 숨소리가 바람 소리처럼 정겨웠다. 시우는 애꿎은 입술만 잘근잘근 씹었다. 숲의 낮은 깊고 짧았다. 돌아오는 길에 앞장서서 걷던 시우가 갑자기 뒤를 돌아보며 짧게 소리쳤다.

"앉아!"

시우가 린에게 손짓으로 앉으라는 시늉을 했다. 영문을 모르는 린이 머뭇거렸다. 시우가 다시 한 번 작은 소리로 외쳤다.

"앉으라니까!"

그제야 린이 몸을 낮추었다. 시우는 조심스럽게 망태기를 벗어 옆으로 내려놓고 들고 있던 긴 나뭇가지를 고쳐 잡았다. 어깨를 웅크려 자세를 낮추고 전투태세를 갖추었다. 그때까지도 린은 상황을 파악하지 못했다. 뭔가 위급 상황이긴 한 모양인데 전방에 뭐가 출현했는지 알 수 없었다. 그런데 왠지 낌새가 이상했다. 린은 그제야 시우가 자신을 마주 보고 있다는 사실을 알아차렸다. 위급 상황은 전방이 아니라 린의 머리 바로 위에서 벌어지고 있었다. 겁이 났다. 벌떡 일어나 도망이라도 가야 하는 게 아닌지. 어서 도망가라고 외쳐주기만을 기대하면서 시우의 입을 뚫어져라 쳐다보았다. 저 꼬마를 믿고 목숨을 맡겨도 되는 건지. 린은 초조했다. 선택의 여지가 없었다. 원래 위급한 순간은 야박한 문구를 달고 오는 법이었다. 모든 것을 포기한 채 운명이 자신을 비켜가기만을. 행운의 여신이 자신을 선택해주기만을 기다리는 수밖에 도리가 없었다.

모든 일은 순식간에 일어났다. 린이 질끈 눈을 감는 찰나, 획 하는 소리와 함께 시우의 손에 들린 나뭇가지가 공중을 갈랐다. 그건 단순한 '획'이 아니었다. 허공이 파열되는 소리, 허공의 생살이 찢기는 소리였다. 그 파열되거나 찢긴 틈으로 붉은 피가 뚝뚝 들을 것만 같았다. 시우의 팔이 빠지지 않았을까. 눈을 번쩍 떴다.

그때였다. 나무 위에서 린의 머리를 살짝 스치고 바닥으로 묵직한 뭔가가 맥없이 떨어졌다. 뱀이었다. 린은 너무 놀라 뒤로 물러서려다가 그만 나자빠졌다. 자빠진 채로 어기적대며 뒷걸음질 칠 때 또 한 번 시우의 손이 움직였다. 퍅, 퍅, 퍅. 정확히 세 번이었다. 모든 상황은 종료되었다. 린은 자빠지면서도 카메라를 놓지 않았다. 렌즈를 들여다보았다. 뱀이 마지막으로 꿈틀거렸다.

몸 전체에 색 띠를 두른 듯 알록달록한 뱀은 굵기가 린의 종아리만 했다. 길이는 일 미터가 훨씬 넘어 보였다. 뱀 대가리에 열십 자로 칼집을 내어 손끝으로 잡아당기자 껍질이 벗겨졌다. 껍질을 벗긴 몸통은 복숭앗빛을 띠었다. 몸통을 갈라 내용물을 제거한 다음 토막을 내 불 위에 올렸다. 기름이 지글거리며 누린내가 났다. 뱀이 구워지는 동안 노파가 술을 꺼내 왔다. 움막 뒤에 땅을 파고 저장한 술은 냉장고에서 꺼낸 듯 시원했다. 체리 빛깔 술에서 향긋한 열매 냄새가 났다. 린은 노파가 따라준 술을 한 모금 마셨다. 달큰하고 쌉싸름한 맛이 입안을 톡 쏘았다. 술이 들어가자 시장기가 더욱 심해졌다. 자글자글 익어가는 뱀이 삼겹살로 보였다.

구운 뱀은 기름기가 많은 생선 같았다. 비린내가 심해 손이 가지 않았다. 린은 뜯어 온 나물을 날것 그대로 입안에 쑤셔 넣었다. 노파와 시우는 해가 저물 때까지 뱀 고기를 먹었다. 노파가 우물우물 뱀 고기를 삼키는 모습을 보고 있으면 늙은 낙타가 침을 질질 흘리며 여물 먹는 장면이 떠올랐다. 더욱 신기한 것은 린은 한 번도 여물 먹는 낙타를 본 적이 없다는 사실이었다. 어떻게 그런 그림이 연상되는지 이해할 수 없었다. 이곳에서는 이해할 수 없는 일이 다반사로 일어났다. 그리고 그런 일들은 하도 자연스러워 린을 혼란에 빠뜨리곤 했다. 시우가 술을 마셔도 노파는 아무런 제재를 하지 않았다. 마치 도시 아이들이 청량음료를 마시듯 시우는 술을 마셨다. 시우는 술을 세 잔이나 마시고 물러났다. 정작 린은 이 이해할 수 없는 상황을 어디까지 받아들여야 하는지 고민하느라 한 잔도 제대로 마시지 못했다. 마지막까지 자리를 지킨 이는 노파였다.

 술기운에 일찍 곯아떨어진 시우가 눈을 떴다. 오줌이 마려웠다. 어둠 속을 더듬어 오줌을 누고 돌아와 자리에 누우려다 문득 옆자리를 살폈다. 창으로 들어온 희미한 달빛 때문에 움막 안은 옅은 농도로 칠해놓은 수묵화처럼 명암이 사라져 보였다. 린은 등을 돌린 채 모로 누워 자고 있었다. 낮의 일이 떠올랐다. 뺨에 와 닿던 린의 머리칼과 감촉이 살아났다. 시우는 린 가까이로 다가갔다. 바닥으로 흘러내린 머리칼에 가만히 손을 갖다 댔다. 부드럽고 매끄러웠다. 치켜진 바지 아래 드러난 종아리가 어둠 속에서 희부옇게 빛났다. 때마침 풀벌레 한 마리가 린의 바지 위에서 종아리로 기어 내려왔다. 시우는 벌레를 향해 손을 뻗었다. 벌레는 잡힐 듯 잡히지 않았다. 쫓고 쫓기는 사이 린이 잠결에 손을 휘둘렀다. 벌레가 떨어졌다. 바닥으로 떨어진 벌레가 린의 발등을 타고 재빨리 도로 기어 올라갔다. 시우는 눈을 부릅뜨고 벌레를 향해 손을 뻗었다. 그때 린의 손이 다시 움직이다가 시우의 손과 부딪쳤다. 화들짝 잠이 깬 린이 몸을 벌떡 일으켜 세웠다. 하마터면 시우와 박치기를 할 뻔했다. 시우도 놀라 움찔 뒤로 물러났다.

"뭐야!"

린이 이불로 몸을 감싸며 소리쳤다.

"벌레."

시우는 벌레가 사라진 방향을 손가락으로 가리켰다. 린이 그쪽으로 몸을 틀었다. 어둠 속에서 벌레는 보이지 않았다.

"너 혹시?"

린이 옷깃을 여미며 의심에 찬 눈초리로 시우를 노려봤다. 시우는 영문을 몰라 했다. 종아리에 있는 벌레를 떼어주려고 한 것뿐이었다.

"그냥 만지기만 했는데."

시우는 자신이 린의 머리카락을 만져서 화가 났다고 생각했다. 말이 떨어지기 무섭게 얼굴을 향해 수숫단이 날아왔다. 수숫단은 시우의 머리를 스치고 떨어졌다.

"뭐? 만지기만 해?"

화가 잔뜩 난 린이 이불을 들고 벌떡 일어났다. 시우를 지나쳐 밖으로 나가려다가 노파가 있는 곳을 기웃거렸다. 노파는 곤히 잠들어 있었다. 노파 옆의 비좁은 틈을 비집고 들어갔다. 노파의 엉덩이가 배를 눌렀다. 린은 그만 다시 일어나고 말았다. 씩씩거리며 제자리로 돌아온 린이 수숫단을 둘 사이에 가로놓았다. 시우

것까지 빼앗아 벽을 쌓았다.
"한 번만 더 넘어오면 가만 안 둬!"
 린이 왜 저렇게 화가 났는지 몰라 시우는 돌아누운 채 숨죽이고 있었다. 다음 날 아침, 린은 몸을 일으키다가 소스라치게 놀랐다. 다리 밑에 커다란 벌레 한 마리가 납작하게 눌린 채 죽어 있었다. 간밤의 일이 떠올랐다. 별것도 아닌 일로 수숫단까지 집어 던지며 요란을 떤 게 창피했다.
"왜 진작 말하지 않았어?"
"뭘?"
"벌레라고."
"말했잖아."
"거짓말하는 줄 알았지."
 시우는 대꾸도 없이 벌떡 일어나더니 밖으로 뛰어나갔다. 머리카락이 부드럽고 매끄러워. 음…… 궁금해. 그 감촉이, 그 빛깔이. 시우는 린에게 셔츠 사이로 보이던 속살 이야기는 하지 않았다. 그런데 그 말이 자꾸 입 밖으로 튀어나올 것 같아서 견딜 수 없었다. 그후 방 가운데에 있던 수숫단은 치워졌지만 둘 사이에 묘한 기운이 맴돌았다. 린은 한여름인데도 이불을 목까지 덮고 잤고, 시우는 오줌이 마렵지 않은데도 자주 눈을 떴다. 그러다 드디어 적나라하게 드러난 린의 속살을 목격하고야 말았다.

2장

# 잔치가 시작될 무렵

무엇을 해도 흥이 나지 않았어요. 어릴 적 머리 위를 낮게 날던 비행기가 자꾸 떠올랐어요. 그러나 입 밖으로 발설할 수 없었어요. 그건 밥상을 엎은 후 더 분명해졌어요. 뭔가 제 운명이 제 뜻대로 돌아가지 않으리라는 걸 너무도 자명하게 인식하고 말았다고 할까요. 그런 상황에서 꿈 따위를 입 밖으로 내놓는 일은 몹시 치졸하고 유치해 보였으니까요. 게다가 그 꿈이 고래보다 더 큰 덩치의 비행기를 움직이는 일이라니, 누가 봐도 폭소할 일이었지요. 어머니 입장에서 보면 더없이 위험한 일이었어요. 그래도 전 그 꿈을 접을 수 없었어요. 제 두 눈으로 확인하기 전에는 믿을 수가 없었죠. 길은 어디에도 없었어요. 이마에 주홍 글씨가 새겨진 것 같아 길을 가다가도 몇 번이고 팔뚝으로 이마를 벅벅 문질렀어요. 아무리 꿈을 꾸고 노력해도 절대로 이루어지지 않는 게 있다는 걸 그때 알았어요. 어떻게 하면 복수를 할까. 비행기에서 원자폭탄이라도 투하하고 싶은 심정이었어요.

　　　닥치는 대로 일을 해 돈을 벌었어요. 돈이 모이면 비행기를 타러 갔죠. 수입에 비해 버거운 여가 활동이었지만 그렇게라도 하지 않으면 미칠 것 같았거든요. 너희가 사방을 다 봉쇄해도 하늘만큼은 어쩔 수 없을 거다. 아닌 게 아니라 창공은 정직하게 열려 있었어요. 옹골찬 성벽도 높은 울타리도 없었죠. 무작정 도시를 벗어났어요. 이 야비한 문명의 늪에서 탈출하고 싶었거든요.

승준이 아기를 낳았다는 사실을 안 것은 마지막 소식이 오기 몇 달 전 날아든 편지에서였다. 승준은 아내의 부고를 전할 때에도, 자신의 결혼을 이야기할 적에도 그랬다. 장례를 다 치르고 나서 혹은 결혼한 지 일 년이 지난 후에야 남의 일처럼 무심하게 툭 뱉었다. 그런 승준에게 화를 내지 않았다. 그렇게라도 전해주는 게 고마웠다. 난 이 세상에 없는 사람이었다. 승준도 이 사실을 부정하지 않았다. 그러니 그렇게 무심하게 툭툭 던져놓는 게 아닐까. 고맙지만 마주하고 싶지 않았다. 무심함 속에 숨은 진실을 보게 될까 봐 두려웠다. 승준은 은근히 그것을 내비치고 있었다.

면회는 자주 이루어지지 않았다. 직계가족이라고 해도 매번 까다로운 심사를 거쳐야 했다. 오랫동안 아내가 오지 않았다. 그때 아내에게 무슨 일이 생겼구나 짐작했다. 오랜만에 나타난 승준은 초췌해 보였다.

"무슨 일 있냐?"

"엄마가 돌아가셨어요. 화장을 했어요."

승준은 이십여 년 전 아내 손에 이끌려 처음 대면하던 그때처럼 낯선 눈빛으로 나를 한참 쳐다봤다. 불길한 예감이 들었다. 예상대로 승준은 계절이 세 번 바뀌도록 찾아오지 않았다. 그사이 나는 다른 교도소로 이송되었다. 그곳에서도 끊임없이 전향을 강요당했다. 어르고 협박하는 사이 몇몇 동지가 풀려났다. 짐을 싸는 그들의 얼굴은 어째 더 어두워 보였다. 빛을 마중하러 나가는 얼굴이 아니었다. 다행이었다. 그들의 얼굴이 환한 보름달 같았으면

나 역시 전향서에 이름 석 자 박는 일을 더 이상 망설이지 않았을지도 몰랐다. 난 애초에 남쪽 사람이었다. 따라서 전향이라는 말은 앞뒤가 맞지 않았다. 잠자리에 누워 잠이 오지 않으면 나는 남쪽 사람이야, 나는 남쪽 사람이야 하고 되새김질하듯 중얼거렸다. 그렇게 하지 않으면 날이 새는 것과 동시에 자신을 기만할 것 같았다. 그럴수록 잠은 달아났고 나중에는 잠이 안 와서 중얼거리는 건지 아니면 중얼거려서 잠이 안 오는 건지 분간할 수 없는 지경이 되었다. 내 발부리에 다른 한 발이 걸려 넘어지지 않기 위해 두 손으로 바닥을 짚고 네 발로 기었다. 먼지와 오물이 눈과 입으로 쏟아져 들어왔다. 줄어든 시야는 구차해졌다. 그게 차라리 속 편했다. 그런 거라면 이미 오래전에 익숙해졌다.

승준은 찾아오는 대신 편지로 소식을 전해왔다. 잊을 만하면 날아들곤 하는 편지는 내게 더없는 위안이고 기쁨이었다. 살갑게 손 한 번 잡는 것보다야 덜 가슴 떨리는 일이었지만 어색한 침묵으로 보내는 짧은 면회보다 훨씬 더 인간적이었다. 편지를 읽고 또 읽고 가슴에 품고 잤다. 주로 안부를 묻는 간결한 내용이던 편지가 갈수록 두툼해졌다. 이제 마음을 열려나 보다. 그동안 가슴 저 밑바닥에 붙어두있던 이야기들을 조심스럽게 들추며 들뜬 마음으로 편지를 기다렸다.

언젠가부터 편지에 비행기 이야기가 등장했다. 뜬금없었다. 먹고살기도 바쁠 텐데 웬 비행기냐고, 그래도 살 만한가 보다고, 다행이라고. 편지는 계속 이어졌다. 매번 할 말이 없었다. 그래도 답장을 썼다. 별일 없니? 난 잘 지내고 있다……. 승준이 먼저 말해 주기를 기다렸다. 어느 때는 한꺼번에 두 통의 편지가 배달되기도 했다.

처음에 별생각 없이 읽을 때는 생소한 비행기 이야기가 머리에 쏙쏙 들어왔다. 재미도 있었다. 좁은 골방에 누워 승준이 설명해 준 비행기를 머릿속에 그렸다 지웠다 하다가 잠이 들었다. 몇 번 본 적 없는 아들 얼굴만큼이나 비행기 모습은 아련하고 어설퍼 그렸다 지웠다를 수도 없이 반복해야 했다. 가까스로 그 모습을 재현해놓고는 도대체 이런 위험한 짓을 왜 하는 거야 하고 고개를 저으며 끙, 돌아누웠다. 아무리 봐도 그건 사람이 타고 날아다니기에 형편없이 부실해 보였다. 미친놈, 배가 부른 모양이지. 승준에게 품었던 미안한 마음이 싹 사라졌다. 그러나 일순간이었다. 어릴 적 승준의 꿈이 전투기 조종사였다는 사실이 떠올랐다. 가끔 아내 손에 이끌려 면회를 오는 승준의 손에는 종종 플라스틱으로 만든 조잡한 모형 비행기가 들려 있었다.

"이다음에 커서 비행기 조종사가 된대요."

내 시선을 의식한 아내가 무심코 말했다. 어린 승준은 다부진 눈매로 나를 건너다봤다. 승준은 영민했고 아내 속 한 번 썩이지 않고 제 앞길을 척척 개척해나갔다. 승준이 잘되는 소식을 전해들을 때마다 북에 두고 온 또 다른 아들이 떠올랐다. 어느 때는 두 아들이 동시에 꿈에 나타나기도 했다. 그 아들과 함께 역시 또 다른 아내와 딸이 하나 더 있었다. 그러나 두 아내가 동시에 꿈에 나타난 적은 없었다. 다행이었다. 아무리 꿈이라 해도 그런 일은 원치 않았다. 승승장구하는 듯 보이던 승준이 주춤한 것은 대학 입학을 앞두고였다. 승준은 국가고시를 볼 수 없었다. 경상대에 입학했다가 결국 도중하차하고 말았다. 술로 세월을 보내던 승준은 여자를 만나면서 가까스로 자리를 잡았다. 아내가 눈물로 애원했다.
"제발 승준이 좀 살려줘요. 당신 마음 하나면 다 해결돼요."
아내는 끝끝내 '전향'이라는 단어를 입에 올리지 않았다. 그날 밤 꿈에 두 아들이 함께 보였다. 나는 두 아들의 이름을 다 부르지 않았다. 부를 수 없었다. 이미 나는 그럴 권리를 박탈당했다. 나는 한낱 이념이나 사상으로만 존재했다. 박기용은 비전향 장기수였다. 인간이 아니었다. 그런데 승준의 편지를 받고서 인간의 감성이 살아났다. 연민도 분노도 아닌 두려움, 진원지를 알 수 없는 막연함. 나는 어디로 가야 할지 모르는 늙은이였다. 어느 아들의 옷깃을 잡아야 할지 모르는 늙은 아비였다. 승준이 비행기 이야기를 알콩달콩 늘어놓는 저의를 외면하고 싶었다.

린은 며칠째 먹지 못했다. 시우가 가져다주는 물로 간신히 목만 축였다. 며칠 전부터 몸이 무겁고 열이 나더니 어젯밤부터는 온몸에 붉은 발진이 돋았다. 오후가 되자 발진은 점점 커졌고 몸 전체가 불덩이처럼 뜨거워졌다. 자꾸 눈이 감기고 잠이 왔다. 커다란 구렁이한테 잡아먹히는 꿈을 꾸다가 깨어났다. 노파가 눈을 치켜뜬 채 린을 내려다봤다. 린은 태연한 척 돌아누웠다. 온몸이 땀으로 흥건했다. 씻지 못한 몸에서 악취가 풍겼다. 땀에 쓸린 아랫도리가 움직일 때마다 아렸다. 바지를 훌러덩 벗어 던지고 싶었다. 가만히 내려다보던 노파가 손을 뻗어 이마와 손발을 차례로 만졌다.
　"죽고 싶어?"
　노파가 귀에 대고 속삭였다. 몸이 저절로 움츠러들었다.

"뒈지고 싶으냐고!"

린은 이불을 머리끝까지 끌어 올렸다. 귀신이 아니라 귀신 할아버지가 온다 해도 꼼짝도 하기 싫었다. 몸은 납덩이를 매달아놓은 것처럼 천근만근 아래로 가라앉았다. 눈이 떠지지 않았다.

"일어나. 불개미 밥이 되고 싶지 않으면 당장 일어나!"

노파가 이불을 획 벗겼다. 누군 일어나고 싶지 않아서 이러고 있느냐고 소리라도 지르고 싶었지만 열에 들뜬 목소리는 갈라져 나오지 않았다.

"일어나!"

노파가 욕설을 퍼부으며 린의 팔을 우악스럽게 잡아끌었다. 린은 눈을 감은 채 노파의 괴력에 끌려 억지로 몸을 일으켜 세웠다. 구름 위에 앉은 듯 몸이 쿨렁쿨렁 흔들렸다. 노파는 진심으로 린이 걱정되었다. 어떻게 해서든지 기운을 차리게 해야 했다. 그냥 저대로 내버려두다가는 사태가 더 심각해질 수 있었다.

"고꾸라지고 싶지 않으면 처먹어!"

노파가 천둥처럼 고함을 질렀다. 린은 사력을 다해 눈꺼풀을 밀어 올렸다. 바로 앞에 죽 그릇이 희미하게 보였다. 이내 눈꺼풀이 스르르 내려와 죽 그릇을 지워버렸다. 그릇을 들어 올릴 기운은커녕 숟가락을 쥘 힘조차 없었다. 불구덩이에 들어앉은 듯 온몸이 활화산처럼 타올랐다. 린은 그대로 앞으로 고꾸라졌다. 죽 그릇이 엎질러지며 허연 액체가 사방으로 튀었다. 불덩이처럼 달아오른 린의 몸은 식을 줄을 몰랐다. 노파는 린의 옷을 속옷만 남겨두고 모두 벗겼다. 뽀얗고 탱탱한 피부가 눈부셨다. 고년, 죽기엔 아깝 군. 노파는 중얼거리며 옥수수염처럼 생긴 젖은 나무뿌리로 몸을 닦아냈다. 우선 열을 내리는 게 급선무였다. 멀찌감치 떨어진 곳에서 시우가 기웃거렸다.

"그러고 서 있지 말고 아궁이 좀 들여다봐!"

노파가 버럭 소리를 질렀다. 시우는 마지못해 아궁이 있는 데로 갔다. 약초 물이 끓어 넘치려 하고 있었다. 얼른 냄비 뚜껑을 열었으나 이미 끓을 대로 끓어오른 약초 물이 냄비 바깥으로 부글부글 넘쳐흘렀다. 시우는 어찌할 바를 몰라 노파를 불렀다.

"할머니!"

노파가 한달음에 달려왔다. 노파는 익숙하게 불 세기를 조절하고 흘러넘친 약초 물을 닦았다. 노파가 분주한 사이 시우는 린이 누워 있는 곳으로 슬금슬금 다가갔다. 먼발치에서 보기에 린은 죽은 듯 보였다. 린을 내려다봤다. 어쩌다 본 할머니의 몸이나 자신의 것하고는 생판 다른 모습이었다. 브래지어 사이로 가슴골이 보였다. 시우는 뚫어지게 그곳을 쳐다봤다.

그때 린이 눈을 떴다. 시우와 눈이 마주쳤다. 고개를 들어 몸을 살피던 린이 비명을 질렀다. 놀란 시우가 주춤주춤 뒷걸음질 쳐 밖으로 쏜살같이 달려 나갔다. 린이 몸을 일으켜 세우려다가 도로 자빠졌다. 내 옷, 내 옷 어디 있어, 있는 힘껏 소리를 질렀지만 목소리는 힘없이 주저앉았다.

"안 죽고 살아났네. 열이 천근만근이라 내가 벗겼어. 안 그랬으면 벌써 황천길이었을 거야."

 노파가 다가와 옷을 던져주었다. 그래도 그렇지 이게 무슨 꼴이람. 린은 서둘러 옷을 입으려 했다. 마음과 달리 몸이 말을 듣지 않았다. 옷을 다 입고 밖으로 나왔다. 소리 없이 어둠이 내렸다. 시우는 보이지 않았다. 발걸음을 옮길 때마다 현기증이 아지랑이처럼 피어났다. 노파가 끓여준 죽을 한 그릇 다 비우고 오래오래 풀벌레 소리를 듣다가 잠이 들었다. 그때까지 시우는 돌아오지 않았다.

 꿈도 꾸지 않고 죽은 듯이 자고 일어나니 아침이었다. 몸은 한결 가벼워졌고 기분도 어제보다 나아졌다. 이상하게 뭔가가 충만한 아침이었다. 하마터면 콧노래를 흥얼거릴 뻔했다. 가끔 시우나 노파는 린이 알아들을 수 없는 가락을 흥얼거리곤 했다. 시우는 나물이나 약초를 캐러 숲을 누비고 다닐 때 노래 비슷한 것을 흥얼거렸다. 노파 역시 아침에 창가에서 이를 잡을 때 무언가를 흥얼거렸다. 처음에는 무슨 주문이나 성경 구절을 외우는 줄 알았다. 하지만 조금만 주의를 기울이면 그게 아니라는 걸 금방 알 수 있었다. 거기에는 분명히 리듬과 가락이 있고 게다가 흥까지 있었다. 린이 술에 취해 노래방에서 질러대던 것과는 차원이 다른 즐거움이 배어 있었다. 저절로 안에서 스며 나오는 샘물 같은 것이었다. 이해가 되지 않았다. 이런 산속에서 얼마큼 살아야 저런 경지에 오르는지. 모든 게 불편하고 더럽고 비위생적이고 답답한 생활이었다. 전화도 컴퓨터도 텔레비전도 없는 생활은 말 그대로 원시적이며 미개했다. 손가락이 근질거렸다. 뭔가를 누르고 두드려야 할 손가락이 얌전히 놀고 있으니 마음이 불안했다. 그러다가 어느 정도 시간이 지나자 손가락의 무료함에 익숙해졌다. 어떤 면에서는 편하기까지 했다. 린은 어쩌면 일생일대의 가장 빛나는 업적을 쌓고 있는지도 모른다고 자신을 다독였다.

시우는 바위에 걸터앉아 자작나무 잎사귀를 이에 대고 문지르고 있었다. 어제는 밤늦게까지 자작나무 아래 앉아 별을 바라봤다. 눈부시게 빛나던 린의 몸이 별처럼 아른거렸다. 이상한 느낌이었다. 그런 기분은 처음이었다. 린이 잠든 후 몰래 들어가 가만히 잠을 청했다. 잠이 오지 않았다. 잠깐 눈을 붙이고 새벽같이 나왔다. 린을 본 시우가 고개를 돌렸다. 린은 어제 일이 떠올랐다. 철판은 이럴 때 깔라고 있는 거야. 일부러 다가가 헛기침을 했다. 시우는 여전히 돌아보지 않았다.
"다 나았어. 봐, 멀쩡하잖아."
린은 두 팔을 들어 익살스럽게 알통을 내보이는 시늉을 했다. 시우가 피식 웃었다.
"근데 벌써 갔다 온 거야?"
린은 자작나무 잎을 따 시우 옆에 자리를 잡고 앉았다. 시우가 하는 것처럼 이에 대고 위아래로 문질렀다. 향긋한 풀 냄새가 입 안에 퍼졌다. 텁텁하던 입안이 조금은 개운해지는 듯했다. 반질반질한 자작나무 잎사귀는 이에 대고 문질러도 좀처럼 찢어지지 않았다. 이를 닦기에는 안성맞춤이었다. 시우는 노파가 하는 것을 보고 따라 하기 시작했고, 노파는 남편이 하는 모습을 보고 배웠다. 산중에는 이를 닦을 만큼 소금이 흔하지 않았다. 지천으로 널린 잎사귀를 소금 대용으로 사용했다. 솔잎은 개운하고 향이 그윽했지만 뾰족하게 생긴 모양이 이를 닦기에 적합하지 않았다. 넓고 큼직한 떡갈나무 잎은 이를 닦기보단 볼일을 보고 밑을 닦기에 알맞았다. 굴참나무 잎은 솜털 때문에 입안이 까칠해져서 탈락했고, 생강나무 잎은 폭이 좁고 가늘어서 효능이 떨어졌다. 그렇다고 자작나무 잎만 고집하는 것은 아니었다. 손에 잡히는 것은 무엇이든, 예를 들어 버드나무 잎사귀나 물오른 나무껍질도 얼마든지 훌륭한 도구가 되었다.

시우는 시도 때도 없이 이를 닦았다. 숲을 쏘다니다가도, 나무 그늘에 누워 늘어지게 낮잠을 자고 난 후에도, 심지어는 똥을 누면서도 손에 닿는 풀잎을 따 이에 대고 문질렀다. 입안에 퍼지는 풀 냄새가 좋았다. 기분까지 덩달아 좋아졌다. 린이 이를 알 리 없었다. 린이 보기에 시우는 그저 이를 열심히 닦는 착한 어린이였다. 그래서 시우의 이가 유난히 희다고 생각했다.

시우는 린이 괜찮아져서 다행이라고 여겼다. 한참 열이 많이 날 때 죽을지도 모른다고 할머니가 혼잣말로 중얼거리는 소리를 들었다. 그때 시우는 린에 대해 오랫동안 생각했다. 그러고는 린이 죽지 않았으면 좋겠다고 결론을 내렸다. 이유는 없었다. 그냥 막연하게 그런 마음이 들었다. 키와 나이에 대한, 알아들을 수 없는 지껄임에 대해서도 생각해봤지만 그것이 딱히 이유가 되지는 못했다. 키와 나이에 대해 별로 알고 싶지도 않았고 흥미도 없었다. 린은 골치 아픈 존재였지만 뭔가 모르게 끌리는 부분이 있었다. 밤에 잠자리에 누워서도 곰곰이 생각해봤지만 끝내 그 이유를 찾을 수 없었다. 린이 죽으면, 키우던 토끼가 사라져버린 텅 빈 우리를 바라보는 기분이 들 것 같았다. 다행히 린은 죽지 않았다.
"말도 않고 그렇게 내빼면 어떡해? 오해할 뻔했잖아."
시우는 린의 말이 무슨 뜻인지 알아차리지 못했다.
"아직도 키와 나이의 차이를 모르겠니?"
"……"
"차이가 뭔지 몰라?"
"……"
"다른 거. 그걸 차이라고 해. 너하고 나하고 이걸로 이렇게 이를 닦았잖아. 그런데 우리 둘의 차이가 뭔지 알아? 넌 이걸로 이렇게 닦고, 나는 너와 반대로 이렇게 닦아. 그렇지?"
시우가 고개를 끄덕거렸다.
"이게 바로 너하고 나하고 이 닦는 방법의 차이야. 서로 다른 점. 알겠어?"
"……"
시우는 때가 낀 손가락으로 콧구멍을 후볐다. 린이 한 말을 알아듣긴 했는데 좀 정리할 필요가 있었다. 시우는 문장이 조금 길어지거나 복잡해지면 잘 알아듣지 못했다. 시우의 언어는 체계적이거나 조직적이지 못했다. 유연하고 능수능란하다가도 어느 부분에 가서는 이가 숭숭 빠진 옥수수처럼 맥없이 주저앉았다.
"키는 이렇게 만질 수 있어."
린은 시우를 일으켜 세워 발끝에서 머리끝까지 손으로 더듬어 가리켰다.
"네 키가 이만한 거야."
시우는 알 듯 모를 듯 야릇한 표정을 지었다.
"그런데 나이는 만질 수가 없어."
"왜?"
"눈에 보이지 않으니까."
몇 날을 고민해서 한다는 말이 결국 지난번과 다를 바가 없었다.

도대체 뭘까. 무엇이 저 아이를 맨발로 달리게 할까. 어느 이른 새벽, 린은 시우보다 일찍 눈을 떴다. 숲은 연무로 희뿌옇게 뒤덮였다. 린은 심호흡을 하고 시우가 하듯이 맨발로 자작나무를 향해 달렸다. 안개 입자가 얼굴에 와 부딪혔다. 그리 썩 유쾌한 느낌은 아니었다. 손바닥으로 연신 얼굴을 훑어 내렸다. 발바닥에 닿는 땅도 미찬가지였다. 미끈거리고 축축한 데다 작은 돌멩이들까지 발바닥을 찔러대 도무지 경쾌하게 달린다는 건 엄두도 못 낼 일이었다. 린은 얼마 못 가 달리기를 포기하고 뭉그적뭉그적 걸었다. 숲은 깊고 깊었다. 얼마쯤 갔을까. 축축하고 불쾌한 느낌이 가시면서 발에 점점 힘이 실렸다. 조금씩 속도를 내기 시작했다. 마침내 린은 달렸다. 그러자 희한한 일이 벌어졌다. 발바닥이 땅에 닿을 때마다 우주가 몸 안으로 들어오는 것 같았다. 심장이 쿵쾅쿵쾅 뛰었다. 문이 열리는 소리였다. 발바닥을 열고 린의 몸 안으로 들어온 우주는 무수한 세포마다 별을 달았다. 희미하지만 따뜻하고 노란 불이 들어왔다. 총총총 노란 불빛이 몸 구석구석을 비추었다. 린은 희미하지만 따뜻한 노란 불이 되었다. 몸의 문은 발바닥에 있었다. 어쩌면 세상의 모든 문은 가장 어둡고 낮은 곳에 있는지도 모른다. 자작나무 숲에 다다랐을 때 얼굴과 몸은 땀으로 범벅이 되어 있었다. 시우가 하듯이 발꿈치를 가지런히 모아 나무 밑동에 바싹 붙이고 고개를 똑바로 들어 나이를 쟀다. 손톱으로 꾹 눌러 표시한 곳의 눈금은 백육십오였다. 린은 백육십오 살이었다. 아마 기네스북에도 없는 기록일 것이다. 비로소 시우보다 나이가 많아졌다. 린은 문득 노파의 나이가 궁금해졌다. 시우가 노파에게 반말을 하는 이유가 여기 있을지도 모르겠다고 생각하다가 고개를 저었다. 키와 나이의 개념이 바뀌는 곳에서 '이유' 같은 건 중요하지 않았다. 키와 나이의 개념을 바꾸어도 세상은 달라지지 않았다. 아무 일도 일어나지 않았다.

✦

시우는 할머니가 잡아 오는 토끼를 볼 때마다 신기하고 부러웠다. 잡아 온 토끼를 손질하는 일은 시우의 몫이었다. 목을 찔러 피를 뽑고 배를 갈라 내용물을 꺼낸 뒤 가죽을 벗겼다. 힘의 안배가 일정해야 한 번에 깨끗하게 벗겨졌다. 벗겨낸 가죽은 그늘에 충분히 말렸다가 겨울에 이불로 썼다. 그러기 위해선 여러 개의 토끼 가죽을 이어 붙여야 했다. 가죽을 벗겨낸 토끼는 토막을 내 굽거나 탕을 끓여 먹었다. 토끼 고기는 기름기가 적고 고단백이라 겨울철 보양식으로 제격이었다. 시우는 토끼탕보다 토끼 사냥에 더 끌렸다. 할머니에게 여러 번 그 비결을 물었지만 제대로 된 답을 들은 적이 없었다.

　노파가 생각하기에 사냥의 기술은 누군가에게서 전수하는 게 아니었다. 수많은 시행착오를 거치면서 스스로 터득해가는 것이었다. 사냥의 기술뿐 아니라 모든 게 그랬다. 숲에서의 생활은 자급자족에서 시작되었다. 진정한 스승은 자연밖에 없었다. 노파는 시우도 이 사실을 깨달을 때가 되었다고 생각했다. 그것은 곧 토끼를 잡아 오라는 기대와 직결되었다.

　토끼를 잡기에는 요즘 같은 날씨가 제격이었다. 우기를 전후로 고온 다습한 기후는 토끼의 순발력과 민첩성을 떨어뜨렸다. 바람이 없는 습한 날씨는 토끼의 예민한 후각을 교란시켰다. 시우는 며칠 전부터 토끼의 이동 경로를 살피고 다녔다. 움막 가까이 흩어져 있는 토끼 똥이 결정적 근거였다. 심장이 마구 뛰어 잠도 오지 않았다. 밤새 토끼가 움막 주변을 배회하는 것 같아 몇 번이고 뛰쳐나가고 싶은 충동이 일었다. 이튿날 날이 새자마자 움막 주변 숲을 살폈다. 똥이 무더기로 발견되었다. 토끼는 움막 가까이에서 알짱거리는 것이 틀림없었다. 왜 사람 사는 곳까지 내려와 어슬렁대는지는 알 수 없었지만 시우에게 이보다 더 좋은 기회는 없었다. 토끼는 새끼를 뱄거나 멍청하거나 둘 중 하나였다. 새끼를 배면 식욕이 왕성해진 토끼가 겁 없이 민가까지 내려오는 경우가 종종 있었다. 하긴 움막은 민가가 아니었다. 움막 자체가 토끼가 살기에 좋은 숲에 있었다. 어찌 보면 노파와 시우가 토끼 영역을 침범한 것인지도 몰랐다. 어찌 됐든 움막 근처에서 토끼를 만나는 건 행운이었다.

시우는 배설물의 향방을 보고 행로를 살핀 후 토끼몰이 계획을 짰다. 배설물은 움막을 중심으로 반경 오십 미터의 타원형을 그리며 흩어져 있었다. 움막 주변에 널린 토끼 똥에는 말랑한 것들이 다수 남아 있었다. 이건 새끼를 밴 토끼가 아니라는 정황이었다. 새끼를 밴 토끼는 부족한 영양분을 섭취하기 위해 자신의 똥을 배설하는 즉시 항문에 입을 대고 받아먹었다. 아직 굳지 않은 똥이 남아 있다는 건 다시 섭취하지 않았음을 뜻했다. 새끼를 밴 토끼는 신경이 극도로 예민해 있어 포획하기가 쉽지 않았다. 게다가 언젠가 노파가 새끼 밴 족제비를 놓아주는 광경을 본 적이 있었다. 만약 새끼 밴 토끼를 잡는다 해도 노파가 풀어줄 것이 틀림없었다. 모든 게 유리하게 작용했다. 예상되는 이동 경로에 깊은 구덩이를 여러 개 파고 그 위를 잡풀로 덮었다. 토끼가 빠져나가지 못하게 군데군데 길목에 나뭇가지를 얼기설기 엮어 방어선을 쳤다.

첫째 날도 둘째 날도 토끼는 나타나지 않았다. 그후로 여러 날이 지나갔지만 토끼는커녕 새로운 배설물도 더 이상 보이지 않았다. 잔뜩 기대를 하고 있던 시우는 낙심해 병이 날 지경이었다. 조바심을 없애기 위해 숫돌에 칼을 갈았다. 오래된 칼은 날이 무뎠다. 예전 같으면 할머니가 하던 일이었다. 이를 본 노파는 모른 척 돌아앉았다. 노파가 보기에 시우는 한참 어리고 서툴렀다. 홀로서기에는 젖비린내가 났다. 토끼 사냥만 해도 그랬다. 저렇게 정신을 모으지 못하고 안절부절못하다가는 다 잡은 토끼도 놓치기 십상이었다. 사냥은 힘이 아니라 마음으로 하는 것이다. 기 싸움이었다. 상대방의 마음을 먼저 읽는 쪽에 승리가 돌아갔다. 노파는 모든 만물에 마음이 있다고 믿었다. 배를 곯는 들짐승은 물론 나무와 바람과 흙과 햇살에도 마음이 머문다고 생각했다. 그것들이 모여 숲의 넉넉한 마음이 생겨났으니 늘 고맙고 미안했다.

사냥은 마음과 마음이 다투는 장이었다. 잠시라도 긴장의 끈을 놓아서는 안 되었다. 지금 시우의 행동은 어수룩하고 방만했다. 토끼는 절대로 그냥 덫에 걸리지 않았다. 덫에 걸리기만을 기다리기 전에 토끼의 예상 경로를 미리 차단하는 게 중요했다. 가만히 앉아 무엇인가, 그것도 펄펄 살아 움직이는 생명이 덫에 걸리기만을 기다리는 것은 인간의 오만이었다. 그들도 제 나름의 생각이 있고 오기가 있다는 걸 인간들은 모르고 있었다. 노파는 오랜 숲 생활로 이를 터득했다. 그리고 이 단순 명료한 진리를 시우 스스로 알아가기를 바랐다. 지금 시우를 위해 노파가 할 수 있는 건 모른 척 돌아앉는 일뿐이었다.

며칠 동안 얼씬도 하지 않던 토끼가 드디어 모습을 드러냈다. 시우는 숨이 멎는 것 같았다. 포획망을 움켜쥐고 토끼의 향방을 예의 주시했다. 토끼는 안테나 같은 귀를 쫑긋 세우고 박제처럼 서 있었다. 시우가 있는 움막과 정면으로 마주 보고 선 위치였다. 금세라도 움막을 향해 돌진할 태세였다. 잠시 후 정탐을 끝낸 토끼가 슬슬 움직이기 시작했다. 두어 번 폴짝 뛰더니 도로 조용해졌다. 그리고 방향을 틀어 다시 움직였다. 약간의 경사가 있는 곳을 지났다. 첫 번째 함정이 있는 곳으로 움직이는가 싶더니 함정을 펄쩍 뛰어넘어 두 번째 함정이 있는 곳으로 향했다. 시우는 몸을 최대한으로 낮추어 재빨리 세 번째 함정이 있는 곳으로 내달렸다. 시우가 몇 발자국 옮기기도 전에 화들짝 놀란 토끼가 경중경중 뛰었다. 그러나 토끼는 미리 쳐놓은 그물망에 걸려 빠져나갈 구멍을 못 찾고 날뛰었다. 시우는 포획망을 움켜쥐고 토끼를 향해 돌진했다. 포획망이 덮치는 순간 토끼는 간발의 차이로 빠져나갔다. 혼비백산한 토끼는 산등성이 너머로 순식간에 사라졌다. 시우는 멍하니 서서 달아나는 토끼를 바라봤다. 노파가 잎담배에 불을 붙였다.

시우는 여전히 토끼 똥을 살피고 다녔다. 바로 눈앞에서 놓치고 보니 전보다 더 토끼 사냥이 간절해졌다. 그러다 우연히 아무런 준비와 계획도 없이 토끼를 잡고 말았다. 너무 얼떨결에 생긴 일이라 그건 사냥이라고 말하기도 뭐했다. 멍청이 같은 토끼 한 마리가 눈을 감고 시우의 품 안으로 돌진한 것과 다름없었다. 어쨌든 시우는 뜻밖의 횡재에 기분이 날아갈 듯 상쾌했다. 무엇보다 할머니의 반응이 궁금했다. 나이와 키도 모른다고 타박하는 린에게도 한껏 으쓱댈 것을 생각하니 토끼의 귀를 움켜쥔 손에 힘이 들어갔다. 하얀 털이 보송한 토끼는 자신의 빙충맞은 행동을 뒤늦게 후회하며 시우의 손아귀에서 얌전히 자숙의 시간을 보내고 있었다.

 시우는 할머니와 린이 보란 듯 능숙한 솜씨로 토끼를 죽였다. 피를 뽑고 가죽을 벗겼다. 오랜만에 토끼 구이를 먹었다. 토끼 구이를 배불리 먹고 나서도 시우는 뭔지 모르게 기분이 이상했다. 생각처럼 그리 유쾌하지 않았다. 가만히 생각해보니 그건 사냥이 아니었다. 운이 좋아 생긴 일이었다. 누구한테나, 토끼 귀도 잡지 못하는 린에게조차 벌어질 수 있는 일이었다. 토끼가 목적이 아니었다. 진짜 멋지게 사냥을 하고 싶었다. 상대가 멧돼지든 오소리든 상관없었다. 중요한 건 혼자 힘으로 펄펄 살아 있는 그 무엇을 사로잡든 때려잡든 하는 것이었다. 사냥의 묘미를 느끼기에 시우는 아직 어렸다. 시우는 빨리 어른이 되고 싶었다.

 노파는 그리 놀라거나 기뻐하지 않았다. 당연히 올 것이 왔다는 표정이었다. 겉으로는 그렇게 보였지만 사실 누구보다 흥분되었다. 노파는 아침을 맞는 게 점점 두려워지고 있었다. 죽음이 두려운 건 홀로 남을 시우 때문이었다. 린은 신기하고 놀라웠다. 거침없이 죽이고 피를 뽑고 가죽을 벗기고 토막을 내고 구워 먹고 하는 일들에 소리 없이 경악했다. 그런 일들을 노파가 아닌 시우가 하고 있다는 사실이 더욱 놀라웠다. 도시 아이들이라면 텔레비전이나 보고 게임기나 두드려댈 나이였다.

어설프게 성공한 토끼 사냥이었지만 파급효과는 컸다. 노파는 처음으로 시우에게 잎담배를 주었다. 시우는 기침 한 번 하지 않고 능숙하게 담배를 피웠다.
"너무한 거 아니에요?"
"시우는 어리지 않아."
노파는 린의 말을 잘랐다. 토끼 사냥 때문에 노파의 태도가 갑자기 돌변했다는 걸 린은 알아차리지 못했다. 노망이 들었나. 두 사람의 신경전에 시우가 저만치 내뺐다. 전부터 피우고 싶은 담배였다. 무엇보다 노파에게 인정을 받은 듯해 기분이 우쭐했다. 어른이 된 것 같았다. 달아나는 시우를 눈으로 좇던 린이 노파에게 한마디 했다.
"저런다고 어른이 되지는 않아요."
"그런 건 중요하지 않아."
노파가 카메라를 향해 중얼거렸다.
"그럼 뭐가 중요하죠?"
사냥을 한다는 건 어엿한 사내가 되었음을 뜻했다. 고독과 쓸쓸함을 견딜 줄 아는 나이가 되었다는 의미다. 사냥의 근본이었다. 사냥은 상대를 포획하는 게 아니라 자기 자신을 잡아 가두는 행위였다. 이를 깨달은 뒤부터 노파는 사냥을 하지 않았다. 더 이상 잡아 가둘 자신이 존재하지 않았다. 그래서도 안 되었다. 노파는 숲에 모든 걸 부려놓고 떠나고 싶었다. 그동안 자신이 받은 모든 걸 돌려주고 가야 한다고 생각했다. 시우에게도 말해주고 싶었다. 그래야 한다고. 담배를 피우는 건 숲의 무한한 애정을 확인하는 작업이라고. 철모르는 린에게 쏘아붙이고 싶었다. 토끼를 사냥하는 게 마냥 설레는 일만은 아니라는 사실을 언젠가 시우 스스로 깨닫는 날이 오리라. 그래서 시우는 담배를 피워 마땅했다.

"살아보면 알 거야."

렌즈 속 노파의 눈은 차갑게 빛났다.

"시우는 몇 살부터 이곳에서 산 거죠?"

순간 노파의 눈빛이 흔들렸다. 린은 이를 놓치지 않았다.

"여기서 태어났나요? 부모님은요?"

노파가 잎담배를 눌러 껐다.

"이제 말씀해주실 때가 된 것 같은데요."

노파가 말없이 카메라를 노려봤다. 하루하루가 일력처럼 찢겼다. 남은 날이 박했다. 기억은 점점 흐릿해졌고 간단한 집안일조차 손에서 놓여났다. 그저 멍하니 앉아 있기만 해도 정수리에 숭숭 구멍이 난 듯 바람이 들락날락했다. 헛헛한 아랫도리는 장독에서 건져 올린 묵은 짠지처럼 시커멓게 말라갔다. 정신이 아득해

잠깐 눈을 붙이고 일어나면 그새 까마귀들이 몸속을 드나들며 그 단단한 부리로 따뜻한 심장이며 붉디붉은 간을 야금야금 쪼아 어디론가 퍼 날랐다. 까마귀가 물고 간 따뜻하고 붉은 것들. 그것을 떠올리자 마음이 조급해졌다. 마침내 노파는 카메라를 마주 보고 앉았다. 그리고 고요히 입을 열었다. 인터뷰는 주로 시우가 없는 틈을 타 진행했다.

노파의 숨소리는 점점 거칠어졌다. 밤에 잠을 자다가도 살을 에는 듯한 통증에 몇 번씩 잠에서 깼다. 가만히 몸을 일으켜 움막을 빠져나왔다. 칠흑 같은 어둠이 노파를 집어삼킬 듯 아가리를 있는 대로 벌리고 으르렁댔다. 온 힘을 다해 정신을 모았다. 아무리 칠흑 같은 어둠이라도 노파의 눈에는 길이 보였다. 발을 디뎌야 할 곳과 그렇지 않은 곳이 보였다. 어지럽게 뒤엉킨 나무와 그 아래 뒹구는 작은 돌멩이까지 보였다. 노파는 자신의 눈이 그것들을 보는 게 아니라 그것들이 스스로 빛을 내 자신을 비껴간다고 믿었다. 이제 자신도 누군가를 위해 비켜서야 할 때가 온 것이라고. 노파는 이미 오래전 숲의 일부가 되었다. 노파는 밭은 숨을 몰아쉬며 나무 아래 무너지듯 주저앉았다. 아랫배를 움켜쥐고 고꾸라졌다. 입에서 신음 소리가 새어 나왔다. 큰비가 오기 전에 움막을 손봐야 하는데. 이 모든 일을 맡기기에 시우는 아직 어렸다. 린은 숲에 뒹구는 돌멩이만도 못했다. 노파는 한숨을 깊이 내쉬었다. 그때였다. 노파 앞에 낯익은 그림자가 우뚝 섰다.

"할머니, 거기서 뭐 해?"

시우였다. 시우는 오줌이 마려워 눈을 떴다가 할머니가 배를 움켜쥐고 나가는 것을 목격했다. 처음에는 오줌을 누러 가는가 보다고 생각했다. 오줌을 누고 들어와서도 한참을 기다렸는데 할머니가 들어오지 않았다. 오줌이 아니라 똥을 누는가 보다고 돌아누웠다. 그렇게 또 한참이 흘렀다. 이상한 생각이 들었다. 시우는 밖으로 나왔다. 할머니가 어둠 속에 바위처럼 웅크리고 있었다.

"응, 아무것도 안 해."

노파는 소스라치게 놀라며 몸을 일으켜 세우다가 그만 중심을 잃고 나뒹굴었다.

"할머니!"

시우가 얼른 노파를 부축해 일으켰다.

"괜찮아."

노파는 힘겹게 나무에 등을 기대고 앉아 가쁜 숨을 몰아쉬었다.

"얼른 업혀."

시우가 노파를 향해 등을 디밀었다. 시우의 작은 등이 어둠 속에서 희미하게 빛났다. 노파는 마른 손으로 시우의 등을 어루만졌다. 아직은 성근 연약하고 비쩍 마른 등이지만 노파가 보기에는 한없이 탄탄한 벽이었다. 내색은 안 했지만 노파는 늘 시우에게 기댔다. 나름 괜찮은 동반자였다. 시우가 없었다면 노파는 벌써 말을 잊고 이성과 감성을 잃어버렸을 것이다. 악만 남은 빈 껍데기의 남루한 영혼은 허구한 날 숲을 대적하느라 피투성이가 되어 있을 터였다.

남편이 죽고 난 후 노파의 심신은 가뭄 든 들판처럼 황폐했다. 숲은 그런 노파를 잠시도 그냥 두지 않았다. 봄에는 진분홍 진달래가 마음을 흔들어놓았고, 여름이면 무성한 초록이 움막을 덮칠 듯 거침없이 행진해왔다. 가을에는 밤새도록 이어지는 풀벌레 소리에 잠을 이루지 못했고, 겨울이면 이 모든 것을 생매장한 폭설이 설귀가 되어 움막 바로 코앞까지 전진해왔다. 문만 열면 노파도 생매장될 찰나였다. 노파는 남편을 따라 숲으로 들어온 것을 후회했다. 혼자 대적하기에 숲은 너무 많은 경우의 수를 품고 있었다. 그리고 결코 대적할 수 없는, 아니 대적해서는 안 되는 상대라는 걸 알기까지 오랜 시간을 상처투성이로 보내야 했다. 시우가 있어 다행이었다. 그렇지 않았다면 이미 세상을 등졌을 것이다.

"뭐 해! 빨리 업히라니까."

시우는 억지로 할머니를 등에 업었다. 생각보다 많이 가벼워서 깜짝 놀랐다. 땔감도 한 짐씩 들고 오고, 불도 한 번에 잘 피우고, 무엇보다 시우가 못 하는 토끼 사냥도 척척 하는 할머니였다.

"할머니, 원래 이렇게 가벼웠어? 나무보다 더 가벼운걸. 그런데 어떻게 토끼는 잡아? 힘도 나보다 세잖아. 나는 두 번은 쳐야 쪼개는 나무를 할머닌 단 한 번에 쩍 쪼개잖아. 족제비도 한 번에 때려잡고 나물도 나보다 훨씬 많이 캐 오잖아. 그런데 왜 이렇게 가벼워?"

시우는 쉴 새 없이 떠들었다. 불안했다. 말을 멈추면 곧 찾아올 정적이 두려웠다. 할머니는 말이 없었다. 시우의 목소리가 새소리처럼 들렸다. 맑고 고운 새소리는 점차 희미해지다 어느 순간 들리지 않았다. 할머니는 잠이 들었다.

"왜 대답 안 해?"

시우의 목소리가 메아리가 되어 어둠 속으로 퍼져나갔다. 돌부리에 발이 걸려 넘어질 뻔했다. 분명히 움막에서 그리 멀리 오지 않았는데, 길은 돌고 돌았다. 하늘을 향해 어지럽게 솟은 시커먼 나무들이 앞을 가로막았다. 길이 사라졌다. 음산한 나무 그림자에 둘러싸인 시우는 주위를 두리번거렸다. 나무들이 이렇게 위협적으로 느껴진 적은 처음이었다. 무서웠다. 손에 힘이 빠졌다. 하마터면 업고 있는 할머니를 놓칠 뻔했다.

"길이 이상해! 할머니, 이쪽으로 가는 거 맞지? 대답 좀 해봐!"

몸을 흔들어 할머니를 깨웠다. 여전히 대답이 없었다. 게다가 점점 무거워지고 있었다. 간신히 길을 찾은 시우는 전속력으로 달렸다. 등 뒤의 할머니는 모래주머니처럼 무거웠다. 숲 한가운데 오래된 나무가 있었다. 시우가 두 팔을 다섯 번을 벌려야 가까스로 껴안을 수 있는 나무였다. 나무에는 커다랗고 깊은 구멍이 나 있었다. 어린 시우가 들여다본 구멍은 깊고 깜깜했다. 언젠가 그 속에 손을 디밀었다가 무엇인가에 찔린 후로는 근처에 얼씬도 하지 않았다. 시우가 보기에 그 거대한 나무는 하나도 자라지 않는 것 같았다. 비가 오나 눈이 오나 언제나 그 모습, 그 크기 그대로였다. 할머니는 가끔 고목에 대고 절을 했다. 그리고 알아들을 수 없는 말을 연신 중얼거렸다. 그 모습을 본 어린 시우는 나무 속에 할아버지가 들어 있다고 생각했다. 나무가 할아버지를 잡아먹었거나 저 깊은 구멍 속에 가두었다고 생각했다. 그래서 할아버지를 구해내기 위해 할머니가 주문을 외우는 것이라고 믿었다. 그러지 않고는 할머니가 그토록 간절할 수 없었다. 그 무시무시한 고목을 뿌리째 뽑아 업고 달리는 것 같았다. 그러니까 등에는 할머니와 할아버지가 모두 업혀 있는 꼴이었다. 그런 생각이 들자 점점 더 힘이 들었다. 숨이 찼다. 당장에라도 할머니를 떠받치고 있는 손을 놓아버리고 싶었다. 움막에 돌아왔을 때 시우는 어둠 속에 서서 자신을 반기는 린을 보고 울음을 터뜨렸다. 다행히 등에는 할머니만 있었다. 할아버지도 고목도 보이지 않았다.

✧

며칠째 비가 내리고 있었다. 밤새도록 천둥과 번개가 숲을 뒤흔들었다. 푸른빛 섬광이 번쩍일 때마다 실내가 반짝 살아났다. 기괴하고 으스스한 풍경이 호러물을 찍는 세트장 같았다. 바위를 부술 듯 요란한 벼락 소리가 음향효과를 대신했다. 바로 머리 위에서 구름이 갈기갈기 찢겨나갔다. 두 손으로 귀를 막고 눈을 감아도 소용이 없었다. 갈수록 빗소리는 사납고 포악해졌다. 금방이라도 지붕을 뚫고 기둥을 뽑을 태세였다. 린은 자리에서 일어나 앉았다. 목에 땀이 흥건했다. 옆자리의 시우는 깊은 잠에 빠졌다. 노파도 고요했다. 이 모든 일에 익숙한 두 사람은 평상시와 다름없는 밤을 보내고 있었다. 밖에서 비와 번개를 맞고 있는 나무와 바위처럼 그들은 이 모든 상황을 고스란히 '맞고' 있었다.

한밤중에 나갔다가 시우의 등에 업혀 온 후 노파는 줄곧 누워 지냈다. 식사를 하고 용변 볼 때를 제외하고는 등이 바닥에서 떨어지지 않았다. 노파는 눈을 감고 죽은 듯이 누워 있었다. 가끔 신음 비슷한 소리를 내며 돌아누웠다. 앙다문 입술 사이로 새어 나오는 소리는 시우가 듣기에는 신음 소리요 린에게는 울음소리로 들렸다. 그럴 때마다 시우는 할머니 머리맡에 바싹 다가가 물었다.

"많이 아파?"

그러면 할머니는 실눈을 간신히 뜨고 금붕어처럼 입을 달싹거렸다. 시우는 귀를 할머니 얼굴 가까이 디밀었다. 할머니의 입에서 소리 대신 나무 썩는 냄새가 났다. 시우는 할머니 몸속에 병든 나무가 자라는 꿈을 꿨다. 며칠 전 등에 업혀 온 고목처럼 나무는 크고 잎이 무성했다. 그런데 잎과 뿌리가 새까맣게 썩어 들어갔다. 그러면서 자랐다. 할머니의 입과 두 귀로 새까맣게 썩은 잎들이 꾸역꾸역 미어져 나왔다. 시우가 꿈을 꾸는 동안 노파는 눈을 뜨고 잠든 시우를 바라보았다. 엎드려 잠든 시우의 작은 등 위로 빗소리가 오래 들렸다.

누구보다 갑갑한 이는 린이었다. 비가 오니 꼼짝없이 움막에 갇혀 지내야 했다. 게다가 노파는 아파서 누워 있었다. 린은 은근히 노파의 건강이 걱정되었다. 마땅한 치료 약도 없고 노파를 위해 할 수 있는 일이 아무것도 없었다. 린은 시우처럼 노파의 곁에 바싹 붙어 있지도 않았다. 멀찌감치 떨어진 자리에서 상황만 살폈다. 비가 이토록 원망스러운 적이 없었다. 산중 장마는 도시의 그것보다 더욱 거침없고 포악했으며 질기기까지 했다. 숲은 일방적으로 능욕을 당했다. 비는 영원히 끝날 것 같지 않았다. 린은 번개가 번쩍이고 벼락이 칠 때마다 움막이 당장 어떻게 될 것 같아서 겁이 났다. 그러나 보기보다 움막은 튼튼하고 견고했다. 바람이나 막자고 아무렇게나 대충 엮어놓은 것처럼 보여도 안으로 비 한 방울 들이치지 않았다. 주변에 둘러가며 미리 파놓은 도랑으로 붉은 물이 넘실거렸다. 움막은 부피와 크기를 낮추고 엎드려 있었다. 린은 일어나서 서성이다가 자신도 낮은 지붕을 따라 바닥에 몸을 붙이고 최대한 납작 엎드려 있어야 할 것만 같아 도로 엉덩이를 붙이고 앉았다. 창으로 숲이 통째로 흔들리는 게 보였다.

팔베개를 하고 벌러덩 누웠다. 몸이 근질거렸다. 다시 슬그머니 일어나 앉아 옷 밑단을 까뒤집어 이를 잡기 시작했다. 어둑한 실내 때문에 잘 보이지 않았다. 눈 가까이 들이대고 살폈지만 이는 쉽게 눈에 띄지 않았다. 한참을 뒤진 끝에 솔기에 붙어 있는 까만 벌레를 발견했다. 이를 본 것은 처음이었다. 노파가 하듯이 엄지와 검지로 이를 집어 왼쪽 엄지손톱 위에 올려놓고 오른쪽 엄지손톱으로 꾹 눌렀다. 따다닥. 손톱에 미량의 피가 묻었다. 피가 빠져

나가 투명해진 이는 납작하게 손톱 위에 달라붙어 잘 떨어지지 않았다. 린은 손톱을 옷자락에 쓰윽 문질렀다. 한 번 잡고 나니 점점 눈에 잘 띄었다.

린은 어느새 이 잡는 재미에 푹 빠졌다. 쌀알보다 더 작은 벌레와 경쟁이 벌어졌다. 잡고 잡히는 관계. 손톱으로 톡 눌러 이를 터뜨려 죽일 때마다 은근히 희열을 느꼈다. 그동안 내 피를 빨아 먹은 놈들, 나를 괴롭힌 놈들. 손톱에 점점 힘이 들어갔다. 그와 함께 증오와 쾌락도 더해졌다. 그 경지를 넘어서자 오히려 아무 생각이 나지 않았다. 단순히 무료함을 달래기 위한 기계적 몸짓만 남았다. 손톱 위에 바싹 달라붙은 죽은 이의 시체가 팔뚝에 허옇게 일어나는 살비듬처럼 빗소리 속으로 우수수 떨어졌다. 아침이면 창가에 목을 길게 빼고 앉아 이를 죽이던 노파도 어쩌면 이런 경우인지 몰랐다. 무료함이 만들어내는 절대 리듬과 운율의 하모니 같은. 린은 손가락에 침을 발라 손톱에 말라붙은 검붉은 피를 닦아냈다.

지루하고 포악한 비를 견디기 위해서 시우에게도 절대 리듬과 운율의 하모니가 필요했다. 잠에서 깬 시우는 자루를 펼쳐놓고 옥수수 알갱이를 헤아렸다. 이백오십이, 이백오십삼……. 시우의 손가락은 빠르고 일정하게 움직였다. 빗소리에 묻혀 간간이 끊겼다 이어지는 목소리는 힘차고 또렷했다. 수를 셀 때마다 짝짝이 콧구멍이 벌름거렸다. 빗소리 반주에 맞추어 비트를 넣는 것 같았다. 어디다가 써먹지도 못할 셈을 뭣하러 저리 열심히 하는지. 물건을 사고팔 일도 없으니 셈을 치를 일도 없었다. 학교에 다니는 것도 아니어서 숙제를 할 일도 없고. 린은 손톱의 피를 닦아내다가 곁눈질로 시우를 살폈다.

"그건 뭣하러 그렇게 열심히 세?"

시우는 대꾸도 없이 계속해서 수를 헤아렸다.

"그깟 옥수수 알갱이가 뭐가 중요해. 백 개면 뭐 하고 천 개면 또 어때?"

린이 떠들든 말든 시우는 하던 일을 멈추지 않았다. 숫자는 천 단위로 막 넘어섰다.

"재미있어?"

"몰라."

시우는 진심으로 몰랐다. 자신이 왜 이 짓을 하고 있는지. 어느 날 우연히 셈을 알게 되었고, 또 어느 날 우연히 옥수수 낱알을 헤아렸다. 한 번이 두 번이 되고 두 번이 세 번이 되었다. 오십이 백이 되었고, 백이 천이십사가 되었다. 아무것도 안 하고 가만히 있을 때보다 빨리 어두워졌고 얼른 배가 고팠다. 그래도 또 하고 싶어졌다. 자꾸 생각이 났다. 그것이 '재미'라는 걸 시우는 알지 못했다. 아주 드물게 시우는 자신이 이 숲에서 없어지는 생각을 했다. 그런 날은 몹시 우울했고 무엇을 해도 흥이 나지 않았다. 우울해서 자신이 사라지는 생각을 하는지 자신이 사라지는 생각을 해서 우울한 건지, 어떤 게 먼저인지 알 수 없었다. 어쨌든 중요한 건 그럴 때 옥수수 낱알을 세면 그런 생각이 없어졌다.

시우의 숫자 놀이는 단순하고 정직했다. 차례대로 헤아리는 게 다였다. 거기에는 어떤 꾸밈도 조작도 없었다. 이만 삼천육백이십오. 시우는 이 세상의 모든 개체를 일일이 헤아릴 기세였다. 단지 한 자루의 말라빠진 옥수수 낱알을 가지고 온 우주를 제 품에 품었다 놨다 했다. 중간중간 까맣게 때가 낀 손톱으로 헝클어진 머리를 벅벅 긁었다. 텔레비전을 보고 게임을 하고 휴대전화를 손에서 놓지 않는 도시 아이들에 비하면 곤궁하기 이를 데 없는 풍경이었다. 린은 그 모습이 하도 측은하고 지루해 다른 놀이를 가르쳐주고 싶을 지경이었다. 이를테면 아무런 도구가 필요하지 않는 묵찌빠나 낱말 잇기 같은 것. 하지만 불가능했다. 시우가 알고 있는 낱말은 옥수수 한 자루에 붙어 있는 낱알만큼도 안 되었다. 비는 도무지 끝을 알 수 없었다. 카메라를 움켜쥔 린의 손이 근질거렸다. 노파나 시우에게는 한낱 배경음악처럼 들리는 빗소리가 신경에 거슬렸다. 비가 쏟아지는 바깥 풍경도 새로울 게 없었다. 린은 잠시 카메라를 내려놓았다. 좀 더 그럴듯한 그림이 필요했다. 연일 이어지는 비와 옥수수 낱알만으론 부족했다.

"재미있는 거 가르쳐줄까?"

시우의 눈이 반짝였다. 린이 배낭을 뒤져 책을 한 권 꺼냈다. 멀찍감치 누워 있던 노파가 뭐라 손짓을 했다. 시우가 노파가 가리키는 곳을 뒤져 초를 꺼내 왔다. 아끼느라고 여간해선 켜지 않는 것이었다. 촛불 아래 린과 시우가 머리를 맞대고 앉았다.

"자, 봐. 이런 걸 배우는 거야."

린이 책 제목을 손가락으로 가리켰다. 주제 사라마구의 《죽음의 중지》라는 소설책이었다. 시우는 눈을 동그랗게 뜨고 린의 손가락을 따라갔다. 생전 처음 보는 희한한 그림이었다. 노파의 자에서도 저런 표시는 본 적이 없었다. 무엇을 재는 거지.

"뭘 재는 건데?"

"재?"

"응. 어떻게 재는 건데?"

린이 폭소를 터뜨렸다. 그러곤 잠시 골똘히 생각에 잠겼다가 입을 열었다.

"네가 왜 이런 데서 이러고 있는지 모르겠다니까. 음, 이건 글자라는 거야. 이런 게 모여서 이런 글이 돼. 글이 무엇을 재는 거냐 하면. 음……. 이 세상, 아니 이 세상에 있는 모든 거. 그걸 재. 이제 알겠어? 이 꼬마 박사야."

린이 책장을 한 장 한 장 넘겼다.

"이것 봐. 이렇게 많아. 이것들이 다 무엇을 재는지 궁금하지 않아?"

시우의 눈이 휘둥그레졌다.


린은 시우에게 글을 가르치기 시작했다. 기역, 니은, 디귿. 시우는 린이 시키는 대로 소리 내 발음했다. 기역, 니은, 디귿……. 사방에서 이름 모를 나무와 꽃들이 쏙쏙 얼굴을 내미는 것 같았다. 나 여기 있지. 나도 여기 있어. 뒤 좀 돌아봐, 여기도 있거든. 어이, 여기도! 여기저기서 온통 불러대는 통에 혼이 나갔다. 시우는 정신을 차리고 집중했다. 아, 여, 어, 여……. '기역' 하고 '아'가 만나 '가'가 되는 거야. '기역' 하고 '어'가 만나면? 린의 물음에 시우는 머리를 벅벅 긁었다. 머릿속에서 '거'와 '고'가 서로 다투었다. 고? 린의 얼굴이 일그러졌다. 거? 그렇지! 린이 활짝 웃었다. 기역, 니은, 디귿에서 가, 나, 다로 오기까지 더딘 시간이 흘렀다.

  시우가 비로소 재미를 붙인 것은 '가방'을 배우고 '나무'를 익히고 '다람쥐'를 쓸 줄 알기 시작하면서였다. 시우의 학습 능력은 봄날 새순처럼 쑥쑥 자라 한여름 느티나무같이 무성해졌다. 돌멩이. 바람. 구름. 나무. 해. 시우는 종이 위에 숲 식구들을 하나하나 불러들였다. 돌멩이와 숟가락이 서로 인사를 나누었다. 바람은 벽에 걸려 있는 토끼 가죽에게 알은체를 했다. 시우가 매일 베고 자는 수숫단은 구름을 제 몸에 눕혔다. 다들 깨진 상에 둘러앉아 밥도 같이 먹었다. 좁은 집 안이 복작복작 꽉 찼다. 예쁘다. 기쁘다. 좋다. 파랗다. 숲 식구들이 놀다 간 자리에 이번에는 형용사를 초대했다. 린은 예쁘다. 린은 기쁘다. 린은 좋다. 린은 파랗다? 아니, 아니. 린이 도리질을 했다. 난 파랗지 않아. 시우는 파랗다? 아니. 할머니는 파랗다? 노, 노. 린이 손을 내저었다. 마음이 파랗다? 음……. 좋아, 그럴 수 있지. 파란 마음. 시우는 알쏭달쏭했다. 형용사는 이랬다저랬다 그 마음을 알 수 없었다. 달리다. 날다. 먹다. 사랑하다. 자, 이번에는 동사야. 토끼가 달리다. 새가 날다. 열매를 먹다. 시우를 사랑하다. 종이 위에 린이 불러주는 대로 받아쓰던 시우가 머뭇거렸다. 누가? 할머니? 아니면……. 뭐 해? 린이 채근했다. 시우를 사랑하다. 시우는 린이 불러주는 대로 또박또박 받아 적었다. 할머니가 시우를 사랑하다. 린이 다시 한 번 더 불러주었다. 할머니가 시우를 사랑하다. 시우는 그대로 받아썼다. 근데 사랑이 뭐야? 시우가 눈을 동그랗게 뜨고 물었다.

노파는 누워서 시우의 글 읽는 소리를 들었다. 십여 년 전 그날, 사람들이 돌아간 후 노파는 부지런히 둔덕을 드나들었다. 행여 검게 그은 거울 조각이라도 남아 있을까 주변을 샅샅이 살피고 다녔다. 형체도 알아볼 수 없는 새까만 잿덩이가 굴러다녔다. 노파는 그것들을 긁어모아 땅속에 묻었다. 비가 오고 햇볕이 들자 그곳에 풀이 자랐다. 둔덕은 그날의 기억을 간직한 채 감쪽같이 사실을 은폐했다. 시우에게 글을 가르치지 않은 것도 어쩌면 그와 같은 마음이었는지 모른다. 완벽한 알리바이. 하지만 목걸이는 없앨 수 없었다. 여리디여린 목에 걸려 있던 그것은 부적이었다. 차마 손댈 수 없었다. 시우의 글 읽는 소리에 온몸을 흠씬 두들겨 맞은 듯 노파가 힘겹게 돌아누웠다.

"그 목걸이 어디서 났어?"

"몰라."

"모른다고? 네 거잖아?"

"몰라."

시우는 줄곧 건성으로 대답했다.

"선물 받았니?"

"선물?"

"응. 누가 너한테 줬냐고."

"아니."

"그럼?"

"그냥, 있었어."

"언제부터?"

"몰라."

정말이었다. 아주 어렸을 적부터 언제부터인지 모르게 목에 걸려 있었다. 그것은 태어날 때부터 존재한 코나 입 같아서 어떤 의심도 들지 않았다. 고심 끝에 입을 연 린은 아무런 소득도 얻지 못했다. 시우는 목걸이엔 흥미조차 없는 듯 보였다.

린이 박기용에 대한 이야기를 들은 것은 지난봄이었다. 오 신부에게서 식사나 한번 하자는 전화가 왔다. 오 신부는 그전에도 취재차 몇 번 만나기는 했지만 단둘이 따로 만나 식사를 한 적은 없었다. 신부가 기거하는 서산의 작은 공동체 마을로 린이 찾아가는 식의 만남이었다. 그런 오 신부가 직접 전화를 걸어왔다. 린은 직감적으로 찌가 움직이는 걸 느꼈다. 린의 이성과 직감은 날카로운 촉수를 번득이며 도처에 찌를 늘어뜨렸다. 물리기만 해라. 머릿속은 늘 작품 생각으로 포화 상태였다. 까마득한 후배들의 수상 소식을 줄줄이 접할 때마다 똥줄이 탔다. 어디 카메라를 들이밀 데가 없을까 눈이 뻘게지도록 들쑤시고 다녔다. 이야깃거리가 될 만한 일이라면 지옥도 마다 않고 갈 작정이었다.

세검정 한식집에서 오 신부를 만났다. 신부가 꺼낸 이야기는 뜻밖에도 십삼 년 전에 치산에서 난 경비행기 사고였다. 오 신부는 당시 사건이 실린 신문을 보여주었다. 사회면 하단 구석에 실린 다섯 줄도 안되는 짤막한 기사였다. 깊은 산중에 경비행기가 추락했고 고열에 타버린 시신은 신원 확인이 불가능해 주변에 흩어진 소지품으로 성인 남녀 한 쌍으로 추측한다고 쓰여 있었다. 블랙박스 기록에서도 별다른 단서를 찾지 못했다. 이목을 끌 만한 특이한 점도, 그렇다고 흥미를 끌 만한 이슈도 없는 단순 사고 소식이었다. 신문은 누렇게 바래 있었다.

"오래된 사건이네요?"

린은 심드렁한 얼굴로 오 신부를 건너다봤다.

"이게 사실인지 아닌지 좀 알아봐주게나."

오 신부가 속삭이듯 말했다.

"이미 기사까지 났는데요?"

린은 어리둥절했다. 도대체 무엇을 더 캐낸다는 말인가. 확인하고 말 것도 없어 보였다. 오 신부는 기사와 관련한 몇 가지 이야기를 더 들려주었다.

"사고를 당한 사람들이 자신의 아들 내외 같다고 조심스럽게 물어온 이가 있어."

오 신부는 교도소를 찾아다니며 재소자들을 위해 찬송가도 부르고 기도도 했다. 교도소에서 만난 사람들은 크게 두 부류였다. 영혼이 충만한 사람과 영혼이 없는 사람. 눈빛이 이글이글 타오르는 사람과 초점마저 없는 사람. 이들의 공통분모는 사랑도 용서도 아닌 분노였다. 분노로 충만한 영혼이며 눈빛이었다. 분노가 사라진 사람은 영혼도 눈의 초점도 없었다. 이들은 교도소 바닥을 기어 다니는 바퀴벌레처럼 더럽고 혐오스러운 생물체에 지나지 않았다. 스스로를 그렇게 단정지었다. 그도 그런 부류였다. 눈빛도 영혼도 찬란하지 않았다. 말은 어눌했고, 목소리는 작고 힘이 없었으며, 누군가를 오래 바라보지 못했다. 그의 시선은 늘 어둡고 가진 모서리를 맴돌았다. 그런 그가 이야기를 꺼냈다. 오 신부는 그날 처음으로 햇살처럼 반짝이는 그의 영혼을 보았다. 숱하게 깨지고 박살 난, 사선을 넘어온 시선이 쟁쟁하고 다부진 눈빛으로 부탁해왔다. 처음이자 마지막으로 꾸는 꿈이오. 그러곤 작게 웃었다. 허허, 꿈. 그리고 물었다.

"신부님, 꿈은 말이지요. 그건 말이지요. 진실에 가까운 거지요?"

오 신부는 고개를 끄덕였다. 그의 분노는 꿈을 꾸고 있었다. 박기용은 이 사실이 외부에 알려지는 걸 원하지 않았다. 아들 내외인 것이 확인되는 순간, 그의 꿈은 사라질지 몰랐다. 그래야 진실이었다. 그가 바라는.

"그야 경찰서에 알아보면 더 빠를 텐데요?"

린은 좀 더 그럴듯한 정보를 기대했다.

"중요한 건 아들 내외가 아니야."

"그럼 뭐지요?"

"그걸 하 감독이 알아봐줘야겠어."

오 신부가 가방에서 누렇게 색이 바랜 편지 봉투 하나를 꺼냈다. 린의 눈이 반짝거렸다. 겉봉에 수신자는 박기용, 발신자는 박승준이라 쓰여 있었다. 소인에 찍힌 날짜는 1991년 3월 25일. 사고가 나기 이틀 전이었다. 린은 봉투 속 편지를 꺼냈다. 검은색 볼펜으로 또박또박 쓴 글씨가 눈에 들어왔다.

이틀 후면 그곳으로 떠납니다. 말이 되어 나오지 못한 은빛 언어들이 무참히 잘려나간 곳. 당신이 그토록 갈구한 절대 자유와 양심, 그 품으로. 멋진 비행이 될 것 같습니다.

편지지 세 장에 빽빽하게 써내려간 편지의 어투는 경건하고 비장하면서도 따뜻함이 묻어났다. 견고하고 절실했으며 진지했다. 편지를 관통하는 목소리는 겉으로 보기엔 강직해 보였지만 사실은 한없이 여리고 여렸으며, 희망으로 부푼 듯 보였지만 실은 헤어 나올 수 없는 절망의 구렁텅이에서 마지막 포효를 하고 있다는 것을 알아차릴 수 있었다. 뭔가 심상치 않았다. 묵직한 게 느껴지기는 한데. 린은 찌를 꺼내서 확인해볼 엄두가 나지 않았다. 물고기가 아닌 지난 장마에 떠내려온 헌 구두짝이나 못 쓰는 가방 따위일 가능성도 배제할 수 없었다. 린의 마음을 움직인 결정적 단서는 내용보다 편지 자체였다. 십여 년이 지난 빛바랜 종이 냄새의 유혹을 떨쳐버릴 수 없었다.

기록. 그것이 곧 다큐멘터리였다. 다큐멘터리는 이미 시작되고 있었다. 오 신부와 헤어지자마자 이곳저곳을 쑤시고 다니며 그 사건에 대한 정보를 수집했다. 당시 사고를 담당한 관할 경찰서를 찾았다. 사건을 맡았던 사람은 다른 곳으로 자리를 옮긴 후였다. 추적 끝에 어렵게 만난 담당자는 어제 일을 떠올리듯 말했다.

"기억나다마다요."

늙은 경사는 후루룩 소리를 내며 커피를 단숨에 털어 넣었다.

"해골까지 새까맣게 탔다니까요. 내가 이 두 눈으로 똑똑히 봤다니까."

빈 종이컵을 구겨 휴지통에 던져 넣으며 덧붙였다. 따뜻한 밥 먹고 헛지랄 그만하고 다니라는 소리였다. 역시 헌 구두짝이었어. 린은 오 신부에게 별다른 정보를 입수하지 못했노라고 자신의 입장을 에둘러 전했다. 그렇게 손을 털었다. 그런데 생각하면 할수록 그 의미심장한 편지 내용이 자꾸 떠올랐다. 그러던 중 사진작가 이수권이 츠산에서 찍어 온 사진들을 전시한다는 소식을 접했다. 린은 한달음에 사진전이 열리는 전시장으로 달려갔다. 풍광 사진 중에 인물이 찍힌 사진이 두 장 있었다. 커다란 나무 밑으로 걸어가는 뒷모습인데, 너무 작아 성별조차 가늠할 수 없었다. 취재차 이수권을 찾아갔으나 자세한 답을 회피했다. 사람이 살고 있다는 사실을 확인한 것만도 큰 수확이었다. 린은 마음이 바빠졌다. 바로 짐을 꾸리기 시작했다. 그 어느 때보다 길고 험난한 헌팅이 될 가능성이 큰 만큼 만반의 준비를 했다. 생필품을 최소한으로 줄이고 배낭 하나를 배터리로 채우다시피 했다. 비상식량, 지도와 나침판도 꼼꼼히 챙겼다. 오랜 부재에 대비해 관리실에 양해를 구하고 우편물 등 소소한 일들을 부탁했다. 마지막으로 소설책 한 권을 쑤셔 넣는 것도 잊지 않았다. 츠산은 소문대로 산세가 험하고 지형이 위협적이었다. 그곳에 발을 들여놓은 사람들은 자주 조난을 당했다. 운동으로 다져진 린의 체력도 한계를 드러냈다. 무엇보다 오랜 헌팅 생활로 체득한 동물적 감각이 서서히 마비되어 갔다. 마치 인간들의 방문을 원천 봉쇄하려는 듯 보였다. 린은 울창한 숲에 둘러싸인 채 할 말을 잃었다.

노파의 병은 갈수록 깊어졌다. 혼자서 몸을 가누기도 힘들었다. 시우나 린의 부축을 받고서야 간신히 몸을 일으킬 수 있었다. 린은 사태의 심각성을 어느 정도 감지했지만 시우는 언제나 그랬듯이 할머니가 곧 훌훌 털고 자리에서 일어나 아침이면 창가에 앉아 이를 잡고 죽을 쑤고 자신 몰래 산을 내려가 맛난 사탕도 사 오리라 믿어 의심치 않았다. 하지만 할머니의 건강이 예전 같지 않다는 것을 자각하고부터, 뭔가 심상치 않은 기운이 감돈다는 것을 알아차리고부터 글공부를 소홀히 했다. 공부할 마음이 생기지 않았다. 몹시 우울했고 불안했다. 린도 그런 시우를 채근하지 않았다.

몸 여기저기에 욕창이 생겼다. 벌겋게 짓무른 살에서 진물이 흘렀다. 노파는 잔치를 벌여야 할 때가 가까이 오고 있음을 느꼈다. 남편이 떠나기 전 그때처럼 혼절했다가 깨어나 보면 숲이 가만가만 술렁이는 조짐이 의식의 가장자리를 타고 맴돌았다. 부산하고 한껏 들떠 있으며 조용하고 침울했다. 몸이 불편한 남편은 여러 날째 돌아오지 않았다. 노파는 남편을 찾아 숲을 헤매고 다녔다. 숲은 노파가 모르는 비밀을 간직하고 있는 듯 저희들끼리 쑥덕거렸다. 머리 위로 까마귀 떼가 분주히 오갔다. 한참 만에 발견한 남편은 자신이 이미 오래전 파놓은 구덩이 속에 잠자듯 누워 있었다. 심하게 훼손된 시신에 까마귀들이 새까맣게 들러붙었다. 발걸음을 멈추었다. 감히 더 이상 앞으로 나갈 수 없었다. 이상하고 야릇한 힘이 노파를 밀어냈다. 마음을 가까스로 추슬러 움막으로 돌아와 삽을 들고 다시 그곳으로 향했다. 여전히 선뜻 다가설 수 없었다. 그대로 내버려두게. 불가항력적 힘은 노파에게 속삭였다. 남편의 목소리였다.

"잔치가 끝날 때까지 그대로 내버려두게."

남편은 평온해 보였다. 숲의 술렁거림이 잦아든 날, 노파는 가지런히 발라진 남편의 쇄골과 갈비뼈 위에 잔치가 끝났음을 알리는 붉고 고운 흙을 덮었다. 아득히 혼절했다가 간신히 눈을 뜨면 아스라이 시원을 알 수 없는 그곳으로부터 그날의 술렁거림이 전해졌다. 잔치가 시작될 무렵이 다가오고 있었다. 잠시 비가 그친 오후, 모처럼 새소리가 시끄러운 날이었다. 노파가 린을 불렀다.

"내가 죽으면 땅에 묻지 말고 양지 바른 곳에 내다버리게. 날짐승과 들짐승이 실컷 뜯어 먹게 내버려두었다가 더 이상 먹을 게 남아 있지 않으면 해골이나 거두어주게나."

렌즈 속 노파는 죽은 사람처럼 고요하고 음산했다. 입만 간신히 달싹거렸고 가래 끓는 소리가 숨소리처럼 이어졌다. 어떤 형태로든 죽음을 맞닥뜨리는 건 유쾌한 일이 아니었다. 마치 노파는 린이 오기를 기다렸다는 듯이, 이 모든 걸 예언이라도 하고 있었다는 듯이 결연하고 차분한 어조로 이야기했다. 풍장이라니. 카메라가 가볍게 흔들렸다. 렌즈 속 노파의 모습이 카메라를 따라 춤을 추었다. 몸속에서 열이 훅 올라왔다. 린은 카메라를 쥔 손에 힘을 주었다. 밑그림에 없던 풍경이 뜬금없이 날아와 그림 중앙에 박힌 것 같았다. 노파의 첫 번째 부탁이었다.

노파가 죽은 건 비가 그치고 기승을 부리던 불볕더위가 막 가시기 시작할 무렵 시우가 '숲'이나 '새벽', '아침' 따위의 낱말을 읽고 쓸 줄 알게 되었을 즈음이었다. 시우는 할머니가 죽었다는 게 실감이 나지 않았다. 눈물이 나오지 않았다. 그건 어떤 말로도 설명할 수 없는 이상한 느낌이었다. 슬픈 것도 슬프지 않은 것도 아니었다. 슬프기도 하고 슬프지 않기도 했다. 분명한 건 누군가에게 세게 얻어맞은 듯 가슴 한복판이 아리다는 것이었다. 시우는 그게 슬픔의 절정이라는 걸 알지 못했다. 린 역시 눈물이 나오지 않았다. 그보다 앞으로 해야 할 일이 더 걱정되었다. 죽은 노파의 얼굴은 점점 말개지다 노래졌다. 린은 시우를 돌아보았다. 시우는 멀찌감치 떨어져 있었다.

"이리 가까이 와."

린이 시우를 불렀다. 시우는 쭈뼛쭈뼛 다가왔다. 눈가가 젖었다.

"이제 다시는 할머니를 볼 수 없어."

린은 시우를 노파 얼굴 가까이 오게 했다. 시우는 린이 이끄는 대로 마지못해 끌려왔다. 할머니 얼굴을 보자 무서운 생각이 들었고 이제 다시는 볼 수 없다고 생각하니 눈물이 나왔다. 시우의 눈에서 굵은 눈물방울이 뚝뚝 떨어졌다. 토끼가 떠올랐다. 시우는 할머니가 토끼 사냥하는 법을 가르쳐주기만을 손꼽아 기다렸다. 할머니가 죽었으니 토끼 잡는 법은 영영 배울 수 없었다. 슬픔보다는 원망이 앞섰다. 그래서 눈물이 나오지 않았던 것인지도 몰랐다. 속에 있는 말을 쏟아놓으니 그제야 눈물이 나왔다. 서러움이 밀려왔다. 시우는 엉엉 소리 내 울었다.

"울지 마. 할머니는 좋은 데 가셨어."

린이 시우의 어깨를 다독였다. 린이 보기에는 슬퍼서 우는 것처럼 보였다. 노파가 아닌 한낱 토끼 때문에 운다고는 짐작도 하지 못했다. 한참 울다 보니 시우 자신도 헷갈렸다. 할머니 때문에 울고 있는지 토끼 때문에 그런지. 그날 밤 두 가지 모두 때문이라는 걸 깨달았다.

린은 노파의 시신을 이불로 감쌌다. 이불에 덮인 노파는 작고 왜소했다. 날이 저물면서 움막 안이 어두워지고 있었다. 손가락 두 마디만 한 초를 시신 가까이 켜두었다. 그리고 그 옆에 물을 한 그릇 떠놓았다. 시우가 옆에서 멍하니 바라보았다.

"할머니에게 마지막 인사를 하자."

린이 시우를 일으켜 세웠다. 절을 할까 하다가 눈을 감고 고개를 까닥 숙였다. 고인을 생각했다. 마땅히 추모할 만한 문장이 떠오르지 않았다. 엉뚱하게도 집이 떠올랐다. 개발이 막 진행되고 있는 변두리 소도시의 번화가에 두고 온 빈집. 자동문을 들어서면 바로 마주치는, 언젠가 자살로 생을 마감한 친구의 하얀 유골함이 보관된 추모의 집, 그 음울한 풍경을 닮은 철제 우편함에 찍힌 1707호가 문득 기분 나쁘게 머릿속에 그려졌다. 그때까지 린은 자신이 살던 아파트가 1707호였음을 모르고 있기나 한 것처럼 눈을 감은 채 고개를 끄덕거렸다. 시우는 눈을 뜨고 그런 린의 모습을 바라봤다. 린이 눈을 떴다.

"했어?"

시우가 린처럼 고개를 위아래로 두 번 끄덕거렸다.

"잘 들어. 이제 장례를 치러야 해. 음, 장례가 뭐냐 하면……."

린은 뭐라고 설명해야 할지 난감했다.

"사람이 죽으면 땅을 파고 묻어. 그냥 버릴 수는 없잖아."

린은 아차 싶었다. 뒤의 말은 하지 말았어야 했다. 노파가 원한 풍장은 결국 그냥 갖다버리는 거였다. 이런 식으로 말해버리면 시우는 노파를 내다 버린다고 생각할 것이었다.

"땅에 묻는 게 옳지만 그렇지 않은 경우도 있어. 사정이 있거나 본인이 다른 장례 방법을 원하면 꼭 땅에 묻지만은 않아."

린은 차분하고 침착하게 설명해나갔다.

"할머니는 땅에 묻히는 것을 원하지 않으셨어. 그러니까 그냥……."

"잔치?"

"그래 맞아. 잔치, 잔치를 해달라고 그러셨어. 알고 있었어?"

"응. 할머니가 그랬어. 죽는 건 잔치라고. 잔치를 벌이는 거라고."

"잔치가 무슨 뜻인지 알아?"

"몰라."

할머니는 시우가 잡아 온 뱀이나 개구리 같은 걸 손질해 구워 먹으며 잔치에 대해 이야기했다. 죽는 것은 누군가를 위해 잔치를 벌이는 일이라고. 그러니 즐겁게 먹고 나중에 우리도 그 누군가를 위해 흔쾌히 잔치를 벌여주어야 한다고. 그때 시우는 그 말을 이해하지 못했다. 단지 할머니가 뱀이나 개구리한테 미안하니까 괜히 하는 소리로 받아들였다. 할머니가 죽은 지금도 무슨 소리인지 모르기는 마찬가지였다. 단지 할머니가 땅에 묻히는 걸 원하지 않는다는 정도만 분명히 알아차렸다.

"그래. 지금 그게 중요한 게 아니야. 몰라도 돼."

린은 머릿속이 복잡했다. 노파가 말하는 '잔치'의 개념을 어떻게 설명해야 할지 막막했다. 린 자신조차 확 와 닿지 않았다. 그나마 다행인 것은 노파가 풍장을 원한다는 점을 시우가 알고 있다는 사실이었다. 노파를 내다 버리는, 어찌 보면 몰지각해 보일 수 있는 행위에 대해 구구절절 이해를 구하지 않아도 되었다. 린은 시신 옆을 지켰다. 시우는 린 옆에서 꾸벅꾸벅 졸다가 모로 쓰러져 잠들었다. 다 타 들어간 촛불 심지에 그을음이 일었다. 눈까풀이 무거웠다. 밤이 더디게 지나갔다.

이른 새벽 눈을 뜬 시우는 조용히 밖으로 나왔다. 맨발로 자작나무 숲을 향해 달렸다. 할머니가 죽었어. 할머니가 죽었대. 시우는 울창한 숲을 향해 마음속으로 외쳤다. 할머니가 죽었어. 할머니가 죽었대. 노파의 부음을 전해 들은 숲이 메아리로 화답했다. 시우는 더 빨리 달렸다. 할머니가 죽었어. 할머니가 죽었대. 맨발이 흙에 닿을 때마다 대지가 합창했다. 가슴이 울렁거렸다. 비눗방울이 부풀어 올라오듯이 가슴속 가득 끈끈한 점액질 같은 그 무엇이 끝없이 부피를 늘려 목 안까지 차올랐다. 입을 벌리면 무수한 비눗방울 혹은 개구리나 도롱뇽 알들이 쏟아져 나올 것만 같았다. 입을 앙다문 채로 자작나무에 다다랐다. 자작나무는 어제와 똑같은 온기로 시우를 맞았다. 시우는 자작나무에 두 손을 포개고 그 위에 얼굴을 묻었다. 할머니가 죽었어. 입을 벌려 작은 소리로 속삭였다. 그러자 얼굴을 묻은 손등이 금세 축축하게 젖어 들었다. 시우는 목 안까지 몽글몽글 차오르던 게 슬픔이었음을 뒤늦게 알아차렸다. 큰 슬픔일수록 몸속 뼈마디와 온갖 장기를 모조리 다 들쑤시며 한없이 더딘 걸음으로 온다는 것을 훗날 나이가 한 뼘 정도 더 컸을 때 비로소 알아차렸다.

린은 노파의 시신이 상하지 않게 헝겊으로 여러 겹 동여맸다. 움막 안팎을 뒤져 쓸 만한 것들을 모아 양쪽 가장자리에 굵은 나뭇가지를 끼워 들것을 만들었다. 시우와 함께 노파의 시신을 들것으로 옮겼다. 린이 앞에서, 시우가 뒤에서 들것을 들어 올렸다. 우려와 달리 시우는 힘이 셌다. 린이 오히려 시우에게 밀렸다. 얼마 못 가 먼저 주저앉은 이는 린이었다.
"좀 쉬었다 가자."
둘은 들것을 나무 그늘에 내려놓았다. 시우는 그다지 힘든 기색이 없었다. 린이 나무에 등을 기대고 앉아 땀을 닦으며 쉬는 동안 시우는 시신에서 잠시도 떨어지지 않았다. 린은 팔베개를 하고 누웠다. 구름 한 점 없는 하늘이었다. 새 한 마리가 나뭇가지에 앉았다. 몸통이 노랗고 꽁지가 파란 새였다. 새는 한참을 앉아 있다가 날아갔다. 졸음이 몰려왔다. 린은 눈을 감았다 뜨기를 반복하다 자리를 박차고 일어나 앉았다. 시우는 그때까지 시신에 눈을 박고 있었다. 헝겊에 싸인 시신은 더 이상 사람의 형상이 아니었다. 단지 헝겊 하나를 뒤집어썼을 뿐인데 어디를 봐도 할머니의 느낌을 찾을 수 없었다. 시우는 그 낯선 실루엣이 서운했다. 아직 잘 가라는 인사도 하지 못했는데 할머니는 서둘러 모습을 감춰버렸다. 잘 있으라는 말 한마디 없이 돌아서버렸다. 시우는 못내 섭섭하고 무섭기까지 했다. 그래도 그 곁을 떠날 수 없었다. 실감이 나지 않았다. 지금이라도 할머니가 벌떡 일어나 들것에서 내려올 것만 같았다. 시우는 죽음보다 이별을 먼저 배우고 있었다. 누군가와 헤어진다는 건 적어도 함께한 시간만큼 아파해야 한다는 사실을 어렴풋이 깨닫고 있었다.

나무가 울창한 능선을 따라 자작나무 숲에 가까워지자 멀리서 까마귀 울음소리가 들렸다. 그 소리는 점점 더 크게 들렸다. 마침내 노파가 일러준 둔덕이 모습을 드러냈다. 누군가가 다져놓은 것처럼 둥근 모양의 평평한 터에는 붉은 흙에 키 작은 잡풀들이 듬성듬성 나 있었고, 한편에는 제법 큰 바위가 우뚝 솟아 있었으며, 키 큰 소나무들이 주변을 병풍처럼 둘러싸고 있었다. 까마귀들이 둔덕 상공을 천천히 선회했다. 린 일행이 모습을 드러내자 까마귀들의 움직임이 부산해졌다. 마치 이들을 기다리고 있었다는 듯 날카로운 목청을 드러내며 낮게 비행했다. 육중한 날개는 서로 부딪힐 듯 아슬아슬하게 비껴갔다. 그중에 어떤 놈은 시우의 눈높이에서 정면으로 날아왔다. 시우는 눈을 질끈 감았다. 까마귀는 시우의 머리 위로 바람을 내며 날아갔다.

둔덕 한복판에 들것을 내려놓았다. 린과 시우의 머리 위를 어지럽게 날던 까마귀들이 바위 위에 하나둘 내려앉았다. 바위는 금세 까마귀들로 꽉 들어찼다. 부리를 꽉 다문 까마귀들은 일제히 둔덕 한가운데를 향해 둘러앉았다. 세상은 까마귀가 날거나 그렇지 않은 두 경우만 존재하는 듯 시간은 비현실적으로 고여 있었다. 까마귀들은 고요히 무대 뒤로 물러났다. 그것은 잔치를 맞이하는 그들만의 의식이었다. 길고 붉은 바람이 들것 위를 훑고 지나갔다. 린은 주위를 둘러보았다. 부동자세로 앉아 있는 까마귀들과 눈이 마주쳤다. 수십 개의 검은 눈동자가 순식간에 발아래로 굴러왔다. 고개를 들어 하늘을 올려다보았다. 발아래로 굴러온 수십 개의 검은 눈동자가 어느새 하늘에 박혀 있었다. 눈을 감고 숨을 골랐다.
"이곳이 좋겠어."

말을 마친 린이 눈을 뜨고 시우를 바라봤다. 시우 역시 까마귀들과 눈싸움을 하고 있었다. 모든 게 다 새까매 눈동자를 구분해 내기도 쉽지 않았다. 게다가 날개며 깃털까지 반지르르 윤기가 흘러 그중에 유독 반짝이는 게 눈동자라고 단정짓기도 위험했다. 초점이 없는 수십 개의 검은 유리구슬 같은 그것들을 가까스로 구분해냈을 때 시우는 비명을 지를 뻔했다. 다들 시우를 향하고 있었다. 아니 정확히 시우의 눈동자를 바라보고 있었다. 무서워하면 지는 거다. 시우는 눈을 부릅떴다.

"뭐 해. 이리 좀 와봐."

린이 시우를 향해 소리쳤다. 시우는 소리 나는 곳으로 고개를 돌렸다. 까마귀들도 덩달아 머리를 돌렸다.

"좀 도와줘."

린이 헝겊으로 싸맨 노파의 시신을 들것에서 내려놓으려 하고 있었다. 시우는 후다닥 린에게로 달려갔다.

"거기를 잡아."

시우는 옷 아래로 비죽이 나온 할머니의 발목을 잡아 올렸다. 차갑고 딱딱한 발목은 비쩍 마른 나무토막 같았다. 그래도 시우는 의심하지 않았다. 이 세상의 모든 발목은 다 이렇게 생겼거니 했다. 시우는 할머니와 자신의 발목 외에는 그 어떤 발목도 본 적이 없었다. 그마저 자세히 들여다본 적이 없었다. 엄동설한에 발목이 시려도 토끼 가죽을 두르면 그만이었다. 시우는 오늘 처음으로 할머니의 발목을 들여다보았다. 그리고 자신의 발목이 궁금했다.

　노파의 시신을 들것에서 내려 바닥으로 옮겼다. 린은 쪼그려 앉아 노파의 옷을 벗겼다. 노파의 알몸이 드러났다. 노파의 몸은 도끼로 쪽쪽 쪼개 불쏘시개로 쓰면 딱 좋을 마른 등걸 같았다. 시우는 할머니의 발목이 왜 마른 나무토막 같았는지 알 것 같았다. 바람 빠진 풍선처럼 길게 늘어진 가슴에 검붉은 젖꼭지가 말라붙었다. 성긴 음모로 훤하게 드러난 음부만 반질반질 윤이 났다. 시우는 시신 발치에 쪼그려 앉아 고개를 빼고 할머니의 성기를 들여다봤다. 입술처럼 벌어진 성기는 음험한 구멍을 품고 있었다. 처음 보는 할머니의 몸이 죽음보다 생소했다. 발목처럼, 누군가의 혹은 자신의 몸을 그렇게 집중해서 들여다본 적이 없었다. 내 것도 신기할까. 시우는 문득 자신의 몸이 궁금해졌다.

　린은 시신이 내려다보이는 적당한 곳에 카메라를 설치했다. 그다음은 뭘 어떻게 해야 하지. 머릿속이 하얘졌다. 지금까지 어떻게 진행했는지 감각이 없었다. 노파의 벌거벗은 몸이 하늘에서 뚝 떨어져 저기 한복판에 놓인 것 같았다. 자신은 그냥 그걸 바라보기만 했을 뿐인 듯, 꿈을 꾸고 있는 듯했다. 빨리 일을 마무리하고 이곳을 벗어나고 싶을 뿐이었다.

　"자, 이제 작별 인사를 하자."

　린은 시우의 어깨를 한 손으로 감싸고 고개를 숙여 묵념을 했다. 당신이 바라던 일이에요. 난 아무 짓도 하지 않았어. 시우도 린을 따라 고개를 숙였다. 시우는 할머니가 춥겠다고 생각했다. 바위 위에서 까마귀들이 고요히 이들을 내려다봤다. 린은 두고 가는 것은 없는지 흘리고 가는 것은 없는지 주변을 꼼꼼하게 살폈다. 마치 범행 현장을 벗어나기 직전의 범인 같았다.

"그만 내려가자."

린은 시우의 손을 움켜잡았다. 두세 발자국 떼어놓던 시우가 뒤를 힐끗거렸다. 흙 위에 누워 있는 할머니가 오롯이 보였다.

"어두워지기 전에 어서 가자."

린이 시우의 손을 잡아끌었다. 시우는 린에게 끌려가면서 계속 뒤를 돌아보았다. 할머니가 점점 작아졌다. 린은 허둥지둥 걸음을 재촉했다. 발을 자꾸 헛디뎌서 몇 번이고 앞으로 고꾸라질 뻔했다. 등 뒤에서 까마귀들의 둔탁한 날갯짓 소리가 들렸다. 시우를 잡은 손에 힘이 들어갔다. 시우는 손이 아팠다. 린을 올려다보았다. 린의 얼굴은 성난 사람 같았다. 시우는 린이 왜 화가 났는지 알 수 없었다. 그리고 왜 그렇게 서둘러 산을 내려가는지도 궁금했다. 그들은 무엇에 쫓기는 사람들처럼 재빨랐다. 앞만 보고 걷던 린이 두리번거렸다. 갑자기 길이 사라졌다.

"여기가 어디지?"

분명 아까 지나쳐 온 길이었다.

"저쪽이야."

시우가 린을 잡아끌었다. 린은 시우가 이끄는 대로 끌려갔다. 울창한 숲이 나타났다. 아무리 봐도 낯설었다. 처음 가보는 길이었다.

"어디로 가는 거야?"

시우가 린의 손을 잡고 앞장섰다. 맨발이 날렵하고 가볍게 움직였다.

"이것 봐. 여긴 우리가 온 길이 아니잖아."

"빨리 갈 수 있어."

시우는 도망치듯 서두르는 린을 위해 지름길을 택했다. 이 사실을 모르는 린은 불안했다. 가도 가도 끝이 없었다. 좀 전에 지나친 측백나무가 또 나타나고 또 나타났다. 같은 곳을 빙글빙글 돌고 있는 듯했다. 이러다가 이곳에서 밤을 맞을지도 몰랐다. 멀리서 날짐승의 부산한 날갯짓 소리가 바람에 실려왔다. 검고 큰 날개들이 하늘을 온통 가리고 숲은 순식간에 어둠 속에 갇힐 것이다.

시우를 처음 만나던 때가 떠올랐다. 그때도 비슷한 기분이었다. 무엇에 홀리듯 시우를 따라 무작정 뛰었다. 린은 지나온 시간들이 후회되었다. 자신이 파놓은 함정에 갇힌 것 같았다. 헌팅이고 뭐고 간에 다 집어치우고 당장 이 길로 곧장 이곳을 빠져나가고 싶었다. 산을 내려가 아무 차나 잡아 타고 광화문이나 청계천 어디쯤 바글바글거리는 사람들 속에 묻히고 싶었다. 그래서 아무 일도 없었다는 듯이, 숲에서 지낸 지난 몇 달 전부터 그곳에서 먹고 자고 깨어난 듯이 시치미 떼고 이곳 일을 함구하고 싶었다. 지금 이렇게 허둥지둥 달아나는 자신이 마치 노파의 숨을 끊어놓은 장본인이라도 된 듯 겁이 났다. 누군가가 저 아래서 손목에 쇠고랑을 채워 골방에 처녕을 자신이 내려오기만을 기다리며 줄담배를 피워대고 있을 것 같았다. 린은 갑자기 걸음을 멈추었다.

"맞다니까!"

시우가 린을 쳐다봤다. 린이 아직도 자신을 못 믿고 주저한다고 생각했다.

"그게 아니라……."

린은 그제야 자신의 손이 시우에게 꽉 잡혀 있는 것을 알아차렸다. 시우도 마찬가지였다. 얼떨결에 린의 손을 붙잡긴 했으나 미처 인식하지 못하고 있었다. 두 사람은 거의 동시에 어색하게 손을 놓았다. 린은 이러지도 저러지도 못하고 그 자리에 주저앉고 말았다. 시우도 함께 주저앉았다. 둘은 한동안 말없이 앉아 있었다. 린은 손가락으로 관자놀이를 눌러대며 정신을 차리려 애썼다. 타인의 죽음에 이렇게 가까이 가본 적은 처음이었다. 게다가 예상치 못한 방식이었다. 아무리 생각해도 찜찜했다. 다시 돌아가 노파의 시신을 매장할까. 바위 위에서 숨죽이고 내려다보던 까마귀들의 그 검고 초연한 눈빛이 떠올랐다. 아니야. 죽었는데. 그게 무슨 상관이야. 게다가 노파가 원한 일이잖아. 손바닥으로 얼굴을 쓸어내렸다. 이게 최선이야. 옆에 앉아서 숨을 고르던 시우가 벌떡 일어나 기다란 풀을 하나 꺾어 와 입에 대고 불기 시작했다. 삐리리릭. 국적 불명의 멜로디가 흘러나왔다. 낯설지만 친숙한, 불안하지만 아름다운 멜로디가 이어졌다. 이 숲에서 저 숲으로 퍼져나갔다. 풀피리 소리에 휩싸인 숲은 가만가만 술렁이기 시작했다. 잔치가 시작됐어. 잔치가 시작됐대. 풀피리 소리가 한없이 이어졌다.

⌖

 아침에 눈을 뜬 시우는 자작나무로 향하지 않았다. 비어 있는 할머니의 자리를 보자 그럴 기분이 들지 않았다. 자리를 박차고 일어나 밖으로 나갔다. 잔치가 궁금했다. 움막에서 몇 발자국 떼어놓기도 전에 린이 앞을 가로막았다.
 "가지 마."
 시우는 린을 피해 몸을 틀었다.
 "안 돼."
 린이 시우의 팔을 잡아끌었다.
 "지금 가면 안 돼."
 "왜?"
 "글쎄. 아무튼 지금은 안 돼. 내 말 들어."
 "갈 거야."
 시우는 린의 손아귀에서 벗어나려고 애썼다. 린은 필사적으로 시우를 막았다.
 "안 된다고 했잖아!"
 린의 손이 시우의 볼을 갈겼다. 시우가 볼을 감싸 안고 물러나 린을 노려봤다.

"미안해. 지금은 안 돼. 할머니도 그걸 원하실 거야."

린이 시우를 끌어안았다. 시우는 눈물이 났다. 린에게 맞은 볼이 아파서가 아니었다. 그냥 눈물이 났다. 린이 손바닥으로 시우의 눈물을 닦아주었다. 구정물이 묻어났다. 시우는 린이 왜 못 가게 하는지 알 수 없었다. 지금쯤 노파의 시신은 들짐승과 날짐승에게 뜯겨 차마 눈 뜨고 못 볼 정도로 변해 있을 것이다. 린은 시우에게 그 참혹한 광경을 보여주고 싶지 않았다. 그건 시우에게 '잔치'의 의미를 그런 식으로 가르쳐주는 것과 별다를 게 없었다. 최소한 린이 알고 있는 잔치의 의미는 참혹함과는 거리가 멀었다.

"네 마음은 알아. 그런데 조금만 참자. 다 너를 위해서야."

린은 시우의 어깨를 다독거렸다. 잔치니 참혹이니 하는 말들은 입에 올리지 않았다. 그날 밤 시우는 할머니 꿈을 꿨다. 할머니 몸은 갈기갈기 찢겨 있었다. 피범벅이 된 할머니에게 시우가 물었다.

"할머니 안 아파?"

"응."

할머니는 더 크게 웃으며 돌아서서 걸어갔다. 그러자 피가 흐르는 등에서 꽃이 피어나기 시작했다. 노랗고 빨간 꽃들이 무더기로 피어났다. 바람에 꽃잎이 떨어졌다. 꽃잎은 다시 핏물이 되어 땅속으로 스몄다. 잠이 깬 시우는 무서웠다. 꿈속에서처럼 할머니 몸이 갈기갈기 찢겼을까. 꽃이 피었을까. 시우는 궁금했지만 가지 않았다. 린이 말리는 데는 그만한 이유가 있을 거라고 생각했다. 잊으려고 노력했다. 밥이 넘어가지 않았다. 배는 고픈데 별로 먹고 싶지 않았다. 아침에 눈을 떠도 간밤에 나이가 얼마나 자랐는지 하나도 궁금하지 않았다. 토끼 사냥도 하고 싶지 않았다. 글공부는 '겨울'에서 멈춰 있었다. 하고 싶은 게 하나도 없었다. 재미있는 게 하나도 없었다. 왜 밥을 먹고 잠을 자고 똥을 누고 공부를 하고 토끼 사냥을 하는지에 대해 생각했다. 전에는 한 번도 해본 적이 없는 생각이었다. 아무리 생각하고 또 생각해봐도 그 답을 알 수 없었다.

그래서 이번에는 그 반대로 생각했다. 밥을 먹지 않고 잠을 자지 않고 똥을 누지 않고 공부도 하지 않고 토끼 사냥도 하지 않는 것에 대해 생각하다가 산속에 두고 온 할머니가 떠올랐다. 생전 처음으로 죽음에 대해 생각했다. 아무것도 할 수 없는 것과 아무것도 안 하는 것은 다르다는 사실을 깨달았다. 죽는다는 건 아무것도 할 수 없는 것에 해당했다. 하고 싶어도 할 수 없는 것. 그런 생각이 들자 조금씩 슬퍼졌다. 할머니가 불쌍했다. 할머니가 보고 싶었다. 린 몰래 밖으로 나왔다.

전속력으로 내달렸다. 나무뿌리에 발이 걸려 넘어질 뻔했다. 새들이 화들짝 날아올랐다. 청설모가 나무 뒤로 숨었다. 저 멀리 그곳이 보이기 시작했다. 바람결에 피비린내가 섞여왔다. 까마귀들의 울음소리가 가까워졌다. 마침내 할머니가 보였다. 시신을 뜯어 먹던 까마귀들이 한꺼번에 날아올랐다. 시우의 입에서 신음이 터져 나왔다. 할머니가 아니었다. 꿈에서 본 모습이었다. 갈기갈기 찢긴 몸은 형체도 알아보기 어려웠다. 두 눈은 움푹 파인 채 피가 고였고 살점이 떨어져나간 볼과 몸은 군데군데 허연 뼈가 피로 얼룩진 채 드러났다. 한쪽 가슴은 칼로 도려낸 듯 사라졌고 나머지 한쪽도 너덜너덜 뜯겨 피범벅이었다. 밖으로 끄집어내진 내장은 햇볕에 검게 말라붙었고 하루살이와 구더기가 범벅이 되어 들끓었다. 손상된 시신에서는 악취가 진동했다. 시우는 두 손으로 입과 코를 틀어막았다. 까마귀들이 시우의 머리 위를 뱅뱅 돌았다. 주변의 나무들이 까마귀를 따라 빙빙 돌았다.

  할머니가 말하던 잔치가 바로 이것인가. 잔치란 비명이 나오도록 잔인하고 처참하고 구토가 치밀도록 악취가 풍기는, 왠지 기분 나쁘고 소름이 돋는 일인가. 손으로 입을 틀어막은 채 뒷걸음질쳤다. 그럴 리가 없었다. 뭔가 아름답고 향기로운 것이라고는 기대하지 않았지만(왜냐하면 토끼나 뱀을 잡아 먹을 때 혹은 그것들의 배를 갈라 내장을 꺼내고 가죽을 벗길 때 솔직히 그렇게 기분이 유쾌하거나 냄새가 썩 좋았던 기억은 없었으므로) 무엇인가를 기다리는 마음 같은 게 섞여 있으리라고 막연하게 추측했다. 예를 들면 손질된 토끼나 뱀 고기가 익기를 기다리는 심정 같은 것. 그 쫄깃하고 고소한 맛의 기억. 몸 안의 모든 감탄사를 자극하는 즐거운 냄새의 기억. 입안에 침이 고이고 시선은 지글지글 타고 있는 고기에 고정된 채 움직일 줄 모르다 마침내 다 익은 살점을 하나 입안에 넣고 씹었을 때의 기분 같은 것이었다. 그런데 지금 눈앞에 벌어진 상황은 그것들과 거리가 멀었다. 시우는 멍하니 서 있었다. 잔치에 초대된 사람치고는 형편없는 안색이었다.

잔치에 초대된 또 한 사람이 있었다. 뒤에서 린이 그런 시우의 모습을 바라봤다. 소나무에 설치된 카메라가 보였다. 얼른 카메라를 치우고 싶었다.

"그만 돌아가자."

린이 시우를 앞질러 소나무 쪽으로 걸어갔다.

아침저녁으로 찬 바람이 불었다. 나무들은 조금씩 야위어갔고, 바람은 음산한 소리를 몰고 다녔다. 여름 내내 팽배해 있던 숲은 날마다 부피를 줄여갔다. 생각 없이 누워 있으면 여기저기서 투두둑 열매 떨어지는 소리가 났다. 그럴 때마다 린은 화들짝 놀라 몸을 일으켜 밖을 내다보았다. 어제와 똑같은 나무가 어제와 다른 모습으로 말을 걸어왔다.

"뭘 그렇게 놀래. 새삼스럽게."

마치 린을 비웃는 말처럼 들렸다. 네가 한 일은 생각 안 하고. 넌 더 놀라운 일을 해치웠잖아. 린은 문을 열고 나무를 향해 소리치고 싶었다. 내 의지로 한 일이 아니야. 그건 어디까지나 노파의 마음이었으니까. 그의 부탁을 들어준 것뿐이라고. 그러니 날 좀 내버려둬. 날 조롱하지 말아줘. 난 아무 짓도 하지 않았어. 린은 자리로 돌아와 천장을 보고 벌러덩 누워버렸다. 군데군데 뼈대만 남은 노파의 시신은 더 이상 인간의 몰골이 아니었다. 누군가 알

뜯히 뜯어 먹고 내버린 닭다리처럼 지나치게 간결하고 간단했다. 그래서 오히려 소름이 돋았다. 저기에 어떻게 살이 붙고 피가 돌아 기뻐하고 슬퍼했으며 행복해했을까. 그리고 사랑했을까. 인간의 몸은 놀랍도록 냉정하고 파편적이었다. 어쩌면 노파가 그토록 갈구한 잔치란 이런 것이 아니었을까. 살과 영혼을 살뜰히 발라낸, 아무런 온기도 품어지지 않는 단정함, 그 뒤에 숨은 격정의 파노라마. 그 어떤 단어나 문장으로 드러낼 수 없는 현장의 파국 같은 것이었다. 고마움을 이해하는 기준의 차이치곤 단연코 돌연변이랄 수밖에. 피비린내 나는 처참함 앞에서 이런 감상에 빠지는 자신이 더 시체처럼 느껴져 린은 또 한 번 몸을 부르르 떨었다. 물기 마른 뼈를 가지런히 추슬러 소나무 아래 묻기로 했다.

 시우는 린과 함께 할머니의 뼈와 남은 살점을 구덩이로 밀어 넣었다. 그리고 그 위에 두 손 가득 붉고 고운 흙을 뿌렸다. 하나도 슬프지 않았다. 아니 아직도 슬픔이 뭔지 잘 몰랐다. 슬픔을 어디에 어떻게 사용하는지 그 사용법을 알지 못했다. 노파의 뼈를 묻은 흙 위로 음습한 바람과 비릿한 냄새가 떠다녔다. 누군가 이것을 환희 혹은 희열이라고 주장한다 해도 부정할 수 없었다. 잔치가 끝났다. 지금 시우의 모든 의식과 문장의 기준은 오로지 거기에 있었다.

 움막에선 한동안 말이 사라졌다. 눈뜨고 깨어나고 먹고 자고 또 눈뜨고 깨어나고 먹고 자고. 말이 없어도 시간은 흘러갔으며 새로운 아침이 찾아왔다. 린과 시우는 서로의 존재를 잊은 듯 각자의 일상에 열중했다. 린은 노파 대신 밥을 하고 죽을 끓이고 나물을 데쳤다. 곧잘 밥은 죽으로, 죽은 밥으로 둔갑했다. 나물은 너무 무르거나 팍팍했고 심심치 않게 돌이 씹혔다. 그럴 때마다 시우는 입안의 내용물을 그대로 문 채 린의 얼굴을 빤히 쳐다봤다.

"뱉어."

미안함도 민망함도 섞이지 않은 목소리였다. 시우는 손바닥에다가 입의 내용물을 뱉어 열린 문 사이로 힘껏 던졌다. 옷에다가 손을 쓱 닦은 후 다시 밥을 먹기 시작했다. 갑자기 할머니가 생각났다. 그러지 않아도 가물가물 머릿속을 맴돌며 돌출구만 찾던 기억이 툭 터진 둑을 만난 급류처럼 걷잡을 수 없이 밀려왔다.

"할머니는 돌을 넣지 않았어."

"난 할머니가 아니야. 그리고 돌은 원래 있던 거야. 앞으로 이런 문제로 시비 걸지 마. 난 너하고 싸우고 싶지 않거든."

린의 말투는 사뭇 비장했다. 시우는 밥을 먹고 있는데 말을 걸어서 린이 화가 났다고 생각했다. 원래 린은 숟가락을 놓을 때까지 입을 여는 법이 없었다. 시우는 할머니 이야기를 더 하고 싶은 걸 꾹 참고 말없이 밥을 먹었다. 그게 시우의 일상 중 하나였다. 밥상을 물리고도 린과 시우는 서로 다른 쪽을 보고 앉아 시간을 보냈다. 린은 창문을 등지고, 시우는 창문을 바라보고 생각에 잠겼다. 시우가 등을 바닥에 대고 잠이 들었을 때 린은 자리에서 일어나 좁은 움막 안을 왔다 갔다 했다. 발걸음은 몹시 불안정했고 시선 또한 이리저리 흔들렸다.

3장

# 문장을 만나다

야트막한 산봉우리를 아슬아슬하게 비켜가자 방풍창 아래로 숲이 펼쳐졌어요. 비행기는 수평 순항 중이었지요. 방풍창 아래 삼분의 일 되는 지점을 수평 점검선 기준으로 삼으며 안전 고도를 유지했어요. 짙푸른 신록이 바로 아래에서 넘실댔어요. 넘실대는 숲을 배회하다가 그곳을 발견했어요. 마치 은빛 광선이 뿜어져 나오는 것 같았지요. 자작나무 숲이었어요. 우람하고 튼실한 자작나무들이 군락을 이루고 있었어요. 순간 조종간을 놓을 뻔했지요. 요란한 기계톱 소리와 굉음을 울리며 쓰러지던 어린 날의 자작나무, 바로 그날이 떠올랐거든요. 다시는 떠올리고 싶지 않던 그 광경이 섬광처럼 뇌리를 스쳤어요. 불길한 예감이 엄습했지만 그걸 막을 수는 없었어요. 그건 불행이었어요. 그후로 무언가에 홀린 듯이 그곳으로 비행기를 몰았어요. 정신을 차리고 보면 어김없이 그 언저리를 배회하고 있곤 했어요.

'만남의 집'에서의 아침은 해소 기침 소리와 함께 시작되었다. 다들 고령인 데다 한두 가지씩 병을 앓고 있었다. 아침잠이 없는 노인들은 이른 새벽부터 일어나 기침을 해댔다. 방을 함께 쓰는 김 씨가 유독 심했다. 그는 한쪽 발목이 없었다. 체포될 당시 입은 총상으로 다리를 절단했다. 그는 아침이면 머리맡에 놓인 의족을 신고 로봇처럼 철커덕철커덕 소리를 내며 집 안을 걸어 다녔다. 마치 가슴에 훈장을 주렁주렁 단 송환 비전향 장기수처럼 근엄한 표정에 구부정하니 볼품없는 어깨를 한껏 펴고 불끈 쥔 두 주먹을 앞뒤로 흔들었다. 중심을 잃은 몸은 자꾸 한쪽으로 기울었다. 그 모습은 우스꽝스럽다 못해 처절하기까지 했다. 어느 때는 한밤중에도 그러고 다녔다. 고요한 집 안은 온통 그의 발소리로 가득 찼다. 게다가 그르륵대는 가래 소리까지 절묘하게 어우러져 위아래 층으로 낡은 기관차가 왔다 갔다 하는 듯했다. 그래도 누구 하나 시비를 걸지 않았다. 다들 싸우는 데 진력이 난 사람들 같았다.

아침을 먹고 김 씨가 장기를 두러 옆방으로 건너갔다. 다리가 불편한 김 씨와 나를 제외한 다섯 명 중 세 명은 일터로 출근을 했다. 두 명은 근처의 고물상에서 재활용품 분리하는 작업을 했고, 다른 한 명은 세차장에서 일했다. 그는 우리 중 나이가 가장 적었다. 출근하지 않는 나머지 둘은 김 씨처럼 거동이 불편했다. 그중 윤 씨는 눈이 거의 보이지 않아 걸핏하면 부딪치고 넘어졌다. 누군가 청소를 하다가 자리를 비운 사이 방바닥에 뒹구는 걸레에 걸려 넘어져 이마를 다섯 바늘이나 꿰맸다. 김 씨는 그런 윤 씨를 못

마땅해했다. 넘어질 데가 없어서 방바닥에 뒹구는 걸레에 걸려 넘어지느냐며 타박을 했다. 김 씨는 윤 씨보다 여섯 살이나 어렸다. 그래도 누구 하나 뭐라 하지 않았다. 윤 씨의 눈 노릇을 해주는 이 역시 김 씨였기 때문이다. 그는 철걱거리는 다리를 하고 윤 씨의 몸을 씻기고 머리를 빗겨주었다.

거동이 불편한 또 다른 한 명은 정 씨였다. 그녀도 다리 하나가 불편했지만 자청해서 주방 일을 도맡아했다. 뇌출혈로 쓰러지기 전까지 주방 일은 내 몫이었다. 나는 갑작스럽게 출소 통보를 받고 망연자실했다. 형장으로 끌려가는 것 같았다. 대개는 갈 곳이 없어서 괴로웠지만 내 경우는 달랐다. 아내도 없는 아들 집. 게다가 승준은 몇 해 전부터 아예 발길을 끊다시피 했다. 나는 그대로 감옥에서 죽고 싶었다. 그 마지막 날 최소한의 예의를 갖추어 고단한 내 인생을 위로하고 싶었다. 그건 다름 아닌 양심이었다. 내 인생에게 건네는 쓸쓸한 미소였다. 나는 아들 집으로 가는 대신 이곳으로 왔다.

다행히 주방이 나를 기다리고 있었다. 여기 식구들의 식사를 책임졌다. 누군가를 위해 쌀을 씻고 찌개를 끓이는 일은 행복했다. 그리 풍족하진 않았지만 다들 살뜰히 밥그릇을 비웠다. 남는 시간에는 봉투도 붙이고, 전화기 부품도 조립했다. 버려진 스티로폼 상자로 옥상에 텃밭도 일궜다. 몸이 불편한 두 사람을 위해 창가에 작은 화단도 만들었다. 여름 내내 채송화가 피고 졌다. 맨드라미가 유난히 붉던 어느 여름, 나는 쓰러졌다. 그후 주방 일은 정

씨 몫이 되었다. 동지애로 끈끈하게 묶인 이곳 사람들은 서로 돕는 데 인색하지 않았다. 정 씨가 식사를 준비하는 동안 나머지 사람들은 청소를 하고 빨래를 했다. 이들이 세탁기 사용법을 익히는 데만 꼬박 나흘이 걸렸다.

나는 김 씨가 방을 비운 사이 서랍 속에서 힘겹게 〈사냥〉 CD를 꺼냈다. 재생기 버튼을 더듬는 손이 심하게 떨렸다.

"또 보시게요?"

정 씨였다. 나는 누런 이를 드러내고 희미하게 웃었다. CD를 들고 달그닥거릴 때마다 눈치 빠른 정 씨가 절룩거리며 달려왔다. 정 씨가 능숙하게 기계를 조작했다. 〈사냥〉의 화면이 떴다.

"됐지요?"

정 씨가 웃으며 일어났다. 나는 삐뚤어진 안면 근육을 똑바로 하려고 애썼다. 〈사냥〉은 별로 재미없었다. 감동적이지도 않았다. 그런데 지겹도록 보고 있었다. 그것은 또 다른 감옥이었다. 〈사냥〉을 시청하는 내내 나는 이제까지 내 삶이 그래왔던 것처럼, 그 어떤 것으로부터도 자유롭지 못했다. 〈사냥〉은 말없이 나를 취조했다. 나는 아무 말도 할 수 없었다. 〈사냥〉은 계속되었다.

시우가 다시 공부를 시작한 것은 나뭇잎이 다 떨어지고 앙상한 가지 사이로 깊고 우울한 바람이 머무는 시간이 대책 없이 길어지고 있을 무렵이었다. 도시에선 새끼를 밴 암고양이들이 몸을 풀기 위해 허름한 지붕 밑이나 오래된 담벼락 아래로 기어들었다. 어미 고양이가 새끼를 낳던 날, 한 여자아이가 초로의 남자에게 성폭행을 당하고 사지가 잘린 채 수로에 버려졌다. 빌딩 숲을 떠다니는 낯익은 안개가 사람들의 감성을 이간질했고 이성으로부터 이 모든 일을 은폐시켰다. 미술 교사 ㅂ씨는 자신과 부인의 누드 사진을 사신의 홈페이지에 올렸다는 이유로 대법원에서 유죄판결을 받았고, ㅎ동 성매매 업소에 불이 나 돼지처럼 갇혀 있던 여덟 명의 누이가 불에 타 죽었다. 지구의 또 다른 한편에서는 민주화 운동에 불씨를 당기고 분신한 어느 청년의 이야기가 영웅처럼 번져

갔다. 인접 국가의 젊은이들은 탱크를 향해 일제히 돌멩이를 던졌다. 신문마다 무너지는 우상을 보도했으며, 그들이 찍어낸 활자도 모르게 또 다른 우상이 힘을 키워갔다. 사람들은 너도나도 한 번씩 자살을 꿈꾸었고 그 꿈은 심심찮게 실현되었으나 아무도 환호하지 않았다. 세상은 이해할 수 없는 일들로 넘쳐났으며 사람들은 일일이 따지려들거나 애써 이해하려 하지 않았다. 아이들은 활자보다 그림이나 소리에 더 열광했고 어른들마저 아름다운 글귀를 거북해했다.

숲은 이런 현상으로부터 멀리 떨어져 있었다. 시우는 그동안 잊고 있었던 글자를 더듬더듬 읽어나갔다. 둘은 머리를 맞대고 앉아 일상을 이루는 지루하고 나른한 파편들을 문자로 나열했다. 어느 정도의 낱말이 쌓이자 이것들을 조합해 간단한 문장을 만들었다.

내 이름은 시우.
기분이 상쾌한 아침이다.
바람이 불고 나무가 흔들린다.

시우는 자신이 쓴 문장을 소리 내어 발음했다. 모든 게 새삼스러웠다. 이름도, 아침도, 바람도. 마치 노파가 살아 돌아온 듯 벅찼다. 린의 머리맡에 놓여 있는 《죽음의 중지》를 집어 들었다. 할머니 몰래 자를 들고 나올 때처럼 가슴이 두근거렸다. 이 세상 모든 것을 잴 수 있다던 린의 말이 귓가에 울렸다. 글이나 문장이 어떻게 자가 될 수 있는지 알쏭달쏭했다. 떨리는 마음으로 첫 장을 넘겼다. **사람됨이 무엇을 뜻하는지 점점 더 모르게 된다.**[1] 더듬더듬 소리 내어 읽었다. 무슨 뜻일까, 따위의 물음을 떠올릴 겨를도 없었다. 그보다 사람들이 모여 도란도란 이야기를 나누는 것 같았다. 누구일까. 이름은, 얼굴은, 웃는 모습은. 머릿속에 수많은 이름과 얼굴과 웃는 모습이 둥근 달처럼 환하게 떠올랐다.

"그거 말고도 많아."

마침 밖에서 돌아온 린이 거들었다.

"많아?"

"그래. 하지만 지금은 볼 수 없어. 내가 살던 집에 가면 이런 게 수도 없이 많아. 우리 집이 아니더라도 책은 어디서나 쉽게 구할 수 있어. 이곳만 벗어나면 말이야."

"도토리보다도?"

"그럼. 눈만 뜨면 어디서든 볼 수 있어. 도토리는 추워지면 구할 수 없지만 책은 아무리 눈이 많이 오고 땅이 꽁꽁 얼어붙어도 끄떡없지."

린의 목소리에 자꾸 힘이 들어갔다. 무슨 대단한 자랑거리라도 되는 듯 어깨까지 으쓱해졌다. 아무것도 모르는 시우를 앞에 놓고 당연한 이야기에 핏대를 올리는 자신의 모습이 속으로는 우스꽝스러웠지만 그만둘 생각은 없었다. 오히려 과장하고 부풀리기를

---

1) 《죽음의 중지》, 주제 사라마구 지음, 정영목 옮김, 해냄, 2009, 7쪽.

문장을 만나다 • 133

주저하지 않았다. 예상치 못한 시우의 반응 때문이었다. 처음으로 시우보다 잘하는 게 생겼다. 시우가 알지 못하는 세계인 도시. 그것은 린에게 눈 감고도 생활할 수 있는 오래된 아파트의 내부 같았다. 현관을 들어서면 세 개의 방이 보였다. 그중 캐나다로 떠난 동생이 쓰던 작은방과 화장실이 서로 마주 보고 있었고, 주방 겸 거실에는 재활용 센터에서 오만 원을 주고 구입한 오렌지색 인조 가죽 소파가 벽을 등지고 일자로 놓였고, 주방의 개수대 아래 서랍장 두 번째 칸에는 빨간 플라스틱 손잡이의 가위와 한 번도 사용한 적 없는 티스푼 세트와 와인 오프너 그리고 중국집에서 딸려오는 여분의 나무젓가락과 색이 바랜 이쑤시개 상자가 각종 쿠폰과 섞여 뒹굴고 있음을 눈 뜨지 않고도 훤히 들여다볼 수 있었다. 린에게 도시는 그런 곳이었다. 새로울 것도 낯설 것도 없는, 더 이상 감흥도 설렘도 일지 않는 곳이었다. 더구나 린의 집에 있는 책은 방구석에 쌓여 있는 만화책까지 다 합쳐봐야 오십 권도 되지 않았다.

"네가 생각하는 것보다 어머어마하게 많은 책이 있어."

시우의 눈빛이 점점 더 빛났다. 만약 시우에게 토끼처럼 커다란 귀가 있었다면 아마도 린은 두 귀를 바짝 세우고 자신의 이야기를 경청하는 시우의 모습을 볼 수 있었을 것이다. 린은 본의 아니게 시우를 조롱하고 싶어졌다. 숲에 대한 도시의 우월감, 미개한 문명에 대한 비하와 더불어 활자를 지닌 자의 오만함이 자신도 모르게 배어 나왔다. 거기엔 노파의 풍장에 대한 적개심도 알게 모르게 묻어 있었다. 더불어 그 책임 전가까지. 어쩌면 린의 책 이야기는 이 모든 것을 고려한 맞춤 서비스였는지도 모른다.

"어때? 보고 싶지 않아?"

시우가 고개를 끄덕였다.

"같이 갈래?"

린은 마침내 속내를 드러냈다. 이곳을 떠나야겠다는 생각이 든 것은 노파의 뼈를 묻고 돌아오는 길이었다. 아니 그 일이 아니더라도 언젠가는 떠나야 할 곳이었다. 그 시기가 좀 더 늦춰지거나 당겨진 것뿐이었다. 시우의 얼굴이 단박에 굳어졌다.

"할머니도 안 계시잖아. 나도 언젠가는 떠날 거고. 이곳에서 너 혼자 살 순 없잖아."

"살 수 있어!"

시우는 단호하게 소리쳤다.

"어떻게?"

시우가 린을 똑바로 쳐다봤다.

"책 같은 거 필요 없어."

"아니, 그럴 수 없어. 할머니 부탁이야. 너를 꼭 데리고 가라고 했어. 네가 생각하는 것보다 책은 훨씬 훌륭해. 너에게 아주 많은 것을 가져다줄 거야."

시우는 린의 말을 이해하지 못했다. '훌륭하다'는 게 어떤 건지. 나쁜 게 아니라는 정도로만 알아들었다. 책이 많은 것을 가져다준다는 말은 거짓말처럼 들렸다. 글씨가, 낱말이, 문장이 도대체 뭘 어떻게 날라다준다는 말인가. 린이 자신을 꾀기 위해서 꾸며낸 말이라고 믿었다.

"지금 당장 떠나자는 게 아니야. 천천히 생각해봐."

린은 한 발짝 물러났다. 예상한 일이었다. 자신이 시우 입장이더라도 순순히 따라나서지는 않았을 것이다. 그리고 결국에는 따라나설 수밖에 없다는 것까지. 이 숲에서 혼자 살아간다는 건 쉽지 않은 일이라는 걸 누구보다 시우가 더 잘 알고 있다는 점도. 시우는 그렇게 무지한 아이가 아니었다. 게다가 책 이야기를 할 때 빛나던 그 눈빛을 놓치지 않았다. 아침마다 자작나무에서 나이를 잴 때 이미 그 총명함을 눈치챘다. 린은 시우를 두고 밖으로 나왔다. 여차하면 이곳에서 겨울을 날 수도 있었다. 바위에 올라서서 산 아래를 굽어보았다. 사방 어디를 봐도 나무뿐이었다. 흔한 오솔길 하나 보이지 않았다.

겨울이 지루하게 지나갔다. 지독한 추위에 잠을 설쳤고 손과 발은 갈라지고 터져서 피가 났다. 땔감과 먹을 것은 그런 대로 아껴 쓰고 먹으면 날이 풀릴 때까지 그럭저럭 견딜 만했다. 견딜 수 없는 것은 길고 추운 밤이었다. 일찍 자리에 누우면 잠이 오지 않았다. 간신히 잠이 들었다가도 콧등을 아리는 서늘함에 눈을 뜨곤 했다. 눈을 떠봐야 사방은 깜깜하고 고요했다. 시계도 없는 어둠 속에서 린이 할 수 있는 일이라곤 눈을 다시 감고 잠을 청하는 것뿐이었다. 린이 이리저리 뒤척이며 공상에 빠져 있을 때도 시우는 코를 골며 깊은 잠을 잤다. 린이 보기에 시우는 변온동물 같았다. 더우면 더운 대로 추우면 추운 대로 알아서 체온을 조절하는 뱀이나 개구리 같은. 시우는 땀을 흘리지도 추위에 떨지도 않았다. 발은 갈라져 피가 흘러도 언제나 맨발 그대로였다. 그 모습을 보며 린은 몸을 부르르 떨었다. 그럴 때마다 이 아이를 세상에 내놓아야 하나 아니면 이대로 남겨두어야 하나 마음에 파문이 일었다. 그러나 그건 아주 잠깐 스치고 지나가는 봄바람 같은 것이었다. 결론은 이미 나 있었다. 시우를 위해서든 아니든 선택의 여지가 없었다. 시우를 홀로 두고 간다는 건 누가 봐도 유기였다. 린은 어느새 새로운 기록을 꿈꾸고 있었다. 노파가 죽는 바람에 그 일은 아주 자연스럽고 떳떳하게 린의 꿈이 되었다. 시우는 그 꿈을 실현해줄 수호천사였다. 린이 생각하기에 자신 역시 시우의 수호천사임은 두말할 나위 없었다. 하지만 겨울이 다 가도록 시우는 대답이 없었다.

"어때? 생각해봤어?"

"뭘?"

"떠나는 거."

시우는 쓰던 문장을 마저 썼다. 시우는 겨우내 《죽음의 중지》를 펼쳐놓고 필사를 하는 중이었다. 린이 시킨 것도 아닌데 어느 날 보니 책을 펼쳐놓고 베껴 쓰고 있었다. 애도 기록의 묘미에 빠졌나.

"무슨 소린지 알고나 쓰는 거야?"

린이 묻자 시우는 빙그레 웃으며 고개를 가로저었다.

"그럼 왜 써?"

"그냥."

린은 더 이상 묻지 않았다. 그보다 알록달록한 그림이 있는, 글씨가 큼직한 동화책을 가져오지 않은 게 좀 아쉽긴 했다. 다 타 들어간 초 심지에서 그을음이 일었다. 린은 작은 돌에 심지를 묶은 다음 양은그릇에 넣고 심지가 잠기지 않도록 촛농을 부었다. 심지에 불을 붙이자 새로운 모양의 초가 탄생했다. 와, 시우가 작은 탄성을 질렀다.

"꼭 가야 해?"

"응. 날씨가 풀리는 대로 여길 떠날 거야."

"왜?"

"여긴 살기에 너무 불편해. 봐, 눈이 오니까 당장 밖에도 마음대로 못 나가잖아."

"나갈 수 있어."

"넌 그럴지 몰라도 난 못 나가. 이건 완전히 감옥이야."

"그럼, 왜 왔어?"

"길을 잃어버려서 그렇지. 너와 할머니를 만나지 않았으면 어떻게 해서든지 돌아갔을 거야."

시우가 고개를 들어 린을 뚫어져라 쳐다봤다.

"그런 눈으로 보지 마. 그렇다고 너와 할머니를 원망하는 건 아니야. 그냥 일이 그렇게 됐다는 거지. 아무튼 난 빨리 내가 살던 곳으로 돌아가고 싶어. 아마 너도 가면 좋아할걸? 으, 추워. 따뜻한 커피 한잔이 그립다. 거긴 정말 좋은 곳이야."

아니, 뭐 그렇게 좋기만 한 곳은 아니지. 린이 중얼거렸다. 그 소리가 너무 작아 시우는 알아듣지 못했다.

시우는 다시 고개를 숙이고 문장을 쓰기 시작했다. 댁과 이야기를 하다 보면 꼭 문이 없는 미로에 들어와 있는 것 같습니다. 그거 삶을 멋지게 정의한 말이네요. 하지만 댁이 삶은 아니잖습니까. 아니죠, 난 삶보다 훨씬 더 복잡해요. 어떤 사람은 우리 모두가 삶이라고 썼던데, 지금 이 순간은. 그래요, 지금 이 순간은 그렇지요, 하지만 지금 이 순간만 그럴 뿐이에요.[2] 그리고 마음속으로 그 문장을 읽었다. 무슨 소리인지 모르겠다. 미로가 뭐지? 삶은? 댁? 시우는 턱을 괴고 잠시 생각에 잠겼다. 린이 떠나면, 린이 없으면, 린이 보이지 않으면. 갑자기 머릿속이 복잡해졌다. 그리고 우울해졌다. 왜 린이 떠날 거라고 생각하지 않았을까. 예전에 할머니와 살 적에도 그랬다. 할머니가 어느 날 문득 그렇게 사라지리라고는 단 한 번도 생각하지 않았다. 그런데 어느 날 문득 자고 일어나 보니 할머니가 보이지 않았다. 이 순간 하고 소리 내 발음했다. 이 순간이었다. 우울하지 않은 이유가 이 순간이었다. 이 순간에는 시우뿐 아니라 린도 함께 있었다.

---

[2] 같은 책, 266쪽.

그런 생각이 들자 마음이 조금 나아졌다. 뭐라 표현할 수 없었지만 봄빛에 반짝이는 냇물이 졸졸 마음속으로 흐르는 것 같았다. 다시 한 번 문장을 읽던 시우의 입가에 희미한 낮달 같은 미소가 걸렸다. 그래, 맞아. 이 느낌이었어. 아침마다 자작나무를 향해 맨발로 총총총 달려가던 때랑 비슷했다. 밤새 습기를 머금은 공기 입자들이 이마와 목덜미에 와 부딪힐 때의 기분처럼 글은 캄캄한 마음속에 반딧불이 되어 날아다녔다. 신기하고 흥분되고 황홀했지만 시우는 이런 걸 다 알지 못했다. 다 '그냥'이었다. 시우는 '그냥' 이 한마디가 좋았다. 그래서 '그냥' 떠나고 싶지 않았다. 린이 떠나고 싶은 것도 아마 '그냥'이 아닐까.

"무슨 소리야. 눈이 저렇게 쌓였는데."

린은 기가 막히다는 투로 밖을 기웃거렸다. 시우는 그새 준비를 마치고 막 나설 채비를 했다. 토끼 사냥을 할 참이었다. 언젠가 할머니가 그랬다. 한바탕 눈이 오고 다섯 밤 정도 지난 후가 토끼 사냥을 하기에 가장 좋은 때라고. 그리고 그런 때 진짜로 토끼를 산 채로 잡아 왔다. 눈 때문에 먹이를 구하기 힘든 토끼는 바위 아래나 작은 동굴 같은 곳에 숨어서 눈이 녹기를 기다렸다. 제대로 양분을 섭취하지 못한 토끼는 움직임이 둔했다. 게다가 눈 때문에 잘 도망가지도 못했다. 할머니를 따라 딱 한 번 토끼 사냥을 간 것도 겨울이었다. 사냥을 하는 내내 할머니는 아무 말도 하지 않았다. 시우를 데리고 나선 것만으로 모든 건 완성되었다. 말이 필요 없었다. 시우는 그때 그 사실을 알지 못했다. 한참이 지난 지금에야 할머니가 자신에게 토끼 사냥하는 법을 가르쳐주었다는 것을 어렴풋이 깨달았다. 그런 생각이 들자 움막에 가만히 처박혀 있을 수가 없었다. 토끼 고기가 먹고 싶어서도, 그 가죽이 탐나서도 아니었다. 숲 어딘가에 나무로 흙으로 살아 있을 할머니에게 인정받고 싶을 뿐이었다. 시우는 요 몇 달 동안 《죽음의 중지》를 옮겨 적으면서, 정확한 뜻도 모르는 문장들을 제멋대로 읽고 해석하고 즐거워하고 우울해하면서 불현듯 그런 생각이 들었다.

"갑자기 웬 토끼 사냥이야."

말은 그렇게 했지만 린은 속으로 쾌재를 불렀다. 카메라를 챙겨 들고 시우를 따라나섰다. 토끼털로 만든 모자를 귀가 가려지도록 푹 눌러쓰고, 신발 위에 털가죽으로 된 두툼한 장화 같은 것을 덧신었다. 평소 맨발로 지내는 시우도 오늘만큼은 온갖 털과 가죽으로 중무장했다. 며칠 전부터 꺼내 닦고 조이고 한 장총을 어깨에 둘러멨다. 두 사람은 심호흡을 하고 문을 나섰다. 하늘은 파랗게 열렸고, 바람은 눈 속에 다 묻혔는지 걸을 때마다 부서져 내리는 눈덩이 속에서 피식 하고 바람이 샜다. 눈은 발목까지 빠졌다. 걸음을 옮기기에도 힘겨웠다. 시우는 토끼 발자국을 찾아 부지런히 앞서 나갔다. 작은 구릉을 하나 넘어갈 때까지 토끼 흔적은 찾을 수 없었다. 토끼는커녕 새 발자국 하나도 보이지 않았다. 사방이 온통 은색으로 빛났다. 눈이 부셨다. 린은 자주 눈을 찡그렸다.

"쉿!"

앞서 가던 시우가 뒤를 돌아보며 손가락을 입에 댔다. 린은 몸을 낮추고 입을 다물었다. 시우가 발걸음을 멈추었다. 저만치 앞에 누군가 일부러 모양을 내놓은 듯 같은 크기의 문양이 종종 박혀 있는 게 보였다. 토끼 발자국이었다. 시우는 심호흡을 하고 토끼 발자국을 살폈다. 발자국은 소나무 숲 사이로 길게 이어졌다. 시우는 조심조심 그 뒤를 밟았다. 린도 시우를 따라 숨소리를 죽이고 주위를 경계했다. 그럴수록 뽀드득 소리가 더 크게 들렸다. 토끼 발자국은 한참을 이어지다가 사라졌다. 린과 시우는 그 자리에 멈춰 섰다. 허허벌판을 아무리 살펴도 아무것도 보이지 않았다.

"어떻게 된 거야? 어디로 간 거지? 갑자기 날개라도 생겨서 하늘로 날아간 건 아닐 테고."

린은 고개를 들어 하늘을 올려다봤다. 맥이 빠졌다. 발은 벌써 젖어서 꽁꽁 얼었다. 눈에다 대고 침을 뱉었다. 그때였다.

"여기야!"

눈밭을 한참 살피던 시우가 손짓을 했다. 린은 시우가 가리키는 곳으로 시선을 돌렸다. 눈이 쌓인 나지막한 바위 사이로 토끼 발자국이 희미하게 이어지고 있었다. 두 사람은 숨을 죽이고 발자국을 따라갔다. 발자국은 바위를 돌아 약간의 경사를 달려 숲 여기저기를 종횡무진했다. 시우는 무언가에 잔뜩 홀린 기분으로 설원의 숲으로 빠져들었다. 린은 시우의 뒤를 허둥허둥 뒤따랐다.

"있어!"

시우가 속삭였다. 바위들이 얽히고설키면서 만들어진 작은 동굴처럼 생긴 공간이었다. 눈 쌓인 덤불이 입구를 막아 얼핏 보면 있는지도 모를 정도로 규모가 작았다. 오종종한 토끼 발자국이 그 안으로 사라졌다. 시우는 직경 일 미터도 안 되는 입구에 쪼그리고 앉아 안을 들여다봤다. 깊은 우물 속 같은 어둠이 시우를 도로 밀어냈다. 주변에서 나뭇가지를 꺾어 왔다. 손바닥으로 입구 쪽 눈을 치우고 눈을 털어낸 나뭇가지에 불을 붙였다. 젖은 나뭇가지는 매캐한 연기만 피워 올릴 뿐 활활 타오르지 않았다. 불꽃이 커지지 않도록 하는 게 관건이었다. 지금 필요한 건 활활 타오르는 불꽃이 아니라 매캐한 연기였다. 손바닥으로 부채질을 살살 했다. 연기가 굴속으로 흘러 들어갔다. 눈이 매웠다. 금세 눈물이 핑 돌았다. 린은 코와 입을 틀어막은 채 뒤로 물러났다. 시우도 뒤로 물러났다. 메고 있던 장총을 벗어 안전장치를 풀었다. 사방으로 퍼진 연기 때문에 시야가 흐려졌다. 시우는 온 정신을 총부리에 모았다. 총을 겨누고 있는 손이 파르르 떨렸다. 총부리가 연기 속에서 쿨렁거렸다. 총이 아니라 마음으로 겨누어야 해. 마음을 먼저 다스려. 설원 속 어디에선가 할머니의 목소리가 들려왔다. 길고 더딘 시간이 흘렀다. 마침내 뿌연 연기 속으로 뭔가가 튀어나왔다. 동시에 탕, 총소리가 울렸다. 머리 위로 눈이 후드득 떨어졌다. 눈밭이 순식간에 붉게 물들었다.

사냥을 다녀온 후 린은 사흘을 누워 지냈다. 목이 붓고 열이 나는 것도 아닌데 일어날 수가 없었다. 아니 어쩌면 일어나고 싶지 않았는지도 모른다. 분명한 것은 다시는 토끼 사냥에 따라나서지 않겠다는 다짐뿐이었다. 누워 있는 내내 꿈을 꾸었다. 이 세상에 존재하는 모든 종류의 토끼가 몽땅 출현한 것 같았다. 좀 더 정확히 말하면 그건 토끼라고 하기에도 민망한 무엇이었지만 분명히 토끼였고 분명히 사람 눈을 한 것도 있었고 분명히 코끼리나 원숭이의 귀를 한 것도 있었고 분명히 낙타의 눈을 한 것도 있었고 분명히 사슴의 뿔을 달고 있는 것도 있었고 분명히 말의 꼬리나 거북이의 등껍질을 한 것도 있었고 분명히 인간의 심장을 가진 것도 있었으며 그럼에도 그것들은 토끼의 망령이 아닌 토끼 자신이었다.

사흘째 되던 날, 눈을 뜬 린은 나무 아래에 대고 구토를 했다. 토끼 고기는 이미 소화가 다 된 뒤였다. 이상했다. 시우가 끓여준 토끼 고기는 정말 맛있었다. 시우보다 더 많이 먹었다. 토끼 고기를 또 먹을 기회가 생기면 여전히 맛나게 먹을 것이다. 그럼에도 구토는 멈추지 않았다. 시도 때도 없이 헛구역질이 났다. 시우는 린이 토끼 고기를 먹고 뭐가 잘못된 게 아닌가 걱정했다.

"괜찮아?"

필사를 하던 시우가 린의 얼굴을 들여다봤다. 손으로 이마도 짚어봤다.

"난 괜찮아. 걱정하지 마."

린은 애써 웃어 보였다.

"지금 쓰고 있는 데 한번 읽어볼래?"

린이 시우의 노트를 곁눈질했다. 쌓인 눈이 녹을 때쯤이면 그나마 남은 노트도 없을 것이다. 우리가 다시 죽지 않는다면 우리에게 미래는 없습니다.[3] 시우가 더듬더듬 글을 읽었다. 린은 시우가 읽어주는 문장을 들으며 또다시 깊은 잠에 빠져들었다.

시우는 자꾸 토끼 사냥이 떠올랐다. 그토록 하고 싶던 일이었는데, 막상 하고 보니 그렇지도 않았다. 황홀함도 짜릿함도 뿌듯함도 뭣도 아니었다. 어디선가 보고 있을 노파에게 마음껏 자랑하려고 했는데, 막상 토끼를 잡고 보니 그것도 별로 내키지 않았다. 그저 토끼 고기를 실컷 먹은 것뿐이었다. 노트를 펼쳐둔 채 밖으로 나왔다. 눈을 밟고 걸었다. 조금 더 속력을 냈다. 달렸다. 뽀드득. 눈 밟는 소리가 숲 속에 울렸다. 그동안 나이가 얼마나 컸을까. 문득 궁금했다. 아니 키가 얼마나 자랐을까. 시우는 어느 날 자신이 자작나무에 대고 재는 게 나이가 아니라 키라는 사실을 알아차렸다. 그건 너무나 자연스럽게, 소란을 떨지 않고, 가만히, 명료하게, 물 흐르듯 다가와서 자칫하면 알아차리지 못할 뻔했다. 그래서 린에게 말하기에도 쑥스러웠다. 기쁜 일만은 아니었다. 뭐라 설명할 수도 대답할 수도 없지만, 또한 이곳을 떠나야 할 때가 왔음을, 이곳을

---

[3] 같은 책, 116쪽.

떠날 수밖에 없음을, 그 사실을 받아들인다는 징조였다. 저만치 자작나무 숲이 보였다. 젖은 눈가가 바람에 시렸다.

✦

눈이 녹을 때까지 기다릴 수가 없었다. 먹을 것이 거의 남아 있지 않았다. 린과 시우는 움막을 나섰다. 다행히 바람이 잠잠했다. 오래전 노파가 가르쳐준 길을 따라 걷고 또 걸었다. 노파는 나무에 숯으로 작은 표시를 해두었다. 그걸 따라 내려오면 길이 나오게끔 돼 있었다. 그러나 오래된 표시는 중간에 지워지거나 사라졌다. 산을 내려가는 건지 다시 숲 속으로 돌아가고 있는 건지 알 수 없었다. 린은 겁이 났다. 이대로 산중에서 밤을 보낼 수는 없었다. 마음이 급해졌다. 시우 손을 덥석 잡았다. 시우가 움찔 놀랐다. 시우도 린의 허둥대는 낌새를 눈치챘다.

"미로가 뭐야?"

"뜬금없이 미로는 왜?"

"뭔데?"

"지금 우리 같은 상황!"

"그게 뭐야!"

"미로."

입술이 점점 감각을 잃어갔다. 말을 하기도 힘들었다.

"그럼 삶은?"

"그것도 마찬가지!"

"그럼 우린 지금 미로야? 삶이야?"

"둘 다!"

"순간은?"

"순간?"

"응. 이 순간!"

"지금!"

"지금?"

"그래. 다 똑같아!"

"그럼, 우리는 이 순간이고 미로고 삶이야?"

"맘대로 생각해! 어차피 다 그게 그거니까. 확실한 건 우리, 우리뿐이야."

"우리?"

두 사람의 대화에 규칙적인 발소리가 후렴처럼 이어졌다. 어디선가 바람이 불어왔다. 린은 걸음을 멈추고 시우의 옷깃을 단단히 여며주었다. 시우가 길게 하품을 했다.

"노래 부를까?"

린은 일부러 목소리 톤을 높였다. 여기서 잠이 들면 큰일이었나. 린이 먼저 노래를 부르기 시작했다. 시우도 따라서 흥얼거렸다. 움막에서 곧잘 흥얼거리던 가락이었다. 얼마 못 가 노랫소리가 점점 잦아들었다. 입을 벌리기도 힘겨웠다. 노래가 아니라 흐느끼는 것 같았다. 시우 입에서는 그마저 흘러나오지 않았다.

4장

# 기록을 위한, 기록에 의한

그날은 수업이 조금 일찍 끝났어요. 집으로 가려면 자작나무 숲을 지나가야 했어요. 바람이 불면 자작나무 이파리가 팔랑팔랑 소리를 냈어요. 전 가방을 던져놓고 자작나무 아래 누워서 그 소리를 듣다가 깜빡 잠이 들곤 했지요. 그럴 때면 꿈에 종종 아버지가 보였어요. 얼굴도 잘 모르는 아버지 등에 업혀 아버지가 불러주는 노래를 따라 불렀지요. 잠이 깨면 꿈속에서 하지 못한 이야기들을 자작나무에 대고 마구 해댔어요. 그러나 입속에서 나오는 소리는 말이 아니었어요. 말이 되어 나오지 못하는 언어들이 입안에 까맣게 고였어요. 괜스레 서러움이 차오르는 날에는 해가 질 때까지 자작나무 아래 누워 있었지요. 그런데 그날 못 볼 걸 보고야 말았어요. 자작나무가 베이고 있었어요. 중장비를 동원한 일꾼들이 전기톱을 자작나무에 들이댔지요. 미백색 톱밥이 비늘처럼 사방으로 튀었어요. 나무는 순식간에 허연 속살을 드러내며 쿵 하고 옆으로 쓰러졌어요. 베인 자작나무는 다시 잘게 잘려 트럭에 실려 어디론가 사라졌지요. 그리고 그곳에 비행장이 들어섰어요. 놈이 그곳에 살기 시작한 건 그때부터였어요.

승준의 편지는 고문이었다. 간수가 편지를 건네줄 때마다 무거운 돌덩이를 전해 받는 기분이었다. 편지를 건네받자마자 담요 밑에 깊숙이 밀어 넣었다. 어떤 때는 개봉도 하지 않은 채 여러 날을 보내다가 새 편지를 받기도 했다. 그런 날은 두 통의 편지를 연달아 읽어야 했고, 평소보다 두 배 무거운 돌덩이를 밤새도록 가슴에 얹고 뒤척였다. 편지에서 쏟아져 나온 비행기들이 좁디좁은 방 안을 기습적으로 날아다녔다. 낮고 거친 비행이었다. 나를 향해 돌진해오는 정체 모를 비행기를 피해 자주 상체를 앞뒤, 좌우로 틀어야 했다. 편지는 손을 벨 것처럼 날이 서 있어서 조금만 읽어도 입안이 화끈거렸다. 가뜩이나 침침한 눈이 금세 아렸다.

어느 날 편지가 하얗게 표백돼 보였다. 글씨 하나 보지 못했는데, 내용 한 줄 읽지 않았는데 눈물이 폭포수처럼 쏟아졌다. 벼엉신. 소매로 눈을 쓱 문질렀다. 백내장이었다. 수술을 받고 안대를 하고 있는 동안에도 편지는 배달되었다. 안대 때문에 볼 수 없었다. 담요 밑에 밀어 넣었다. 수술을 괜히 했다 싶었다. 그냥 하얗게 눈이 멀어버릴걸. 안대를 풀고 시력을 찾았다. 밀린 편지를 읽었다. 더 많은 비행기가 전 방위로 공격해왔다. 보리밥을 먹던 중이었다. 밥이 넘어가지 않았다. 보리밥에 섞인 쌀을 골라냈다. 한 끼당 한 숟가락도 안 되는 양을 꾸덕꾸덕하게 말린 후 손으로 주물렀다. 밥알이 찰흙처럼 말랑해졌다. 비행기를 빚기 시작했다. 말랑하고 투명한 밥알이 모여 형체를 이루었다. 타조 알만 한 동체를 만드는 데 일주일이 넘게 걸렸다. 어느 날은 쌀알이 하나도 안 섞인 꽁보리밥이 나왔다. 그런 날은 공치는 날이었다. 모델도 도면도 없이 비행기가 만들어졌다. 날개를 수도 없이 떼었다 붙였다. 아무래도 균형이 맞지 않았다. 무엇보다 튼튼하고 견고해야 했다. 승준의 비행기에 맞서려면 그래야 했다. 하지만 내가 밥알로 만드는 비행기는 그러지 못했다. 누가 보더라도 그냥 별 망설임 없이 비행기네 하고 중얼거려준다면 그나마 다행이었다. 나는 승준이 말하는 그런 비행기를 본 적이 없었다.

 비행기를 만드는 데 꼬박 한 달이 걸렸다. 쌀의 양은 점점 줄었고 그 대신 콩이나 좁쌀이 섞여 나왔다. 마치 내가 쌀알을 골라 주물럭거리는 걸 알아차리기라도 한 듯 간수는 밥 대신 빵을 들이밀기도 했다. 나는 간수 몰래 빵을 입에 넣었다가 손바닥에 뱉었다. 빵은 무기가 되지 못했다. 밥풀로 만든 비행기는 무기였다. 무수히 돌진해오는 정체불명의 비행기에 대항할 유일한 무기였다. 비루한 내 양심이었다. 언젠가 승준에게 말하고 싶었다. 감옥을 택하는 게 유일하게 자유를 택하는 길이었다고.

영상 속 노파와 시우의 모습은 그 자체로 훌륭했다. 굳이 다른 스토리를 입히지 않아도 한 편의 감동적인 드라마가 되기에 충분했다. 린은 시우의 목걸이를 노려보았다. 모든 열쇠는 목걸이가 쥐고 있었다. 노파의 증언대로라면 이것은 단지 시작에 불과했다. 그 이면에 숨은 이야기들을 발굴해야 했다. 그에 관한 기록은 좀 더 진지한 고민과 긴 시간이 필요했다. 말하자면 편집의 방향성이 크게 두 가지인 셈이었다. 그 이정표가 바로 목걸이였다.

첫 번째 방향성은 숲에서 찍어 온 영상만으로 기록을 마무리 짓는 것이었다. 이 경우 기획 의도는 '문명과 동떨어진 곳에서 소박하게 살아가는 시우와 노파의 생활을 통해 도시 문명에 길든 우리의 삶을 돌아보는 계기를 마련하고자 함'이 될 것이다. 노파의 증언이 빗나간 사례, 즉 시우의 목걸이가 박승준의 편지에 등장하는 그것과 동일하지 않은 경우였다. 두 번째는 이와 반대로 노파의 증언이 적중한 상황, 즉 영상 속 목걸이와 편지 속 목걸이가 동일하다고 판정됐을 때였다. 이렇게 되면 기획 의도부터 달라졌다. 단순히 문명과 야만, 도시와 숲의 이야기로 끝나지 않았다. 시우의 뿌리, 박승준과 박기용의 이야기와 그들의 만남과 헤어짐 그리고 재회까지, 추적하고 기록해야 할 내용이 방대하다. 단순한 일회성 제작으로는 불가능한 작업이었다. 후자가 아니라 전자만 가지고도 충분히 후속작을 고려할 수 있었다. 도시로 온 후 변화해 가는 시우의 모습을 기록하면 가능한 일이었다. 얼마든지 가치 있고 의미 있는 작업이었다. 실제로 그렇게 오랜 시간을 들여 만든 다큐멘터리가 상당수 존재했다. 기록의 연속성이라는 면에서 본다면 감독으로서 그만큼 욕심나는 작업도 없었다. 하지만 지금 린이 품고자 하는 최대치는 후자의 경우였다. 노파의 증언을 현실로 만드는 게 목적이었다.

  린은 고심 끝에 편집 방향을 잡았다. 두 마리 토끼를 다 잡겠다는 의도였다. 후자에 초점을 맞추면 자칫 숲 생활의 순수함과 재미가 반감될 위험이 있었다. 가장 좋은 편집은 물 흐르듯 자연스러운 이야기 전개로 감동을 극대화하는 것이었다. 시우의 삶은 그 자체로 극적인 요소가 다분했다. 감동을 이끌어내기에 충분했다. 일단 숲 생활에 초점을 맞춰 한 편을 제작하고, 나머지는 후속작으로 기록을 이어가는 것이다. 시우는 충분히 그럴 만한 소재이며 주제였다. 노파의 인터뷰 장면을 신중하게 골랐다. 그중에는 시우가 모르는 사실도 담겨 있었다.

제목은 〈사냥〉이라고 붙였다. 시우의 산골 생활을 상징적으로 드러냄과 동시에 영상 전체를 관통하는 중심어로서도 '사냥'이 적합했다. 그런 의미에서 토끼를 사냥하는 부분은 각별히 신경 썼다. 나중에 도시 생활 부분을 내보낼 때 시청자의 머릿속에 이와 대비되는 산골 생활이 자연스럽게 떠오르도록 하려는 의도였다. 여러 가지가 있었지만 그중에 토끼 사냥이 작품의 주제를 가장 잘 드러내는 장면이었다. 작품의 클라이맥스기도 했다. 다행히 고생한 보람이 있었다. 그림이 나쁘지 않았다. 노파의 풍장 장면도 고심을 많이 한 샷이었다. 적당한 거리를 두고 위에서 아래로 향하게 촬영함으로써 자연에 둘러싸인 노파를 힘없고 왜소한 존재로 표현해 역설적으로 자연을 도드라지게 하는 효과를 노렸다. 특히 까마귀들의 출현은 뜻밖의 횡재였다. 엄밀히 말해 노파의 죽음 자체가 호재였다. 까마귀들은 예행연습이라도 마친 듯 기대 이상의 연기력을 보여주었다. 노파가 말한 그들의 수다가 실감나게 다가오는 순간이었다. 린은 자신들이 물러난 자리에 꽃필 그들의 수다가 자못 궁금해지기까지 했다.

샷을 고르고 나열하고 오디오를 입히고 음향과 내레이션까지 마무리 지었다. 편집은 신중하고 신속하게 진행했다. 완성된 영상은 호평을 받았다. 작품 자체로도 높은 점수를 받았지만 작품 기획서에 밝힌 〈사냥 II〉의 기획안이 계약을 결정짓는 데 중요한 역할을 했다. 그후 시우의 도시 생활을 추적하고 기록한다는 내용으로, 산골 생활의 연원부터 부모와 혈육 찾기 그리고 박승준에 이은 박기용 이야기까지 흘렸다. 또 다른 사냥이 시작되었다.

✧

 도시는 숲을 여기저기에 품고 있었다. 마음만 먹으면 품을 수 있는 게 그것처럼 보였다. 아침저녁으로, 어느 날은 온종일, 사람들은 등에 자기 덩치보다 큰 짐을 짊어지고 줄지어 걸어갔다. 그들은 삼삼오오 짝을 지어 떠들고 자주 크게 웃었다. 시우는 그들이 왜 아침이면 웃으며 숲으로 갔다가 저녁이면 비틀거리며 그곳을 떠나오는지 알 수 없었다. 그곳에도 자작나무가 있고 토끼가 살고 있는지 궁금했다. 하지만 말이 나오지 않았다. 도시는 시우에게 새로운 언어를 요구했다. 시우가 알거나 지니고 있는 말로는 어떤 대답과 물음도 할 수 없었다. 도시의 언어는 소란스럽고 해괴해서 그 뜻을 예측할 수 없었으며 한없이 솟아나고 무너지는 것들 사이에 기괴한 바위처럼 서 있었다. 시우는 린이 틀어준 텔레비전 속에서 그 현상을 목격했다. 그 기이한 기계가 보여주는 현란함에 차마 눈을 똑바로 뜰 수 없을 지경이었다. 그들이 지껄이는 말은 폭풍 전야의 숲에 갇힌 바람처럼 난폭하고 소란스러웠다. 생각은 정지된 채 소음 속에 묻혔다. 눈에 보이고 귀에 들리는 모든 것이 적이었다. 눈만 뜨면 알아야 할 것투성이라 어느 때는 눈을 뜨는 일조차 두려웠다.

"괜찮아. 이리 가까이 와서 봐."

멀찍감치 떨어져서 실눈을 뜨고 잔뜩 긴장한 얼굴로 앉아 있는 시우를 린이 불렀다. 시우는 마지못해 무릎걸음으로 린 가까이 다가갔다. 텔레비전에서는 음악 방송이 나오고 있었다. 요즘 가장 인기 있는 가수였다. 그녀는 짧은 핫팬츠와 가슴골이 다 드러나는 티셔츠 차림으로 요란하게 엉덩이를 흔들어댔다. 시우의 눈이 점점 커졌다. 저것이 도대체 사람인지 뭔지 알쏭달쏭했다. 사람이라면 어찌 저렇게 생겼으며 저런 곳에 어떻게 들어간단 말인지. 시우는 목을 길게 빼고 텔레비전 앞으로 자꾸 다가갔다. 텔레비전을 향해 손을 뻗었다. 그때 갑자기 화면이 바뀌면서 사나운 이빨을 드러낸 악어 한 마리가 화면 위로 튀어 올랐다. 화들짝 놀란 시우가 얼른 린 뒤로 몸을 숨겼다. 린이 폭소를 터뜨렸다. 시우는 슬그머니 텔레비전을 바라보았다. 악어가 유유히 물속으로 사라지고 있었다.

린은 채널을 이리저리 돌렸다. 사람들이 지나갔다. 분명히 사람이었다. 사람들이 웃고 떠들고 혹은 울었다. 사람들은 잠자거나 먹거나 걸었다. 사람들이 자신에게 뭐라 한마디씩 하는 것 같았으나 알아들을 수 없었다. 그들은 너무 빨리 걷고, 너무 빨리 말했다. 알아들을 수 있는 말은 고작 처음과 끝이었다. 어느 때는 그마저 놓쳤다. 정신이 없고 겁이 났다. 시우는 잔뜩 긴장한 채 귀를 기울였다. 소음처럼 흘러가던 것이 차츰 귓속으로 흘러들었다. 그들의 언어에 아주 조금 익숙해졌을 때 어느 누구도 자신에게 말을 걸지 않았다는 사실을 알고 안도의 숨을 내쉬었다.

칫솔질을 하다가 번번이 치약을 삼켰고 나중엔 그 희한한 맛에 취해 일부러 치약을 짜 입에 넣었다.

"먹는 거 아니래도!"

린이 기겁하며 시우 입에 손가락을 넣어 치약을 빼냈다. 텔레비전만큼 시우를 놀라게 한 것 중 하나가 냉장고였다. 처음엔 냉장고를 열어보고 뿜어져 나오는 냉기에 화들짝 놀라 린의 뒤로 몸을 숨겼다.

"이건 음식을 넣어두는 냉장고라는 거야. 봐, 차갑지?"

린이 시우의 손을 냉장고 안으로 잡아끌었다. 찬 기운이 훅 끼쳤다. 주스를 꺼내 든 린이 컵을 찾아 잠깐 돌아선 사이 시우가 슬그머니 달걀을 집어 들었다가 바닥에 떨어뜨렸다. 린이 바닥을 치우는 동안 시우는 냉장고에 몸을 거의 처박다시피 한 채 눈을 껌뻑거렸다. 이상야릇한 느낌이었다. 시우는 한동안 냉장고와 사랑에 빠졌다. 시도 때도 없이 냉장고 문을 열고 안을 기웃거렸다. 처음에는 서늘한 기운이 신기해서 그랬는데 점점 그 속에 든 먹을 것에 마음이 쏠렸다. 야릇한 냄새도 한몫했다. 게다가 텔레비전처럼 말을 걸어오는 사람도 없었다. 한번 문을 열면 닫을 줄을 몰랐다. 보다 못한 린이 주의를 주었다. 시우는 린의 눈치를 보며 종일 냉장고 주변을 맴돌았다. 시치미를 뚝 떼고 서 있는 냉장고가 궁금해 죽을 지경이었다. 깊은 밤 시우는 거실로 나왔다. 어둠 속에 냉장고 소음이 들렸다. 자신을 부르는 소리 같았다. 소리가 나는 쪽으로 다가가 냉장고 문을 열었다. 선반에 놓인 콩자반이며 두부를 손으로 집어 먹었다. 딸기잼병을 집어 들었다가 뚜껑을 열지 못해 도로 내려놓았다. 우유 팩을 이리저리 굴리다가 터뜨리는 바람에 바나나 우유가 바닥으로 쏟아졌다. 향긋한 냄새가 났다. 손에 묻은 우유를 핥아먹었다. 달콤했다. 바닥에 배를 깔고 엎드려 혓바닥으로 우유를 핥았다. 냉장고는 달콤한 열매가 잔뜩 열리는 나무 같았다. 인기척에 방에서 나온 린이 아니었다면 그날 밤 시우는 냉장고로 기어 들어갔을지도 몰랐다.

텔레비전이 익숙해지고 화장실이 쓸 만해지자 바깥의 소리들이 몰려왔다. 점점 익숙해지는 것이 늘어나면서 적이 줄었지만 시우는 여전히 배꼽에 힘이 들어갔고 수시로 똥이 마려웠다. 느낌이 이상한 좌변기에 바지를 발목까지 내리고 앉아 똥이 나오기를 기다렸다. 똥은 나올 듯 말 듯 쉽게 나오지 않았다. 화장실 벽에 난 작은 창을 올려다보았다. 하늘이 보였다. 아주 작은 하늘이었다. 그리고 소리가 들렸다. 소리는 한 가지가 아니었다. 여러 가지 소리가 섞여 났다. 그 속에서 숲의 소리를 찾아내려고 애썼다. 그러는 바람에 그나마 나올 듯 말 듯하던 똥이 쑥 들어가버렸다. 익숙한 소리가 없었다. 낯설고 불편한 소리뿐이었다. 작은 하늘에 새하얀 구름이 살짝 걸렸다. 숲에서 듣던 바람 소리와 이파리 부딪치는 소리, 물 흐르는 소리들이 재잘거리며 지나갔다. 그후로 없던 버릇이 생겼다. 화장실에 가면 똥보다 작은 하늘이 먼저 떠올랐다. 이것도 괜찮아지는 과정이겠지. 배꼽에 힘을 꾸욱 줬다.

말이 나오지 않았다. 린의 물음에 대꾸조차 할 수 없었다. 뒤죽박죽이 된 글자들을 입안 가득 물고 마치 벌을 서는 사람처럼 말을 아꼈다. 겨우 응 혹은 아니, 하고 입만 달싹거렸다. 시우는 구석에 쪼그리고 앉아 텔레비전을 쳐다보았다. 소리가 말로 들리지 않았다. 그냥 소리일 뿐이었다. 이 광활한 도시의 온갖 소음이 톱밥처럼 고막을 틀어막았다. 텔레비전을 껐다. 화면이 꺼진 텔레비전을 한동안 노려보았다. 나는 어디서 왔을까. 도대체 나는 어디서 온 걸까. 느닷없이 그런 물음이 떠올랐다. 불현듯, 그러나 지극히 자연스럽게. 하도 자연스러워서 하마터면 울음이 터질 뻔했다. 할머니는 잘 있을까. 자작나무는 얼마나 컸을까. 내 키는 얼마큼 자랐을까. 이 모든 것을 간직한 채 숲은 무사할까. 엄마와 아빠도 그 숲을 알고 있을까. 텔레비전 화면에 비친 자신의 모습을 시우는 오래오래 들여다봤다. 시우의 모습 뒤로 얼핏 자작나무가 스쳐 지나간 것도 같았다. 얼굴도 모르는 엄마와 아빠의 노랫소리가 들려오는 것 같아서 그곳에서 눈을 뗄 수 없었다.

말이 되어 나오지 않는 언어들을 입안 가득 물고 애쓰던 어느 날 린의 책상 위에 뒹구는 《죽음의 중지》가 시우의 눈에 들어왔다. 자작나무를 만난 듯 반가웠다. 방구석에 앉아 《죽음의 중지》를 펼쳤다. 글자들이 글자로 보이지 않아 한동안 멍하니 그것들을 바라보았다. 글자들이 살아 움직이는 생명체처럼 꼼지락꼼지락 종이 위에서 기어 나와 사방으로 흩어졌다. 시우가 바라보고 있는 것은 그저 온통 흰 종이였다. 얼마나 시간이 흘렀을까. 기어 나갔던 글자들이 하나둘 제자리로 돌아오기 시작했다. 시우의 입이 조그맣게 달싹거렸다. 여러분은 상대적인 것과 절대적인 것, 꽉 찬 것과 텅 빈 것, 아직 살아 있는 것과 이제는 살아 있지 않은 것 사이의 진짜 차이를 이해하게 될 거예요, 읽는 속도가 점점 빨라졌다. 말이란 움직이는 것이거든요, 오늘 다르고 내일 다르죠, 그림자처럼 불안정해요, 말 자체가 그림자죠, 존재하는 동시에 존재하지 않는 거예요, 비누 거품이에요, 안에 들어가면 간신히 소곤거리는 소리나 들을 수 있는 껍질이죠, 그저 나무 그루터기에 불과해요,[4] 소리가 차츰 우렁차게 변했다. 드디어 말이 나오기 시작했다. 입안에 물고 있던 기형의 언어들이 말이 되어 쏟아지기 시작했다. 말이 돌아오자 황무지처럼 황량하던 머릿속에 샘물처럼 생각이 고이고 마침내 깊고 말간 우물이 생겼다.

가까스로 숲을 빠져나온 두 사람은 기진맥진해 쓰러지기 일보 직전이었다. 다행히 외딴 민가에서 하룻밤을 지낸 뒤 다시 길을 나설 수 있었다. 돌아오는 내내 차 안에서 시우는 린의 곁을 한시도 떨어지지 않았다. 화장실까지 쫓아오는 바람에 입구에 세워놓고 들어가느라 애를 먹었다. 그보다 더 난처한 건 시우가 볼일을

---

4) 같은 책, 149~150쪽.

볼 때였다. 기차 안 화장실에서 시우는 볼일을 보지 못하고 돌아나왔다. 몇 번의 시도 끝에 가까스로 볼일을 봤지만 매번 린이 그 앞을 지키고 서 있어야 했다. 아무것도 먹지 않고 멍한 눈빛으로 창밖만 내다보던 시우는 화장실을 다녀오고 나서야 잠깐 잠이 들었다. 잠에서 깨어난 시우는 린이 까 준 삶은 달걀을 세 개나 먹어 치웠다. 그리고 여전히 린에게 바싹 몸을 붙인 채 두려운 눈빛으로 천천히 물을 받아 마셨다. 생포돼 끌려가는 어린 짐승 같았다. 기차에서 내려 택시로 갈아타고 린의 집으로 향하는 동안에도 시우는 말 한마디 하지 않았다. 늙은 택시 기사가 백미러로 뒷자리를 흘끔흘끔 쳐다봤다. 린도 시우도 몰골이 형편없었다. 시우는 말할 것도 없고 린조차 아무렇게나 질끈 묶은 머리와 날씨에 비해 턱없이 얇은 남루한 옷차림과 화장기 없는 얼굴, 게다가 옷차림에 맞지 않는 덩치 큰 배낭과 카메라 가방까지, 누가 봐도 세련되고 깔끔한 모양새는 아니었다. 린은 한 손으로 시우의 어깨를 감쌌다.

"조금만 가면 돼."

시우는 린의 말이 귀에 들어오지 않았다. 기차를 탄 후부터 줄곧 속이 좋지 않았다. 땅 전체가 끊임없이 흔들렸다. 발을 딛고 서 있을 수가 없었다. 엉덩이를 붙이고 앉아 있기도 쉽지 않았다. 연원을 알 수 없는 미세한 진동을 처음 느낀 건 움막을 나서 한참을 걸었을 때였다. 린에게 '미로'니 '삶' 따위를 묻는 순간, 갑자기 몸이 한쪽으로 기우뚱했다. 얼른 몸을 바로 하여 중심을 잡았지만 몸이 공중에 붕 떠 있는 기분이었다. 현기증이 났다. 이윽고 속이 더부룩하면서 메스꺼웠다. 기차에 오르자 그 현상은 더욱 심해졌다. 몸속 장기들이 뒤죽박죽 섞여 요동쳤다. 몸의 평형감각은 귀가 아닌 눈에 있었다. 시우는 눈을 감았다. 그러자 모든 소란함이 잠잠해졌다. 장기들은 잠자코 제자리를 찾았고, 땅은 더 이상 흔들리지 않았다. 잠이 왔다.

택시를 타자 그 현상이 그대로 되살아났다. 아까 먹은 삶은 달걀이 줄줄이 목구멍을 막고 있는 것 같았다. 결국 차를 세우고 가로수 아래에 전부 게워내고 말았다. 사람들의 눈초리를 받아가며 린은 허둥지둥 뒤처리를 했다. 택시는 이미 떠나고 보이지 않았다. 칼날 같은 밤바람에 몸을 가누기도 쉽지 않았다. 린은 하얗게 질린 시우를 데리고 근처 지하철역 화장실로 향했다. 붐비는 여자 화장실을 피해 남자 화장실로 들어갔다. 볼일을 보던 몇몇 남자가 뭐야 하는 눈빛으로 바지를 추스르고 황급히 자리를 떴다. 린은 온수를 틀어 손바닥으로 시우 얼굴을 닦아주었다. 손바닥에 물을 받아 입가심도 해줬다. 희미한 불빛 아래 지저분한 거울이 두 사람을 비추었다. 린은 거울에 비친 시우의 모습을 물끄러미 바라보았다. 시우는 갑자기 어린아이가 되어 있었다. 숲에서 보던 늠름한 모습이 아니었다. 잔뜩 경직된 어깨와 창백한 얼굴이 낯설었다. 움막을 나설 때만 해도 초롱초롱 빛나던 눈빛은 초점을 잃고 흔들렸다. 린은 시우의 손을 꼭 잡고 화장실을 빠져나왔다.

시우는 린에게 손을 잡힌 채 인파 속을 종이 인형처럼 끌려갔다. 사람들이 팔꿈치로 몸 여기저기를 수시로 가격해왔다. 시우는 움찔움찔 자주 걸음을 멈추고 머뭇거렸다. 린에게 손을 잡히지 않았다면 모든 사람이 하나도 남김 없이 사라져 보이지 않을 때까지 그 자리에 서 있었을 것이다. 그러다가 마침내 구겨진 종이 인형처럼 빈 역사 구석에 처박혀 죽어갈지도 몰랐다. 시우는 린의 손을 놓치지 않아야겠다고 속으로 다짐했다. 그러나 그게 뜻대로 되는 게 아니라는 걸 알아차리지 못했다. 손을 잡고 있는 건 린이었고, 따라서 잡은 손을 놓을 수 있는 권한도 린에게 있었다. 시우는 그저 종이 인형에 불과했다.

 아침에 눈을 떠도 어딘가를 향해 맨발로 달려 나가고 싶은 마음이 더 이상 들지 않을 즈음, 저녁상을 막 물리고 난 참이었다. 시우는 거실 바닥에 배를 깔고 엎드려 책을 뒤적거렸다. 린이 텔레비전을 틀었다. 매일 저녁 방영하는 휴먼 다큐멘터리 프로그램이었다. 시그널 뮤직이 깔리면서 '사냥'이라는 제목이 떴다. 린이 시우를 힐끔 쳐다봤다. 그때까지 시우의 시선은 책에 머물렀다. 제목이 사라지고 파란 하늘이 보였다. 카메라는 롱 테이크로 하늘을 천천히 훑으면서 아래로 이동했다. 새소리 하나 들리지 않았다. 이슬이 맺힌 나뭇잎이 클로즈업되면서 숲이 보이기 시작했다. 키 큰 나무들이 빽빽하게 들어선 숲을 카메라가 훑고 지나갔다. 어디선가 새소리와 물방울 떨어지는 소리가 났다. 아침이었다. 시우가 고개를 들었다. 숲의 아침을 비추던 카메라가 땅으로 내려와 발 하나를 잡아냈다. 검고 비쩍 마른 맨발이었다. 시우가 일어나 앉았다.

발은 달렸다. 나무 사이로 난 붉은 흙 위를 거침없이 달렸다. 피아노 건반을 두드리듯 일정한 리듬과 강약이 있었다. 시우는 아직 화면의 발이 자신의 발임을 알아차리지 못했다. 하늘이나 나무들이 익숙한 풍경이어서 솔깃해지고 있긴 했다. 달리는 발을 잡고 있던 카메라가 점점 위로 이동했다. 앙상한 발등을 지나 가느다란 발목과 단단한 종아리와 장딴지를 거쳐 남루한 옷과 땟국이 흐르는 얼굴이 보였다. 시우의 눈이 휘둥그레졌다. 나야. 순간 배꼽에 힘이 들어갔다.

맨발의 주인공은 소년이었다. 소년의 얼굴은 앳되지만 결의에 차 있었고 때가 까맣게 묻었지만 한없이 맑아 보였다. 카메라는 다시 하늘을 비추다가 키 큰 나무 한 그루를 잡았다. 표피가 하얀 자작나무였다. 카메라는 롱 컷으로 자작나무 숲을 통째로 잡았다가 그중 한 그루를 클로즈업했다. 멀리 소년이 달려오는 모습이 보였다. 마치 자작나무가 소년을 바라보고 있는 것 같은 앵글이었다. 자작나무에 다다른 소년은 학학 숨을 몰아쉬고는 인사를 하듯 자작나무에 눈을 맞추었다. 그리고 맨발을 가지런히 모아 나무 밑동에 대고 키를 쟀다. 이에 맞추어 내레이션이 흘러나왔다. 린의 목소리였다. 시우가 어 하는 표정으로 뒤를 돌아보았다. 린이 그래, 나야 하고 눈을 맞추었다.

소년은 아침마다 맨발로 숲을 달립니다. 무엇인가를 재기 위해서입니다. 소년이 무엇인가를 재는 곳은 바로 이곳 자작나무입니다. 소년이 발을 모으고 자작나무에 몸을 바싹 붙입니다. 밤새 얼마나 자랐을까. 소년은 가슴이 두근거립니다.

시우의 배꼽에 힘이 점점 들어갔다. 자작나무 향이 나는 듯했다.

오늘도 나이가 자랐습니다. 소년은 키를 나이로 알고 있습니다. 어느 누구도 소년에게 키와 나이의 차이를 알려주지 않았기 때문입니다. 소년의 이름은 시우입니다.

내레이션이 차분하게 이어지면서 장면은 움막으로 바뀌었다. 노파의 모습이 보였다. 시우가 텔레비전 앞으로 바싹 다가갔다. 노파와 냄새 나는 짐승 가죽들과 낡은 담요와 찌그러진 그릇 그리고 움막 안을 떠도는 묘한 기운과 공기에서 잠시도 눈을 떼지 않았다. 침을 삼키기도 민망할 정도로 사방은 고요했고, 내레이터인 린의 목소리만 또랑또랑 실내를 굴러다녔다. 옆에 시우는 없는 듯했다. 실내의 모든 소리를 삼킨 것은 텔레비전이 아니라 그림자처럼 앉아 있는 시우였다. 린은 조심스럽게 숨을 몰아쉬었다. 엔딩 자막이 올라가고 광고가 나오는데도 시우는 죽은 듯이 앉아 있었다. 린은 시우의 눈치를 살폈다.

"끝났어."

그제야 시우가 몸을 틀어 린을 쳐다봤다. 텅 빈 눈동자가 또르르 바닥으로 굴러떨어졌다.

"괜찮아?"

린은 시우의 어깨를 토닥거렸다. 텔레비전에서 본 것이 자신 같기도 하고 아닌 것 같기도 했다. 할머니 같기도 하고 아닌 것 같기도 했다. 자작나무 같기도 하고 아닌 것 같기도 했다. 숲인 것 같기도 하고 아닌 것 같기도 했다. 한바탕 꿈을 꾼 것 같았다. 머리와 가슴이 모두 다 흠씬 두들겨 맞은 것처럼 먹먹했다. 이것이 기쁨인지 슬픔인지 혹은 그리움인지 아니면 분노인지 알지 못했다.

저녁 때 린은 시우를 위해 돈가스를 준비했다. 시우는 저녁을 먹지 않았다. 배는 고픈데 먹고 싶지 않았다. 아니 먹을 기운이 없었다. 텔레비전이라는 데를 들어갔다 나오면 이렇게 힘이 빠지는 거구나. 시우는 빈속을 손바닥으로 자꾸 쓸어내렸다. 린은 차갑게 식은 돈가스를 다 먹어치웠다. 시우의 눈치를 살폈다. 시우는 방에 틀어박혀서 나오지 않았다. 방송은 생각보다 만족스러웠다. 편집도 잘됐고 내레이션도 효과적이었다. 그림도 나쁘지 않았다. 나머지 분량도 기대가 되었다.

저녁을 먹고 린은 인터넷에 접속했다. 방송이 나간 지 불과 세 시간 남짓밖에 안 됐는데 벌써 '다큐 사냥', '나이를 재는 소년', '시우' 등이 실시간 검색어로 올랐다. 부지런히 검색창을 두드렸다. 방송을 본 사람들의 반응이 실시간으로 올라왔다. 눈물이 났어요. 시우가 너무 불쌍해요. 어떻게 나무에 대고 나이를 잴 생각을 했을까요. 시우가 귀여워요. 오늘부터 반찬 투정 안 하려고요. 대박! 감동이 밀려왔어요. 우리 아들이랑 같이 봐야겠어요. 결혼기념일 안 챙겨줬다고 남편한테 투정 부렸는데 부끄럽네요. 예상

밖으로 반응은 뜨거웠다. 린은 밤늦도록 컴퓨터 앞을 지켰다.

5회분의 방송이 나가는 동안 시우는 한 발자국도 집 밖으로 나가지 않았다. 말도 하지 않았다. 하루 종일 종이 인형처럼 굴었다. 멍하니 창밖을 내다보다가 꾸벅꾸벅 졸았다. 린은 자주 시우 눈치를 살폈다. 노파가 죽는 장면이 나오는 4회분에서는 훌쩍거리는 소리 때문에 볼륨을 키워야 했다. 노파의 장례를 치르는 풍장 장면은 뿌옇게 모자이크로 처리했다. 린은 방송 후 인터넷에 올라온 글들을 접한 후 아쉬움이 더욱 커졌다. 노파의 풍장 장면에 대해 가장 많은 말들을 했기 때문이었다. 충격적이라는 말에서 시작해 죽음에 관한 여러 단상으로 떠들썩했다. 노파가 말하는 잔치의 개념을 두고 네티즌 사이에 다양한 말이 오갔다. 주로 숭고함과 의연함에 대한 이야기였지만 가족들이 보는 시간대에 너무 자극적인 내용이었다, 지나친 낭만주의다, 폄하하는 발언도 서슴지 않았다. 이렇든 저렇든 많은 말이 오가는 것 자체로도 성공적이었다.

다 끝났다. 할머니도 자작나무도 더 이상 볼 수 없었다. 시우는 불 꺼진 텔레비전을 한 시간째 노려보고 있었다. 미릿속에는 아직도 필름이 돌아갔다. 눈을 감으면 낯익은 영상이 파노라마처럼 펼쳐졌다. 금방이라도 할머니가 바동대는 토끼를 잡아 들고 들어설 것만 같았다. 잠이 오지 않았다. 숲으로 달려가고 싶었다. 할머니,

하고 움막 문을 벌컥 열어젖히고 싶었다. 자꾸 눈물이 났다. 린에게 그곳으로 다시 데려다달라고 할까. 그렇게 한들 지금 그곳에는 할머니가 없었다. 할머니가 없는데 무슨 소용일까. 나 혼자서는 토끼 사냥도 제대로 못 하는데. 가슴이 답답했다. 그런데 어떻게 내가 텔레비전에 나온 거지? 시우는 다큐멘터리가 방영되는 동안 자신에게 무슨 일이 일어났는지 알지 못했다. 방송에서 본 것이 실제로 존재한 일인지 아닌지조차 혼란스러웠다. 꿈을 꾼 것 같았다. 앞으로 무슨 일이 일어날지 몰랐다. 그건 린도 마찬가지였다.

인간이 예측할 수 있는 미래는 협소하고 한정적이었다. 가령 그것이 한 치의 오차도 없이 정확하고 투명하더라도 바로 내일 당장 무슨 일이 일어날지는 아무도 장담할 수 없었다. 자신이 바라지 않거나 예측이 어긋났을 때 사람들은 그 불발된 미래를 운명이라는 포장지로 에둘러 감추려들었다. 시우도 린도 앞으로 펼쳐질 일들을 예측하지 못했다. 그건 자연스러운 현상이었다. 그리고 먼 훗날 그것을 운명이라고 단정 짓는다 해도 별스러운 일이 아니었다. 현재까지 돌고 있는 삶의 궤적이 말해주듯 운명은 거창하고 요란하지 않게 시우와 린의 삶에 스며들었다. 〈사냥〉이 방송된 후 둘의 일상은 조금씩 흔들리기 시작했다.

〈사냥〉의 열기는 쉽게 사그라지지 않았다. 인터넷에는 누리꾼의 글이 폭주했다. 린은 종일 컴퓨터 앞에 앉아 실시간으로 올라오는 글을 꼼꼼히 살폈다. 대체로 긍정적인 반응이었다. 누리꾼의 관심은 산골 소년 '시우'에게 있었고, 이것은 삽시간에 온 나라로 퍼졌다.

시우가 숲을 떠나 도시로 온 데서 다큐멘터리가 끝났다. 누리꾼들은 연일 시우를 보고 싶다며 도시로 온 시우의 행방과 안부를 궁금해했다. 방송국에는 시우의 거처를 묻는 전화가 빗발쳤다. 어느 시청자는 시우에게 전해달라며 옷과 신발을 보내오기도 했고, 어떤 사람은 학용품과 책을 부쳤다. 토끼 고기 전문점에서는 광고 모델 섭외와 1년 동안 토끼 고기를 무료로 제공하겠다고 제안했다. 심지어 시우가 체계적으로 공부할 수 있도록 학비를 지원하겠다는 후원자도 생겼다. 잡지사와 신문사에서도 인터뷰 요청이 쇄도했고, 출판사에서는 시우의 숲 생활을 책으로 출간하고 싶다며 출판을 문의해왔다. 린은 연일 이어지는 전화 폭주에 넋이 나갈 지경이었다. 정작 본인인 시우만 이 모든 소란에서 자유로웠다.

〈사냥〉을 본 후 한동안 시우는 같은 꿈을 꾸었다. 숲을 쏘다니는 꿈이었다. 잠에서 깨어나 다람쥐를 쫓아 쏘다닌 게 꿈이라는 걸 알아차리는 순간, 왈칵 울음이 쏟아질 것 같아서 눈을 감은 채 꾹꾹 눈물을 쑤셔 넣곤 했다. 그러다 다시 잠들기 일쑤였고, 린이 흔들어 깨우는 소리에 눈을 뜨면 어느새 밤이거나 날이 밝아 있었다.

"꿈꿨니?"

시우는 린의 물음에 고개를 가로저었다. 괜히 꿈까지 들키고 싶지 않았다.

"울었어?"

시우는 벌떡 일어나 화장실로 갔다. 찬물을 틀어 얼굴을 씻었다. 비누가 눈에 띄었다. 린이 채근하지 않으면 비누칠은 여간해서 하지 않았다. 비누를 두 손으로 문질러 얼굴에 대고 비볐다. 눈이 매웠다. 물로 아무리 씻어내도 매운 게 가시지 않았다. 아무리 열심히 닦아도 그 얼굴이 그 얼굴인 것처럼 시우의 생활은 달라진 게 없었다. 여전히 린과 마주 앉아 아침을 먹고, 린이 나간 뒤엔 텔레비전을 보다가 배를 깔고 엎드려 책을 읽었다. 그러다가 배가 아프면 화장실에 가서 똥을 누었고, 똥을 누면서 손바닥만 한 작은 창 너머로 하늘을 바라보았다. 떠나온 숲과 자작나무가 그리웠다. 어쩌면 하늘을 보고 싶어서 일부러 똥을 누는지도 몰랐다.

한번은 책을 보다가 도시에 오면 책이 많다던 린의 말이 떠올랐다. 읽던 책을 덮고 실내를 유심히 살폈다. 린의 책상 위에 《죽음의 중지》와 비슷하게 생긴 것들이 여러 개 보였다. 시우는 그중 하나를 집어 들고 겉장에 쓰인 글자를 더듬더듬 읽었다. 또 하나를 집어 들고 역시 더듬더듬 읽었다. 글자는 어눌하게 발음되어 나왔다. 머릿속에 연상되는 그림은 없었다. 실은 《죽음의 중지》를 읽는 것도 그와 비슷한 경우였다. 무슨 뜻인지도 모르면서, 어느 때는 그림 같아 보이기도 하는 글씨를 발음하는 수준이었다. 그렇다고 아주 재미가 없는 것은 아니었다. 모호하긴 하지만 거기에는 시우가 모르는 새로움이 있었다. 그것이 반드시 지식이나 철학이나 도덕이나 서사여야 하는 법은 없었다. 비논리적이고 허무맹랑하거나 혹은 거짓을 고하더라도 시우의 지적 욕구를 자극한다면, 그래서 자꾸 손이 간다면 그것으로 성공이었다.

　시우의 머릿속은 정의되지 않은 개념들로 가득 찼다. 무질서한 언어의 집합체가 공존했다. 거기에 생기를 불어넣는 유일한 기운은 새로움이었다. 그 기운이 얼마나 유효할지는 아무도 장담할 수 없었다. 시우는 거의 한계에 도달해 있었다. 《죽음의 중지》를 덮고 다른 책을 기웃거리는 게 그 증거였다. 시우의 머리는 단순한 새로움을 넘어 깨달음을 동반하길 원했다. 이는 정의되지 않은 개념들을 바로 세우고, 무질서한 언어의 집합체를 정교하고 질서 정연하게 치환하고자 하는 것을 의미했다. 학습을 향한 열망이 싹텄다. 그날 시우는 린에게 어렴풋한 자신의 욕망을 은근슬쩍 비추었다.

　"책은 어디 있어?"

　"음, 책보다 우선 말을 배우자."

　"말?"

　"그래. 제대로 된 말을 배워야 해. 우선 존댓말부터."

　린은 시우를 이대로 밖에 노출시킬 수 없었다. 시우의 말투는 어눌했고 촌스러웠다. 어휘도 턱없이 부족해 의사소통을 제대로 하려면 어법을 정확하게 구사해야 했다. 게다가 시우는 존댓말을 쓰지 않았다. 그런 게 있는 줄도 모르고 있었다.

　"존댓말이 뭐냐 하면 너보다 나이가 많은 사람한테 쓰는 말이야. 상대방을 높이는 말. 높이는 게 뭐냐 하면 존중, 아니……."

린은 상대방을 '높이다'를 설명하기 위해 '존중'이라는 말을 꺼냈다가 다시 적당한 말을 찾았다. 시우의 눈높이에서 존댓말을 설명하기란 쉬운 일이 아니었다. 시우가 알아들을 수 있는 말은 극히 한정적이었다. 그 속에서 알맞은 단어를 찾아 무질서에 질서를, 무개념에 개념을 부여하는 일은 결코 만만치 않은 작업이었다. 하나의 낱말을 설명하기 위해 여러 개의 낱말을 차용해야 했다. 낱말이 낱말을 낳고 그 낱말이 또 다른 낱말을 낳았다.

"그러니까 원래는 나한테도 존댓말을 써야 해. 돌아가신 할머니한테는 물론이고."

"할머니한테?"

"지금이야 그럴 필요가 없지만 살아 계셨다면 그래야지."

"또 있어?"

"응, 많아. 예를 들어 처음 보는 사람한테도 반말을 해서는 안 돼."

"왜?"

"예의가 아니거든."

"예의?"

"음, 일종의 약속 같은 거야. 너 혼자서 사는 게 아니잖아. 우리가 혼자서 산다면 하고 싶은 대로 막 하고 살아도 상관없지만 지금 여기서도 나 혼자 사는 게 아니고, 너도 혼자가 아니잖아. 우리 둘이 살고 있는 거잖아. 만약에 내가 너를 생각하지 않고 나 혼자 밥을 먹고 치워버리고 네가 자는데 텔레비전을 크게 틀어놓으면 어떻겠니?"

"배가 고프고 시끄러울 거야."

"그렇지?"

"하지만 난 그래도 괜찮아."

"그건 네가 아직 여기 생활에 익숙하지 않아서 그래. 도시는 네가 생각하는 것처럼 단순한 곳이 아니거든. 숲과 달라."

시우는 린의 말을 하나도 놓치지 않으려고 애썼다. 뭔지 모르게 복잡하고 정신없는 이곳 생활에 적응하려면 왠지 그래야 할 것 같았다. 어차피 숲으로 다시 돌아가는 일은 불가능했다.

"네가 괜찮아도 다른 사람이 괜찮지 않으면 그건 예의에 어긋난 거야."

"왜?"

시우는 린의 말이 이해되지 않았다. 장황하게 설명해줬음에도 시우의 의문은 꼬리에 꼬리를 물었다. 마치 말을 막 배운 어린아이가 엄마 치맛자락을 잡고 졸졸 따라다니며 말끝마다 왜를 연발하는 모습과 흡사했다. 더도 말고 덜도 말고 딱 그 수준이었다. 존댓말이 뭐고 왜 필요한지 완전히 수긍이 가는 것은 아니었지만, 어린아이가 엄마의 긴 설명에 으음, 그렇구나 하고 마지못해 고개를 끄덕거리는 것처럼, 그래 그 정도면 용서해줄게 하는 심정으로 존댓말을 인식하기로 했다. 존댓말뿐 아니라 이곳에서 모든 것은 새로웠고, 그 새로움은 시우의 지적 호기심을 충동질하기도 했지만, 불완전하고 설익은 형태로 받아들여졌다. 그나마 받아들인다는 게 중요했다. 시우는 이해하지도 못하는 언어로 가득한《죽음의 중지》를 읽으면서 자신도 모르는 새 이 비열한 문명의 유혹에 홀리고 있었다.

"자, 따라 해봐. 왜가 아니라 왜요."

"왜요."

"밥 먹었어가 아니라 밥 먹었어요."

"밥 먹었어요."

"아니가 아니라 아니요."

"아니요."

시우는 린이 하라는 대로 충실히 따라 했다.

"좀 알겠어?"

"아니."

"아니요!"

"아니……요."

배꼽에 힘이 들어갔다. 아랫배가 살살 아파오는 걸 참으며 집중했다. 존댓말은 모래알처럼 입안에서 까끌까끌 굴러다녔다. 말을 할 때마다 신경이 쓰였고, 그나마 알고 있던 말도 제때에 제대로 나오지 않았다. 몸에 맞지 않는 옷을 억지로 두르고 있는 느낌이었다. 이곳 생활이 다 그랬다. 그래서 자주 가슴이 답답하고 배가 아프고 속이 울렁거렸다.

시우는 매번 린의 지적을 받고서야 존댓말로 고쳐 말하곤 했다. 점점 말하는 데 자신감이 없어졌다. 목소리는 작고 힘이 빠졌으며 자기 주장을 펴는 데 소극적이었다. 주장이라 봐야 별다른 것도 아니었지만.

"오늘 점심은 라면 어때?"

린이 물어오면 전 같으면 씩씩하게 대답했을 텐데 지금은 그저 멀뚱멀뚱 바라보는 데 그쳤다. 입안에서는 응이 나오려 하는데, 머리에서는 네를 떠밀었다. 그러다가 번번이 말할 타이밍을 놓쳤다.

"힘들면 그냥 네가 하고 싶은 대로 해. 나한테는 굳이 존댓말을 안 써도 된다는 소리야."

"……"

시우는 린의 입만 멀거니 바라봤다. 이러다가는 말을 몽땅 잊어버릴 것 같았다. 텔레비전을 틀었다. 사람들이 연신 뭐라고 떠들어대던 게 떠올랐다. 그들의 말을 유심히 들어보니 예상대로 그 속에 존댓말이 섞여 있었다. 같은 사람이라도 어느 때는 존댓말을 하고 또 어떤 경우에는 하지 않았다. 어떤 사람한테는 하고, 또 어떤 사람한테는 하지 않았다. 시우는 그들의 말을 소리 내 따라 했다.

"당신은 왜 만날 그 모양이에요."

"이것 좀 드실래요?"

"사랑합니다."

"다시는 보고 싶지 않아요."

"같이 가요."

"짝사랑은 사랑이 아니에요. 그건 환상이…… 만들어내는 백 가지…… 그림……자예요."

무슨 뜻인지도 모르고 더듬더듬 따라 했다. 긴 대사는 더욱 그랬다. 그냥 무턱대고 따라 했다. 《죽음의 중지》를 무작정 옮겨 쓰던 것과 비슷했다. 입으로 중얼거린 말들이 점점 안개꽃처럼 피어났다. 최선을다해달렸어요해가지고있었지요당신을못믿어서가아니라제귀가들리지않아서예요꽃이지는소리를들어본적이있으신지요아무도돌아보지않았어요내일저녁에동물원에가실래요동물원은여섯시에문을닫습니다그런데최선을다해달린다는건무엇을기준으로한말인가요꽃이피는소리는들어본적이있습니까그러니까심장박동인가요아니면휙휙지나가는가로수개수의차이인가요그쪽은저녁을좋아하는습성이있군요동물원에도해가지는지궁금해서요아그런걸습성이라하는군요목소리를조금만낮춰보세요무엇인가가지고있어요 말들은 크고 또렷하게 발음이 되어 나왔다. 안개꽃을 한 뭉치씩 따 꿀꺽꿀꺽 삼키는 것 같았다. 말은 점점 빠르고 정확해졌다.

린은 부지런히 시우를 데리고 다녔다. 모든 게 새로웠지만 가장 신기한 것은 돈이었다. 어디를 가나 돈이 필요했다. 세상은 돈이라는 질기고 강한 끈으로 얽혀 있는 것 같았다. 그것은 숲을 비추는 태양처럼 위대해 보였다. 돈이 한낱 종잇장에 지나지 않는다는 걸 알게 된 시우는 형편없는 자신의 상상력을 자책했다. 한편 낯선 어휘들이 쏟아져 들어와 어느 때는 머리를 좌우로 서너 번 힘차게 흔들어 뒤죽박죽이 된 머릿속을 평평하게 했다. 시우가 생각하기에 머릿속은 빈 단지처럼 생겨서 그 속에 낱말들을 차곡차곡 쟁여두었다가 필요할 때 꺼내 쓰는 방식이었다. 그런데 어느 순간부터 뒤죽박죽이 되었다. 그 어느 순간이 정확히 언제인지는 시우 자신도 알지 못했다. 아마도 숲을 떠나오던 날부터가 아닐까. 자작나무에 대고 마지막으로 나이를 재던 그날, 그날부터가 아닐까.

 그 뒤죽박죽된 머릿속에서 빈번이 '엄마', '아빠'가 튀어나왔다. 그건 텔레비전을 틀어도 문밖을 나가도 어디서든 흔하게 들려오는 소리였다. 마치 숲 어디에서고 들려오는 새소리 같았다. 시우는 자신의 머릿속에 그런 단어가 들어 있었는지조차 모르고 있다가 어느 날 그 사실을 깨닫고 우울해졌다. 그건 시우의 머릿속 빈 단지 저 아래 맨 밑바닥에 깔려 있었다. 그걸 밖으로 끄집어내기까지 시우는 수도 없이 맨발로 달려 자작나무에 나이를 쟀다. 그게 나이가 아니라 키였다는 사실을 알고 난 뒤에도, 한 뼘이나 더 큰 키를 하고도, 한참 후에야 떨리는 목소리로 엄마, 아빠 하고 발음했다. 그러자 공허하고 침울해졌다. '나무'나 '다람쥐'를 발음하는 것과 사뭇 달랐다. 무슨 잘못이라도 저지른 듯한 기분이 들었다. 나에게도 엄마와 아빠가 있을까. 엄마와…… 아빠. 시우는 갈비뼈 사이에 비스듬히 걸려 있는 자음과 입천장에 들러붙어 있는 모음을 힘겹게 끌어모아 또다시 엄마와 아빠를 불렀다. 톱밥처럼 들어와 박히던 소음이 사라지고 온화한 공명음이 울렸다. 길가에 구르는 돌멩이처럼 널려 있는 게 나에게는 왜 이토록 낯설까. 하루에도 수십 번씩 그것에 걸려 앞으로 고꾸라질 뻔하곤 했다.

"왜 그래? 기분이 안 좋아 보이는데?"

린이 친절하게 물어도 대답하지 않았다. 린은 시무룩해 있는 시우를 데리고 패스트푸드점에 갔다. 햄버거와 콜라를 주문했다. 시우는 콜라를 먹다가 사레가 들려 한동안 얼굴이 붉어지도록 기침을 했다. 콜라가 무서웠다. 남은 콜라는 린이 다 마셨다. 시우는 대신 아이스크림을 먹었다. 이 역시 야릇한 맛이었지만 콜라처럼 무섭지는 않았다. 숲에서 먹어본 눈과 비슷했다. 린은 장을 보기 위해 대형 마트로 갔다. 린의 손에 끌려가면서도 시우는 사방을 두리번거리느라 잠시도 가만히 있지 않았다.

가전제품 매장 앞에서 시우는 길 잃은 사람처럼 허둥댔다. 사방에 놓인 텔레비전 화면에서 사람과 동물과 음식과 음악이 한꺼번에 쏟아져 나와 떠들어댔다. 금방이라도 무슨 일이 일어날 것처럼 야단스럽게 난리를 피워댔지만 린을 비롯해 근처에 있는 사람 누구도 긴장하거나 피하려 하지 않았다. 대부분 힐긋 쳐다보거나 아예 시선도 주지 않고 지나쳤다. 몇몇 사람은 그 앞에서 한없이 행복한 표정으로 팔짱을 끼고 서 있었다. 발바닥으로 장단까지 맞추며 몸을 앞뒤로 흔들어대는 이도 있었다. 어떤 사람은 열심히 뭔가를 이야기했고, 어떤 이는 심각한 표정으로 이야기를 들었다.

배꼽에 힘이 들어갔다. 가장 견디기 힘든 것은 여기저기서 터져 나오는 소리였다. 리듬도 운율도 없는, 알아들을 수 없는 그것은 소음이었다. 고막이 끝도 없이 팽창해 터져버릴 것만 같았다. 두 손으로 귀를 틀어막았다.

  귀를 틀어막고 사방을 두리번거리던 시우 눈이 번쩍 뜨였다. 대형 화면에 비춰진 아마존 풍경 때문이었다. 황폐해져가는 아마존의 실상을 고발한 다큐멘터리였다. 울창한 숲 사이로 강물이 유유히 흘렀다. 시커멓게 그은 남자들이 맨발로 나무를 타고 올라가 야자수 열매를 따 던졌다. 벌거벗은 여자들과 아이들이 그것을 받았다. 여자들이 움직일 때마다 늘어진 가슴이 출렁거렸다. 여자들 품에 안긴 어린아이들이 늘어진 가슴을 야자수 열매처럼 움켜쥐었다. 시우는 화면 앞에 쪼그려 앉았다. 귀를 틀어막고 있던 손은 어느새 턱으로 옮아갔다. 그 뒤에서 린이 텔레비전과 시우를 번갈아 보며 서 있었다.

5장

# 도시의 무덤

오늘은 제가 비행기를 타는 이유에 대해 말씀드리려고 해요. 별 관심도 없으실 줄 알지만 언젠가 꼭 말씀드리고 싶었어요. 그래야 당신의 그 기이한 신념을 눈감아줄 수 있을 것 같거든요. 그래야 당신이 내 아버지라는 인식이 그나마 들 것 같으니까요. 아버지, 교도소, 전향, 이념, 자유. 이 중에 저를 가장 모질게 따라다닌 놈이 뭔지 아세요? 자유, 그중에서도 절대 자유예요. 절대 자유. 언제부터인가 당신을 보면, 당신을 떠올리면 이 말이 따라왔어요.

당신이 내 아버지라고 인식할 무렵, 어렸을 때 어머니 손에 이끌려 버스를 몇 번씩 갈아타고 간 곳, 낯선 방에서 당신을 처음 대면한 그날이 생각나요. 가슴에 1047이라고 붙어 있는 푸른 수의를 입고 한겨울인데도 고무신을 신고 있었어요. 그날 당신은 면도를 했는지 턱 주위로 푸르스름한 면도 자국이 보였어요. 옷차림은 비교적 말끔했지요. 나를 본 당신은 말을 잃었어요. 그날 당신 입에서 나온 말은 "많이 컸구나" 이 한마디가 전부였어요. 제 이름조차 부르지 않았어요. 어머니가 연신 눈물을 찍어대며 제 옆구리를 자꾸 손가락으로 찔렀지만 입에서 "아버지"라는 말은 나오지 않았어요. 어머니는 버스 안에서 제게 몇 차례 다짐을 받아냈거든요.

"무조건 아버지라고 불러. 알았지?"

그때 어머니가 이상했어요. 왜 당연한 걸 자꾸 강요하는지.

막상 아버지를 대면하니까 어머니가 왜 그랬는지 금방 이해가 됐어요. 당신은 그저 생전 처음 보는 낯선 아저씨에 불과했으니까요. 아버지란 말이 나오는 게 오히려 이상할 정도였어요. 돌이켜 보면 그날 어떻게 해서든지 '아버지'를 입 밖에 냈어야 했어요. 키가 크고 머리도 크면서 전 당신을 왜

'아버지'라고 불러야 하는지 고민하기 시작했거든요. 이제는 어머니가 옆구리를 손가락이 아닌 칼로 찌른다 해도 '무조건' 그럴 수 없게 돼버린 거죠. 당신은 이해할 수 없는 인간 박기용일 뿐 제 아버지는 아니었어요. 당신이 아버지라면, 제가 자식이라면, 당신이 제 앞에서 그렇게 완고하게 등을 보여서는 안 된다고 배우고 자랐거든요. 당신에게 또 다른 아내와 아들과 딸이 있다는 이야기를 듣고 당신을 더욱 경멸했어요. 당신은 이곳으로 돌아오지 말았어야 했어요. 그럼 적어도 한 아들에게는 자랑스러운 아버지가 될 수 있었을지도 모르니까요.

  우리는 늘 경계에서 자유롭지 못했어요. 하는 일마다, 가는 곳마다 보이지 않는 감시와 눈초리가 따라 붙었으니까요. 살갗 한 번 부비지 않은 생면부지의 1047 때문에 꿈도 직업도 마음대로 꾸지도 갖지도 못했어요. 미치도록 분하고 억울했어요. 당신은 아버지가 아닌 1047로 남았어요. 그건 제가 결정한 게 아니라 당신 자신이 내린 결론이었어요. 그걸 인식한 뒤부터 당신이 왜 1047로 남기를 자청했는지 끝없이 생각했어요. 그래서 내린 결론이 바로 절대 자유예요. 당신이 원하는 건 이쪽 혹은 저쪽의 아들도 딸도 아닌, 그것으로부터 놓여난 상태. 전 그것을 절대 자유라고 명명했어요. 전 어떤 방식으로든 당신을 이해해야 했거든요. 그러지 않고서는 단 하루도 맨 정신으로 잠을 이룰 수 없었으니까요.

  아직도 비행기를 보면 어린애처럼 가슴이 마구 뛰어요. 이런 제가 겁나요. 제게 비행기는 단순한 비행기가 아니라는 걸 당신도 이제 눈치챘으리라 믿어요. 유치하지만 비행기에 대한 동경은 당신이 배를 탄 것에 대한 반항심에서 싹텄어요. 어릴 적 아버지에 대해 물으면 어머니가 들려주던 말은 늘

"아버지는 배를 타는 분이셨어. 뱃사람들을 위해 밥을 하고 국을 끓이고 반찬을 만드는 분이셨지"라는 말 한마디였어요. "그런데 왜 안 와?" 하고 물으면 "배가 너무 멀리 가서 돌아오려면 아주아주 오래 걸린대" 하고는 돌아눕곤 했어요. 어린 저는 배가 끔찍이 싫고 원망스러웠어요. 게다가 집 주변에 비행장이 있어서 늘 머리 위로 비행기가 지나다녔어요. 숨바꼭질을 하다가 올려다본 비행기 동체는 동화책에서 본 고래 몸통 같았어요. 파란 바다에 고래가 유유히 헤엄쳐 사라지는 것 같았거든요. 저렇게 빨리 사라지는 비행기를 놔두고 왜 하필 배야. 어린 저는 비행기 조종사가 돼 아버지를 싣고 냉큼 돌아오는 꿈을 꿨어요. 아버지가 영영 돌아올 수 없다는 사실을 안 건 조종사인 제 꿈도 영영 이룰 수 없다는 걸 깨달았을 때였지요.

1047과 싸워 이기고 싶었어요. 반드시 비행기를 조종하고 싶었어요. 치졸한 오기 때문만은 아니었어요. 결국 비행기를 조종하게 되었지만 이건 당신이 넘지 말아야 할 국경을 넘은 것과 같은 꼴이 돼버렸어요. 이건 제가 원하던 게 아니었어요. 저도 당신처럼 1047이 돼버린 거죠. 어차피 이렇게 된 바에야 당신을 따라가보기로 작정했어요. 절대 자유가 뭔지 그 경지가 도대체 뭐길래 당신을 그토록 꿋꿋하게 지켜주는지. 저도 제 자신을 지키고 싶었거든요. 당신처럼 일체의 동요 없이 한곳만 바라보고 싶었거든요. 오로지 1047을 이해하기 위해서 말이죠. 그래야 1047이 아버지로 떳떳이 자리하죠. 그래야 제가 아버지의 아들로 당당하게 돌아가죠.

끊임없이 날아드는 승준의 편지, 나는 짐승이고 싶었다. 차라리 굶주림에 지친 한 마리 들짐승이고 싶었다. 편지를 읽는 내내 혓바닥이 뿌리째 뽑혀 땡볕에 내동댕이쳐졌다. 햇빛에 나뒹구는 쓸쓸한 혓바닥을 주워 입안에 가두느라고 자주 읽기를 중단해야 했다.

도시는 밀림이었다. 미로처럼 얽힌 길들은 시작과 끝을 알 수 없었다. 시우가 미로 속에서 헤매고 있을 때 정작 그 중심부에서는 시우 찾기에 혈안이 되었다. 인터넷에서는 〈사냥〉의 열기가 계속 이어졌다. 방송사와 잡지사에서는 서로 먼저 특종을 잡기 위해 이 신기하고도 순박한 산골 소년을 기사화했다. 린은 인터뷰와 텔레비전 출연 요청을 수도 없이 받았다. 어느 정도 예상은 하고 있었지만 기대 이상이었다. 거절할 이유가 없었다. 텔레비전 출연을 앞두고 담당 프로그램 PD에게서 프로그램의 성격과 출연 결정 이유에 대해 간단히 설명을 들었다.

"우리 프로그램은 주로 주부들이 시청합니다. 꾸미지 않고 있는 그대로 편하게 이야기하시면 됩니다. 시우에 관해 시청자들이 궁금해하는 게 많습니다. 그 내용을 우리 작가들이 질문지로 만들었습니다. 미리 보시고 그에 맞는 답을 미리 준비해오시면 진행하기에 더 편할 수 있겠죠."

전화기 너머에서 PD는 갑자기 목소리를 낮추었다. 린은 전자메일로 온 질문지를 출력했다. 주로 시우에 관한 것이었다. 시우가 대답하기에 곤란한 질문도 몇 있었다. 그런 것은 담당 PD에게 미리 양해를 구했다. 방송국에 가기 전 린은 시우에게 충분히 연습을 시켰다.

* 이름은?
* 나이는?
* 여기 온 지는 얼마나 됐나?
* 이곳의 첫인상은?
* 좋아하는 음식은?
* 토끼 사냥은 언제 처음 했나?
* 여기 와서 가장 신기한 것은?
* 도시 생활에서 제일 어려운 점은?
* 풍장을 치를 때 기분은?
* 만약 다시 살던 곳으로 돌아가라면?
* 글자는 어떻게 배웠나?

시우는 질문지를 살펴보았다. 그중에 자신 있게 대답할 수 있는 것은 세 개 정도밖에 되지 않았다. 질문 자체를 이해하지 못하는 것도 있었고, 정말 몰라서 대답할 수 없는 것도 있었다.

"이름이 뭐냐고 물으면 시우라고 하면 돼. 해봐."

"시우."

"나이는?"

"백육십……."

"그건 키고. 나이 말이야."

시우는 자작나무에 재던 습관대로 대답했다가 린의 주의를 듣고서야 나이를 생각했다.

"몰라."

시우는 나이를 알지 못했다. 노파가 말해준 적도 없었다. 린이 한참 생각에 잠겼다가 입을 열었다.

"그래. 그건 모른다고 하는 게 낫겠다. 그냥 모른다고 해."

산골 소년이 나이를 정확히 알고 있는 것보다는 모르고 있는 편이 자연스러웠다. 린은 시우에게 질문에 따른 적당한 답변을 알려주었다. 시우는 자신이 말할 수 있는 것 몇 개를 제외하고는 뭔지도 모르면서 린이 알려주는 대로 외우다시피 했다. 시우가 더듬거리고 제대로 대답하지 못하면 잘할 때까지 반복해서 시키고 또 시켰다. 시우는 점점 지쳐갔다. 미용실에 다녀오고 방송에 입고 나갈 옷도 샀다.

드디어 방송이 있는 날 아침, 잘 차려입은 시우는 린이 보기에도 산골에서 온 소년 같지 않았다. 때가 빠진 얼굴빛은 건강하고 활기차 보였다. 날렵하면서도 부드러운 턱선이 돋보였고, 눈빛은 순하고 선해 보였다. 소위 말하는 꽃미남 대열에 끼워 넣어도 손색이 없을 정도로 매력적이었다.

"누가 너를 맨발로 토끼나 잡으러 다니던 애로 알겠어."

아무리 칭찬해도 시우는 모든 게 어색하기만 했다. 새 옷과 신발 그리고 야릇한 화장품 냄새까지 온통 낯설고 거북했다. 방송국으로 가는 동안 중간에 두 번이나 화장실에 갔다.

방송은 이슈가 되는 인물을 초대해 이야기를 나누는 아침 교양 프로그램이었다. 시우는 린과 함께 녹화장으로 안내되었다. 단아하고 우아하게 꾸민 세트가 두 사람을 맞았다. 두 사람은 지정 자리에 앉아 녹화가 시작되기를 기다렸다. 스튜디오에는 카메라 세 대가 돌고 있었다. 시우는 쏟아지는 조명 때문에 눈을 똑바로 뜰 수 없었다. 시선이 자주 아래로 향했다. 린은 그런 시우를 불안한 마음으로 쳐다봤다. 녹화 중에 실수라도 할까 봐 걱정이었다. 카메라에 빨간불이 들어오고 녹화가 시작되었다. 남녀 아나운서와 두 명의 패널이 돌아가며 질문을 했다.

"시우 군, 오늘 아침엔 뭘 먹었나요?"

여자 아나운서가 물었다. 조명 때문에 눈도 제대로 뜨지 못하는 시우는 자신에게 질문이 돌아왔는지조차 몰랐다.

"처음이라 긴장이 많이 되나 봐요."

양옆에 앉아 있던 패널 중 하나가 얼른 말을 받았다. 그때까지도 시우는 알아차리지 못했다. 린이 시우의 옆구리를 슬쩍 찔렀다. 시우가 린 쪽으로 고개를 돌렸다.

"지금 함께 살고 계시죠?"

남자 아나운서가 린에게 물었다.

"아, 네."

"오늘 아침에 시우 군이 무엇을 먹었나요? 뭐 된장찌개나 김치찌개 같은 것도 잘 먹는 편인가요?"

"네. 뭐든지 잘 먹어요. 오늘 아침에는 잡곡밥에 콩나물국을 먹었습니다."

린은 머릿속에 떠오르는 대로 이야기했다. 사실 잡곡밥도 콩나물국도 먹지 않았다. 예상에 없는 질문이라 좀 당황스러웠다. 게다가 그들은 시우를 무슨 희귀동물 보듯 했다.

"두 분 관계가 어떻게 되시나요? 이미 방송을 통해 알려졌지만 혹시 모르시는 시청자들을 위해 다시 한 번 말씀해주시죠?"

여자 아나운서가 물었다.

"취재차 헌팅을 나갔다가 만났습니다. 지금은 부득이한 사정 때문에 제가 시우를 보호하고 있습니다."

"그럼, 누나나 이모, 뭐 그런 친족 관계는 아니라는 말씀이시죠?"

"네, 그렇습니다."

"그냥 동거인이네요?"

여자 패널이 말을 받았다.

"동거인이라기보다 보호자라고 하는 게 더 정확하겠네요. 그렇지 않습니까?"

남자 아나운서가 여자 패널의 말을 정정하면서 동의를 구했다.

"네."

시간이 얼마 지나지도 않았는데 린은 정신이 없었다. 목덜미에 땀이 송골송골 맺혔다. 시우는 눈을 내리깔고 오가는 이야기를 듣고 있었다. 린은 좋은 누나예요. 시우는 마음속으로 그렇게 말했다.

"시우 군, 감독님이 잘해줘요?"

여자 아나운서가 물었다.

"네!"

마침 그 생각을 하고 있던 터라 시우는 자신 있게 대답했다. 순간 방청석에서 웃음이 터져 나왔다. 시우의 목소리가 지나치게 크고 씩씩해서 상황에 맞지 않게 다소 엉뚱해 보였기 때문이다. 시우는 사람들이 왜 웃는지 알지 못했다. 린은 겉으로는 웃고 있지만 속으로는 시우가 실수를 할까 봐 불안했다.

시우가 제대로 대답한 것은 나이와 좋아하는 음식 두 가지뿐이었다. 시우가 말할 때마다 방청석에서 작은 소요가 일었다. 나이를 이야기할 때는 연습한 것과 달리 백육십이라고 말했다가 린이 모른다고 하라고 한 것이 뒤늦게 생각나서 다시 모른다고 번복했다. 시우의 얼굴에서 땀이 비 오듯 쏟아졌다. 카메라가 다른 쪽을 비추는 사이 스태프가 뛰어나와 둥근 퍼프로 얼굴을 꾹꾹 눌러주었다. 시우가 대답하지 못하고 쩔쩔매는 과정에서 여러 번 NG가 났고 녹화는 자꾸 지연되었다. 다리도 저리고 아랫배도 살살 아팠다.

"시우 군, 할머니가 돌아가셨을 때 많이 슬펐어요?"

여자 아나운서의 물음에 시우는 말똥말똥 눈망울만 굴렸다.

"네. 아주 많이 슬퍼했습니다."

린이 또 선수를 쳤다.

"화가 났어요."

느닷없는 시우의 말에 다들 당황했다.

"화가 났어요?"

"네."

"아니 왜요?"

"토끼 잡는 걸 가르쳐주지 않았거든요."

고요한 스튜디오에 시우의 목소리만 잔잔하게 울려 퍼졌다. 또렷하고 정확한 발음이었다. 시우는 좀 전과 다르게 차분하고 침착하게 또박또박 말을 이어나갔다. 목소리는 간절하고 애틋하면서도 비장했고 무엇보다 맑았다. 말하는 사이사이 눈을 내리깔고 깊은 생각에 잠기곤 했는데, 그럴 때마다 긴 속눈썹이 파르르 떨렸다. 아무도 시우를 가로막지 않았다. 조금 전까지 더듬거리던 산골 소년은 사라지고 그와 똑같이 생긴 다른 소년이 대신 앉아 있는 듯했다. 린조차 그런 시우의 모습에 놀라고 있었다.

"그런데 할머닌 이미 오래전에 그걸 가르쳐주었어요. 그걸 나중에 알았습니다."

시우가 또 침묵했다. 모두들 숨을 죽였다.

"글자를 배우고 책을 읽으면서 내가 아침마다 자작나무를 향해 맨발로 뛰어가 재던 게 나이가 아니라 키라는 걸 알게 된 것처럼요."

"시우 군, 잠깐만요. 그게 궁금하거든요. 어떻게 나이가 아니라 키라는 사실을 안 거죠? 책을 읽으면서 알았다는데, 좀 더 구체적으로 말해줄 수 있나요? 여러분도 이 점이 가장 궁금하시죠?"

여자 아나운서가 방청석을 향해 동의를 구했다. 방청객들은 기다렸다는 듯 네, 이구동성으로 대답했다. 시우는 잠시 머뭇거리더니 곧 입을 열었다.

"처음에 감독님이 열심히 설명해줄 때는 몰랐어요. 똑같은 나뭇잎 두 개를 뜯어놓고 잘 봐, 얘하고 얘하고 달라 하는 것 같았거든요. 아무리 생각해도 그게 그건데 도대체 어디가 어떻게 다르다는 건지 답답했어요. 그런데 글자를 배우고 책을 읽다 보니까 어느 날 알고 있더라고요. 음…… 그건 뭐라고 설명할 수 없어요. 이상했어요."

시우는 또다시 침묵했다.

"그전에 감독님이 말해준 걸 다 이해한 건 아니었는데……. 왜 나이를 자작나무에 대고 잴 수 없는 건지 고개를 끄덕이게 되었어요. 그리고 할머니가 토끼 잡는 법을 이미 가르쳐주었다는 것도 알았어요. 말로 설명할 수 없어요. 그렇지만 전 알아요. 누군가 더 이상 이야기해주지 않아도 전 알 수 있어요. 그곳에서 일어난 모든 일을요. 그래서 슬펐어요."

시우가 낮게 한숨을 쉬었다. 방청석은 여전히 고요했다. 마이크를 놓고 있던 여자 아나운서가 시우의 표정을 살피며 조심스럽게 물었다.

"그랬군요. 우리 시우 군이 많이 슬펐겠네요."

녹화 시간은 예상보다 많이 지연되었다. 다들 지쳤고 시우도 얼굴이 발갛게 상기되었다. 오전에 시작한 녹화는 오후가 되어서야 끝났다. 시우와 린은 진행자들과 사진을 찍었고, 몇몇 방청객은 시우의 팔짱을 끼고 사진을 찍기도 했다. 시우는 녹화를 시작할 때와 달리 한결 여유로운 표정이었다. 가끔 방청객의 짓궂은 질문에 하얀 이를 드러내고 웃기도 했다. 그런 시우의 모습은 어디에서나 흔히 볼 수 있는 영락없는 도시 소년의 이미지였다.

"오늘 아주 잘했어."

돌아오는 차 안에서 린은 시우를 향해 엄지손가락을 치켜 보였다. 시우는 쏟아지는 졸음을 참느라 간신히 눈까풀을 밀어 올렸다.

인터넷에는 시우가 출연한 아침 방송과 함께 '산골 소년 시우', '토끼 사냥', '시우 나이', '풍장' 등의 검색어가 돌아다녔다. 심지어 '토끼 잡는 법'과 관련해 토끼 사냥에 관한 갖가지 웹 문서가 사진과 함께 올라오기도 했다. 또 어떤 블로그에는 '산골 소년과 도시 소년'이라는 제목으로 멋지게 변신한 시우 사진과 요즘 막 뜨고 있는 아이돌 가수 사진이 나란히 올라오기도 했다. 현란하고 화려한 아이돌의 천편일률적인 인공미와 달리 자연스러운 분위기와 더불어 세련미까지 풍기는 시우의 모습이 시선을 사로잡았다. 사진 아래에는 시우가 훨씬 멋있고 사랑스럽다는 댓글이 폭주했다. 곧 아이돌 팬들이 집단으로 반박 댓글을 달았고, 한때 해당 블로그는 폐쇄될 지경에 이르렀다. 얼마 지나지 않아 '시우를 사랑하는 모임'이라는 팬클럽이 생겼고, 이들은 온라인에서 그 세력을 확장해나갔다.

그 사이 시우는 몇 개의 잡지 인터뷰에 응했다. 말솜씨는 점점 안정적으로 바뀌었다. 그건 비단 말솜씨뿐만이 아니었다. 겉모습은 물론 머릿속 사고의 틀까지 변화하고 있었다. 시우는 문명 속으로 자연스럽게 빠져들었다. 아니 얄궂은 문명이 시우를 향해 손짓했다. 이리 와. 여긴 네가 좋아하고 즐길 수 있는 것들이 무궁무진하게 널렸어. 발을 한번 담그면 빼기 어려울걸? 아마 한번 맛을 보면 또 맛보고 싶어질 거야. 도시의 공기도 시우에게는 문명이었다. 이제는 아무리 긴장해도 배꼽에 힘이 들어가지 않았다. 시우는 더 이상 산골 소년이 아니었다. 그러나 세상은 그를 여전히 산골 소년으로 기억했다. 그래야 상품 가치가 있었다. 산골 소년의 유효기간은 바코드로 찍을 수 있는 성질의 것이 아니었다. 그것은 전적으로 수장된 시우의 과거에 있었다. 물속에서 녹슬어가는 그것을 그럴듯하게 포장해 미끼 상품으로 활용하고 있었다. 시우가 어디에서 왔든 그것이 중요한 게 아니었다. 중요한 것은 시우가 다르다는 사실이었다. 그래서 신기하고 이상하고 측은하고 연민까지 생겼다. 마치 어미 잃은 새끼 원숭이를 대하듯이.

　모든 수입은 린이 관리했다. 한 사회단체에서 린의 이런 부당성을 문제 삼고 나왔다. 아무런 연고도 없는 사람이 시우를 이용해 돈을 벌고 있다는 것이다. 하지만 린은 금전적 문제에서만은 다른 어떤 것보다 철저했다. 애당초 시우를 이용해 돈을 벌 생각은 없었다. 게다가 린에게는 시우를 책임질 의무가 있었다. 노파와 한 마지막 약속이었다. 노파가 죽지만 않았어도 이렇게까지 비장하지 않았을지도 모른다. 노파의 찢긴 육신만 보지 않았어도 이렇게까지 도덕적이지 않았을지도 모른다. 모든 검은 유혹으로부터 린을 지켜준 것은 노파의 죽음이었다. 그러나 아이러니하게도 그것이 린을 또 다른 유혹으로 안내했다. 이 지난한 기록을 멈출 수 없는 추진제로 작용했다. 단순히 한 소년이 건장한 청년으로 자라나는 과정이라고 인정하려 들지 않았다. 그 속에 현미경을 들이대고 세포 하나하나를 실험하고 분석했다. 실험이 끝나면 그 결과를 도표로 그려가며 파일로 깔끔하게 정리해낼 꿈에 부푼 듯 보였다. 린은 문득문득 그런 자신이 낯설었지만 이미 발사대를 떠난 우주선은 미지의 세계를 향해 거침없이 나아가고 있었다.

　시우를 찾는 곳은 다양했다. 여성 잡지부터 시사 주간지, 각종 방송국, 바른 먹거리 홍보 사이트 등 주로 인터뷰 요청이었다. 모든 스케줄은 린이 관리했다. 시우는 린의 옷자락을 잡고 린이 가는 대로 따라갈 뿐이었다. 좋고 싫고를 따질 겨를도 없었다. 사람들이 자신을 향해 얼마나 환호하는지도 알지 못했다. 마치 시우가 배경으로 서 있는 그림 앞에 그들이 멈춰 있거나 저희들끼리 소란을 떨며 지나가는 것 같았다. 아무리 바쁘고 크게 웃고 열심히 떠들어도 사람들의 환호가 도무지 실감나지 않았다. 하루하루가 살떨리게 실감 나는 건 린이었다. 그동안 연락도 하지 않고 지내던 이들이 불쑥 안부를 물어왔고 은밀히 스폰서를 자청하는 곳도 있었다. 제대로 된 아이돌로 키워보지 않겠느냐는 제의였다. 그러지 않아도 곱지 않은 시선을 받던 터라 신중할 필요가 있었다. 더군다나 시우의 장래에 관한 일이라면 더욱 조심스러웠다. 비난을 자초하면 할수록 시우에게도 득이 될 게 없었다. 서두르지 않아도 물길은 이미 나 있었다. 지금 상황에서 그 물길을 바꿀 수 있는 사람은 린 이외에 아무도 없었다. 시우가 집을 뛰쳐나가지 않는 이상 물은 자연스럽게 그리로 흘러갈 것이다. 그러니 서두를 필요도, 채근할 이유도 없었다. 시우는 아직 어렸고 집을 뛰쳐나갈 만큼 문명에 익숙하지도 않았다. 이 모든 것이 린에게는 기회로 작용했다. 그렇다면 그 물길의 실체는 뭐지? 구체적인 그림이 떠오르지 않았다.

    시골 소년이 도시 소년으로 변모하는 과정을 가장 그럴듯하게 드러낼 수 있는 게 뭘까. 린은 시우에게 어울리는 그림을 떠올렸다. 스토리와 무대는 있는데, 배역이 정해지지 않은 꼴이었다. 시우에겐 어떤 배역이 어울릴까. 사람들은 어떤 배역에 감동받고 환호할까. 이런 린의 마음을 꿰뚫어보기라도 한 듯 때마침 몇몇 영화사에서 시나리오를 보내왔다.

"뭘 하고 싶어?"
늦은 일요일 오후, 볶음밥을 먹으며 린이 물었다.
"앞으로 어떻게 살고 싶냐고!"
볼이 터져라 밥을 밀어 넣던 시우가 무슨 뜬금없는 소리냐는 표정으로 쳐다보았다.
"뭔가 계획이 있어야 할 것 같아서. 음 그러니까……."
"계획?"
"그래, 뭔가 일을 하는 게 어떻겠니? 무작정 이렇게 살 수는 없잖아."
시우는 잠자코 밥을 먹었다. 피망이 씹혔다. 이맛살을 찌푸렸다.
"왜, 돌이야?"
시우는 대답 대신 물을 마셨다. 린은 시우 눈치를 살피며 말을 이어나갔다.
"음, 뭘 배워보면 어떨까? 뭐든."
"뭘?"
"아무거나. 네가 하고 싶은 거."
"사냥."
"사냥? 여기서 토끼를 잡겠다고?"

"왜? 안 돼?"

"토끼가 있을 것 같아?"

린이 한심하다는 듯 쳐다봤다. 하긴 제가 봐도 토끼가 살 만한 환경은 아니었다.

"너한테 딱 어울리는 게 있어. 영화!"

"영화?"

린이 숟가락을 내려놓고 텔레비전 채널을 부지런히 돌렸다. 처음엔 말도 안 된다고 생각했는데 점점 솔깃해졌다. 요즘 같은 추세라면 안 될 것도 없어 보였다. 이제 와서 학교를 다닐 수도 없고, 기술을 배우기도 그렇고. 그런 쪽이 아니고선 시우가 할 수 있는 게 별로 없었다. 학벌과 기술과 돈은 없지만 남들과 다른 이력과 배경이 있었다. 게다가 출중한 외모가 이를 뒷받침했다. 성패는 오롯이 린의 몫이었다. 문제는 시우가 얼마나 잘 따라오느냐에 달렸다. 화면에 외화가 잡혔다. 금발의 젊은 두 남녀가 크리스마스 분위기가 한껏 나는 레스토랑에서 식사를 하는 장면이었다.

"저런 걸 영화라고 하는데, 저기 저 사람들이 영화배우야."

린이 속삭였다. 시우는 언제나 그렇듯이 대수롭지 않게 들었다. 저게 빵이고 저건 콜라야, 하던 때처럼 아, 그래, 하고 고개를 끄덕였다.

"텔레비전에 또 나가?"

"아니. 어디 나가는 게 아니야."

"그럼?"

린은 채널을 돌렸다. 다양한 영화가 지나갔다. 시우는 어리벙벙했다. 영화도 영화배우도 도통 감이 오지 않았다. '영화'가 '맛난 음식'이라고 해도 전혀 이상한 생각이 안 들 정도였다. 이를 간파한 린의 전략은 단순했다. 일단은 시우에게 영화를 많이 보여줌으로써 익숙해지도록 하려는 의도였다. 린이 저녁을 준비하는 동안 시우는 소파에 앉아 린이 틀어준 영화를 보았다. 몇 해 전 개봉한 영화로 흥행에 성공한 작품이었다. 그리 어렵지 않은 스토리와 화려한 볼거리에 시우는 금세 영화 속으로 빠져들었다. 재미있었다. 린은 곁눈질로 슬쩍슬쩍 시우를 살폈다. 시우는 한 시간째 꼼짝 않고 텔레비전 앞을 지키고 있었다. 영화에 몰입하고 있는 시우를 보니 흐뭇했다. 쟨 뭘 시켜도 금세 적응한단 말이야. 린은 콧노래를 흥얼거리며 김치를 썰고 쌀을 씻었다. 영화배우가 된 시우는 상상만 해도 멋졌다. 감동이었다. 기적이었다. 마치 린이 준비하는 새로운 기록에 대한 브리핑 같았다. 시우는 기록을 위해 존재하는 듯했다. 숲에서 시우를 데리고 나오길 잘했다. 새삼 노파의 죽음이 고맙게 느껴졌다.

"내용도 내용이지만 그 사람들 연기하는 걸 잘 봐. 연기가 뭐냐 하면, 진짜 부부가 아닌데 사람들이 거짓으로 그렇게 꾸며서 하는 거야. 음, 그러니까 이야기에 맞게 서로 약속을 하고 가짜로 하는 거야. 밥 먹는 거, 자는 거, 웃는 거, 우는 거. 그런 걸 연기라고 해. 알겠어?"

"……."

"무슨 말인지 몰라?"

대꾸가 없었다. 린이 돌아보았다. 시우는 미동도 하지 않고 영화에 빠져 있었다. 린이 씩 웃으며 다시 돌아섰다. 그런데 뭔가 좀 이상했다. 야릇한 신음 소리가 들려왔다. 아차 싶은 린이 텔레비전을 쳐다봤다. 한 쌍의 남녀가 정사를 벌이고 있었다. 시우가 그걸 뚫어져라 쳐다보고 있었다. 아무런 느낌도 담겨 있지 않은 얼굴이었다. 맙소사. 린이 얼른 리모컨을 집어 들었다. 시우가 궁금한 표정으로 린을 쳐다봤다.

"다……다른 거 보자."

린이 더듬거리며 채널을 돌렸다. 시우가 획획 지나가는 화면을 멍하니 바라봤다. 린이 왜 갑자기 채널을 돌리는지 생각할 겨를도 없었다.

"이게 좋겠다."

린이 리모컨을 내려놓고 주방으로 걸어갔다. 화면에 다른 이야기가 나왔다. 인기 웹툰을 영화화한 작품이었다. 시우는 새로운 이야기에 집중할 수 없었다. 좀 전의 화면이 자꾸 떠올랐고 궁금했다.

"아까 그거 보면 안 돼?"

"그냥 그거 봐."

"재미없어."

"그래도 봐. 공부하는 거니까."

공부? 시우는 고개를 갸웃거렸다. 이곳에선 뭐든지 공부였다.

툭하면 공부였다. 공부가 점점 재미없어지고 있었다. 시우는 벌떡 일어나 방으로 들어갔다. 린이 등 뒤에서 불러댔지만 모른 척 문을 닫았다. 침대 위에 걸터앉았다. 좀 전에 본 영화 속 장면이 떠올랐다. 뭔지 모르게 기분이 이상했다. 궁금한 것도 아닌데 머릿속에서 지워지지 않았다. 뭐지 이 느낌은? 머릿속이 또다시 뒤죽박죽이었다. 머리를 냅다 흔들었다. 그때 린이 방문을 두드렸다. 시우는 얼른 이불을 뒤집어쓰고 누웠다.

"어디 아파?"

린이 방문을 빼꼼히 열었다. 시우는 대답하지 않았다.

"피곤해 보이네. 좀 쉬어."

린이 문을 닫았다. 시우는 영화에 대해 생각했다. 뭐가 뭔지 모르겠다. 별로 내키지 않았지만 궁금하기는 했다.

시우는 좀처럼 웃지 않았다. 텔레비전도 보지 않고 방에만 처박혀 있었다. 먹는 것도 신통치 않았다.

"재미있는 데 구경시켜줄게."

역시 시큰둥한 반응이었다. 린이 시우를 데리고 간 곳은 헬스클럽이었다. 많은 사람이 운동을 하고 있었다. 시우 눈에는 기계와 씨름하고 있는 것처럼 보였다. 린의 설명을 듣고 나서야 눈에 생기가 돌았다.

"운동하는 거야. 저렇게 뛰기도 하고 자전거도 타고. 너 이런 거 좋아하잖아."

다 처음 보는 광경이었다. 운동복으로 갈아입은 시우는 트레이너의 지도에 맞춰 운동하기 시작했다. 자전거를 타고 바벨을 들어 올리고 러닝머신 위를 달렸다. 자전거 페달을 너무 세게 밟아 트레이너에게서 주의를 들었다. 러닝머신에 발을 올려놓자 어지러웠다. 여러 번의 실패 끝에 간신히 발을 뗄 수 있었다. 달리는 것도 걷는 것도 아니었다. 재미는커녕 피곤하고 힘이 들었다. 이런 걸 왜 해야 하는 거지. 주변을 둘러보았다. 다들 땀을 흘리며 필사적으로 들어 올리고 달렸다.

"너도 금방 저렇게 될 수 있어."

린이 이온 음료를 건네며 속삭였다.

"저렇게 되는 게 뭔데?"

"멋지잖아."

"멋져?"

시우 입에서 한숨이 새어 나왔다.

"하다 보면 재미있을 거야."

말은 그렇게 했지만 린의 의도는 다른 데 있었다. 시우에게 운동을 시키는 것은 이미 짜여진 각본이었다. 시우의 몸은 그 자체로도 훌륭했지만 좀 더 다듬을 필요가 있었다. 조금만 신경 쓰면 더욱 눈부신 결과를 얻을 수 있었다. 그렇게 시작한 운동은 린의 손에 이끌려 억지로 이어졌다. 운동만 하는 게 아니었다. 린은 트레이너가 짜준 식단에 맞춰 식사를 준비했다. 닭 가슴살을 삶고 볶고 구웠다. 시우는 닭고기 냄새만 맡아도 인상을 찌푸렸다.

"왜 그것밖에 안 먹어? 마저 다 먹어."

린은 시우가 식사를 마칠 때까지 지키고 앉아 있었다. 시우는 닭 가슴살을 입안에 꾸역꾸역 쑤셔 넣었다. 구역질이 났다. 식단 조절만 아니라면 운동하는 게 그리 나쁘지만은 않았다. 자전거 페달 횟수를 헤아리다 보면 울적한 기분이 조금 나아지기도 했다. 린이 채근하지 않아도 알아서 운동을 하러 갔다. 몸이 조금씩 달라지는 것도 그랬지만 땀을 흘리며 러닝머신 위를 달리다 보면 숲에 있는 착각이 들곤 했다. 시우는 타의 반 자의 반 명품 몸매에 가까워졌다. 달라지는 몸이 신기하고 낯설었다.

오전에 운동을 다녀오면 영화가 기다리고 있었다. 린은 시우에게 보여줄 영화를 선별했다. 장르별로 매일 한 편씩 함께 보고 이야기를 나누었다. 재미있다, 없다 정도로만 감상을 피력하던 시우의 말수가 점점 늘었다. 비판도 서슴지 않았다.

"저 여자가 잘못한 것 같아. 미리 말해줬으면 남자가 고생하지 않잖아."

"저기 가보고 싶다. 저런 데가 진짜 있어?"

"저게 진짜야? 저 사람 죽은 거 아니야?"

시우가 눈을 동그랗게 뜨고 물었다.

"아니래도. 다 연기야. 저렇게 위험한 건 대역을 써. 스턴트맨이라고 배우 대신 저런 장면을 연기하는 사람이 있어. 왜? 걱정돼?"
시우는 영화에 익숙해져갔다. 영화가 무엇이고, 배우는 무엇인지 자연스럽게 학습했다. 그러나 아직 자신이 하려는 일이 얼마나 특별한지 감이 오지 않았다. 시우의 눈에는 도시에서 살아가는 사람들이 다 특별해 보였다.
"배우는 아무나 하는 게 아니야. 지금부터 네가 하려는 일은 아주 특별하고 대단한 거야."
시우에게는 적당한 자존감이 필요했다. 그러지 않고서는 책임감도 인내심도 갖기 어려웠다. 영화는 고달프고 힘든 작업이었다. 시우는 그런 게 부족했다. 소속감부터 희미했다.
"이제 여기서 쭉 살아야 해. 그러려면 잘해야 해. 무슨 뜻인지 알아?"
고개를 끄덕이는 시우의 눈빛이 결의에 찬 듯, 혹은 겁을 먹은 듯 미세하게 흔들렸다.

린은 시우에게 연기에 필요한 호흡과 발성을 가르쳤다. 예외 없이 이 모든 것은 영상으로 기록되었다. 린이 잠시 자리를 비운 사이 시우가 카메라 주위를 기웃거렸다. 렌즈에 눈을 대고 그 속을 들여다보았다. 실내가 고스란히 보였다. 조금씩 발을 떼어 움직였다. 실내가 따라 움직였다. 렌즈 속 세상은 작고 아득했다. 시우는 카메라를 살피다가 멈칫했다. 바로 전 자신의 모습이 담긴 영상이었다. 입을 크게 벌려 아, 야, 오, 유를 발음하는 모습이었다. 우스

짱스러웠다. 자신도 모르게 입이 씰룩거렸다. 버튼을 계속 누르자 지난 장면들이 이어졌다. 처음 이곳에 와서 빛 때문에 눈을 뜨지 못하고 방구석에 웅크리고 있는 장면부터 라면을 허겁지겁 먹는 장면, 이를 닦는 장면 그리고 잠자는 모습까지 다 들어 있었다. 장면 하나하나가 신기하고 낯설었다. 그리고 뭔지 모르게 무서웠다. 그 두려움이 어디서 기인하는지 알 수 없었다.

"뭘 그렇게 봐?"

시우는 얼른 카메라를 내려놓았다.

늦은 오후, 시우는 운동을 하러 가기 위해 밖으로 나왔다. 린이 일이 있는 날은 혼자서 갔다. 헬스클럽은 아파트 상가에 있었다. 헬스클럽 앞까지 온 시우는 잠시 멈춰 서서 하늘을 올려다봤다. 파란 하늘이 눈부셨다. 시우는 목적지를 잊어버리기라도 한 듯 헬스클럽을 지나쳐 걷기 시작했다. 상가를 벗어나 아파트 뒤로 이어지는 작은 산책로를 따라 걸었다. 길 양옆으로 제법 큰 나무들이 늘어서 있었다. 벤치에 앉아 신발을 벗고 양말까지 벗었다. 흙에 닿는 발바닥이 따뜻했다. 사람들이 힐끔거리며 지나갔다. 시우의 발걸음이 점점 빨라지더니 마침내 속력을 내 달렸다. 발바닥에 돌멩이가 배겨 아팠다. 그래도 달리기를 멈추지 않았다. 땀이 났다. 산책로가 끝나는 지점에 다다른 시우는 흙 위에 그대로 누워버렸다.

쏟아지는 햇살 때문에 눈을 뜰 수 없었다. 눈을 감았다. 어제 본 영상들이 스쳐 지나갔다. 갑자기 눈이 번쩍 뜨였다. 자리에서 벌떡 일어나 앉았다. 주변을 둘러보았다. 어디선가 거대한 카메라가 자신을 찍고 있는 것 같았다. 나무 위를 유심히 살폈다. 바람에 나뭇잎이 살랑거렸다. 햇살이 부서져 내렸다. 무릎을 세워 몸을 동그랗게 말고 얼굴을 무릎 사이에 처박았다. 고요한 시간이 지나갔다. 천천히 고개를 들었다. 카메라는 보이지 않았다.

시우는 헬스클럽에 가는 대신 마트를 배회하거나 산책로를 어슬렁거리다 들어왔다. 린은 그런 시우를 금세 알아차리고 따라나섰다. 시우는 꼼짝없이 러닝머신 위를 달려야 했다. 콘크리트로 막힌 벽이 답답했다. 점점 더 속력을 냈다. 벽을 뚫고 내달릴 것 같은 기세로 맹렬히 달렸다. 트레이너가 다가와 주의를 주지 않았다면 발바닥이 타들어가도록 달렸을지도 몰랐다. 시우는 기진맥진해 주저앉았다. 린이 먼발치서 이를 지켜보았다. 다음 날부터 시우는 헬스클럽에 가지 않았다. 마트나 산책로를 배회하지도 않았다. 방구석에 틀어박혀 나오지 않았다. 밥도 먹지 않았다.

"어디 아프니?"

시우는 말없이 돌아누웠다.

"왜 그래? 힘들어서 그래?"

시우는 끝내 아무 말도 하지 않았다. 모든 게 귀찮고 싫었다. 린마저 지겨웠다. 며칠 동안 지켜보던 린이 마침내 폭발했다.

"오늘도 안 가?"

"하기 싫어."

"하고 싶은 게 뭔데?"

"몰라."

"왜 그래?"

"몰라. 나도 모른다고!"

"어린애처럼 굴지 마. 여기선 그런 거 안 통해!"

린이 언성을 높였다. 시우는 린이 무슨 뜻으로 그런 말을 하는지 알지 못했다. 진짜 뭐가 뭔지 몰랐다. 린이 찍은 영상을 본 후부터 왠지 모르게 속이 답답하고 자꾸 울적해지고 화가 났다. 그런데 그것을 말로 설명할 수 없었다. 그래서 더 답답했다.

"내 마음대로 할 거야."

"뭐?"

린이 코웃음을 쳤다.

"웃지 마! 내가 하고 싶은 대로 한다고!"

"그거 때문이었어?"

시우가 린을 노려봤다. 얘가 사춘긴가.

"그래, 네 맘대로 해. 안 말릴게. 그럼 됐지?"

린은 부드러운 말투로 타일렀다. 시우는 여전히 씩씩댔다. 린이 시우를 한참 노려봤다. 마침내 애써 누르고 있던 감정이 폭발했다.

"운동하기 싫으면 하지 마. 영화도 보기 싫으면 안 봐도 돼. 밥도 먹기 싫으면 먹지 말고. 세수도 하기 싫으면 하지 마. 뭐라고 안 할 테니까 네가 하고 싶은 대로 하렴. 이제 됐지?"

린은 속사포처럼 내뱉은 후 시우의 대답도 듣지 않고 방으로 들어갔다. 시우는 한동안 멍하니 서 있었다. 속이 후련했다. 이제 억지로 운동을 하지 않아도 되고 꼬박꼬박 영화를 보지 않아도 되었다. 뭐든 내 마음대로 해야지. 잠도 실컷 자고, 마트도 실컷 구경하고, 과자도 실컷 먹고. 린의 말은 듣지 않을 거야. 배식배식 웃음이 샜다. 그런데 이 멍한 기분은 뭐지. 기분이 마냥 좋은 것만은 아니었다. 시우는 그걸 알아차리는 데 시간이 걸렸다.

시우의 그런 모습은 우려했던 일이었다. 린은 계획대로 유연하게 대처했다. 말 그대로 시우가 뭘 하든 신경 쓰지 않았다. 아니 그런 척했다. 시우는 늦잠을 잤고 밥도 제때 먹지 않았다. 운동은 물론 하지 않았고 세수도 하지 않은 채 며칠을 지내기도 했다. 혼자 슬그머니 나가 마트를 쏘다니거나 산책로를 맨발로 달리기도 했다. 가끔 얼굴을 알아보는 사람들이 인사를 하거나 말을 걸어오면 멋쩍게 웃었다. 특히 마트에서는 인기가 좋아 공짜로 이것저것을 얻어 오기도 했다. 시우는 마냥 기분이 좋아 보였다. 어떤 때는 우쭐해 보이기도 했다. 방에서 혼자 뭐라고 계속 중얼거렸다. 린은 그 모습을 조용히 지켜보며 기다렸다. 시우는 돌아오게 돼 있었다. 린이 짠 시나리오는 그랬다.

이틀 동안 세수도 하지 않던 시우가 아침부터 씻고 부산을 떨었다.

"어디 가?"

"마트."

"그래?"

고작 마트 가는데 안 하던 몸단장을 한다고? 수상하게 여긴 린이 몰래 따라나섰다. 시우는 정말 마트로 향했다. 마트에 들어서자 박수가 터져나왔다. 직원들이 일렬로 서서 들어서는 시우를 맞았다. 일제히 환호성이 터졌다. 여기저기서 휴대전화를 들이대고 사진을 찍었다. 팀장이 시우를 소개했다.

"오늘 우리 마트에서 일일 판매를 자청한 시우 군입니다. 오늘 수익금 전액은 소아암 환우를 돕는 데 쓸 예정입니다."

시우는 큰 박수를 받으며 인사를 했다. 짧은 인사를 마친 시우는 마트 안 정육 코너 앞으로 이동했다. 소 캐릭터가 그려진 앞치마를 두르고 마이크까지 장착한 후 아, 아 소리를 냈다.

"아, 저기 제가 오늘 여기 선 이유는 소아암 환우들을 돕기 위해섭니다. 여러분이 오늘 사시는 쇠고기는 명품이 입증된 최상의 품질입니다. 맛 좋은 고기도 먹고 어려운 이웃도 돕고, 일석이조입니다."

시우는 한 번도 틀리지 않고 멋지게 멘트를 날렸다. 린은 기가 찼다. 언제 이런 일을 꾸미고 다녔는지도 기가 막혔지만 그보다 저 능숙한 연기와 완벽한 목소리에 놀랐다. 손에 땀이 다 났다. 취지야 어찌 됐든 굿이었다. 연기 연습을 따로 시킬 것도 없어 보였다. 린은 인파 사이를 비집고 나왔다.

마트 일 이후 시우는 달라졌다. 처음에는 고기를 준다는 사장의 제안에 솔깃했는데, 가면 갈수록 신이 났다. 사람들이 자신을 보고 환호하는 게 싫지 않았다. 뭔가 자신의 말에 귀를 기울이는 게 신기하고 흥이 났다. 점점 목소리도 커지고 표정도 밝아졌다. 잘하고 싶었다. 열심히 연습했다. 그리고 해냈다. 답례로 받은 고기 상자를 안고 의기양양해서 돌아왔다.

"누가 그런 거 받아 오래?"

린은 일부러 차갑게 반응했다. 그런 싸구려 호객 행위에 이용되는 게 얼마나 부끄럽고 정당하지 못한 일인지 설명했다. 다행히 시우는 린의 말을 알아듣는 눈치였다. 고분고분했다. 전에 없던 자신감 때문이었다. 눈치 빠른 린이 이를 모를 리 없었다.

시우는 영화를 열심히 봤다. 뭐든 잘하고 싶어졌다. 린이 그냥 둘 리 없었다. 연기 연습은 자연스럽게 이어졌다.

"그게 아니야. 시선을 그윽하게, 아니……"

린은 팔짱을 끼고 몸을 의자에 기댄 채 시우를 건너다봤다. 사랑하는 남자를 바라보듯 그윽하게. 시우의 시선이 린의 셔츠에 머물렀다. 움막에서 살을 맞대고 잠들었다가 깨어 보면 가끔 이런 풍경이 펼쳐지곤 했다. 어둠 속에서 희미하게 풍겨오던 살냄새. 시우는 코끝을 벌름거렸다.

"어딜 봐? 여길 봐야지!"

린이 발끝으로 테이블 밑 시우 발을 톡톡 쳤다. 시우는 얼른 고개를 들었다. 어둠 속에서 훔쳐본 가슴이 어른거렸다. 시우의 음흉한 시선을 의식한 린이 옷차림을 살폈다. 단추가 풀려 있었다. 린은 황급히 단추를 잠갔다.

언제부턴가 시우의 몸속에 기생하는 정체 모를 생물체가 자꾸 장난을 걸어왔다. 몰래 훔쳐봐. 냄새를 맡아봐. 만져봐. 느껴봐. 시우는 시도 때도 없는 유혹에 좌절하고 절망했다. 툭하면 불쾌했다. 툭하면 바지 앞섶이 탱탱해졌다. 툭하면 불뚝불뚝 섰다. 정체 모를 불쾌함은 시우를 소심하게 했다. 그게 여자와 관련한 어떤 현상이라는 걸 어렴풋이 알아차렸다. 셔츠 안에서 출렁거리는 린의 가슴이 보여도, 아침상에서 젓가락질을 하다 손이 스쳐도, 스커트 아래로 드러난 린의 매끈한 다리를 봐도 몸 어딘가가 불뚝불뚝 꿈틀거렸다. 시우는 린에게 들키지 않기 위해 태연한 척하려고 애썼다. 그럴수록 표정과 눈빛이 부자연스러워졌다. 시우는 어느새 두 주먹을 그러쥐고 있었다. 린은 특유의 섬세함으로 이런 시우의 마음 변화까지 놓치지 않고 읽어냈다. 요즘 시우의 모습은 잔뜩 물오른 나무 같았다. 미세한 바람에도 파르르 잎사귀를 떨었다. 그 여린 초록 내음이 풍겨와 자주 정신이 아득해졌다. 린은 시치미를 뚝 떼고 다시 시우를 독려했다. 저 녀석이 이제 늑대가 다 됐네. 그냥 내놔도 맨손으로 토끼를 잡겠어. 시우의 길고 곧은 손가락을 슬쩍 훔쳐봤다.

"좀 쉬었다 할까?"

시우는 대답할 수 없었다. 린의 목소리가 귓가에서 윙윙거렸다.

"괜찮겠어?"

린이 돌아섰다. 시우는 여전히 엉거주춤 서 있었다. 린이 시우 곁으로 다가왔다. 시우의 얼굴은 귀밑까지 뻘겋게 달아올랐다.

"화장실 가서 씻고 와. 괜찮아. 어서."

린이 속삭였다. 시우는 울 것 같았다. 발이 떨어지지 않았다. 팬티 속에서 일어나는 현상을 린이 훤히 꿰뚫어보고 있는 것 같아 부끄럽고 창피해서 죽을 지경이었다. 시우는 간신히 발을 떼었다. 발이 천근만근이었다. 화장실 대신 방으로 들어갔다. 방 안에 들어선 시우는 한동안 미동도 하지 않고 서서 그 고약한 놈이 어서 지나가기만을 기다렸다.

두 사람 사이에 미묘한 기운이 맴도는 가운데 연기 연습은 이어졌다. 일상이 곧 연기였다. 린은 밥 먹을 때도 자연스럽게 연기를 주문했다. 먹고 싶지 않은 콜라를 억지로 먹을 때와 좋아하는 김치찌개를 허겁지겁 먹을 때를 놓치지 않았다. 싫을 때 내는 말투와 그것을 감추는 몸짓까지 시우는 린의 조련에 제법 익숙해져갔다.

"네가 아주 사랑하는 사람이야. 돌아서면 보고 싶고 눈을 감으면 떠오르고 안 보면 보고 싶어서 미치겠는 사람이야. 그런데 그 사람이 몹쓸 병에 걸려서 죽어가고 있어. 이제 얼마 안 남았어."

시우는 눈을 감고 린의 말을 들었다. 네가 아주 사랑하는 사람이야. 린의 목소리가 나비처럼 귓가에 와 앉았다. 시우는 그 말을 마음속으로 따라 했다. 네가 아주 사랑하는 사람이야…… 사랑하는…… 사람……. 아무런 감흥이 일지 않았다. 시우는 자신이 여태껏 누군가를 사랑한 적이 없다는 걸 깨달았다. 어쩌면 '사랑'이 어떤 감정인지 모르는 것일 수도 있었다. 아무튼 그런 사람이 죽어가고 있다…… 사라지고 있다…… 영원히 멀어진다…… 보고 싶어도 볼 수 없다…… 다시는……. 마음인지 머릿속인지 환상인지 뭔지 모를 곳에서 희미하게, 부옇게 둥근 것이 하나 떠올랐다. 얼굴이었다. 쪼글쪼글 주름진 할머니의 얼굴이었다. 좀처럼 보기 드문, 웃는 얼굴이었다. 순간 눈까풀이 바르르 떨렸다. 할머니. 마음속으로 할머니를 불렀다. 그러자 깊은 숲이 통째로 딸려왔다. 아침이면 물을 길러 가던 오솔길이며 맨발로 내달리던 땅의 감촉과 자작나무를 흔들던 바람과 이름 모를 새와 청설모가 한꺼번에 밀려왔다. 사라진 이름들이었다. 다시는 볼 수 없는 것들이었다. 보고 싶었다. 보고 싶어도 볼 수 없었다. 눈가가 자꾸 뜨뜻해졌다.
"잘했어!"
린이 박수를 쳤다. 시우가 천천히 눈을 떴다.

시우는 자신이 지금 무얼 하고 있는지 종종 헷갈렸다. 시도 때도 없는 주문에 종일 슬퍼해야 했다. 어느 때는 종일 행복해야 했고, 또 어느 날에는 종일 희열에 차 있어야 했다. 마침내 시우는 동전을 넣고 꾹 누르면 달가닥 소리를 내며 투입구로 떨어지는 자동판매기의 음료수 캔처럼 린의 지시에 걸맞은 갖가지 얼굴을 자유자재로 선보였다. 시우는 전에 없이 거울을 자주, 오래 들여다보는 버릇이 생겼는데, 거울 속으로 한꺼번에 너무 많은 얼굴이 스쳐 지나가 가끔 자신의 본래 얼굴이 어땠는지 헷갈렸다. 연기자가 갖춰야 할 덕목이라고 누군가가 어깨를 툭툭 치며 위로한다 해도 자신의 진짜 얼굴을 보고 싶었다. 그러나 그런 일은 일어나지 않았고 시우는 우울했다. 위로받지 못해서 우울한 건지 본래 얼굴을 찾지 못해서 우울한 건지 알 수 없어서 또 우울했다. 다행히 시우는 점점 이야기 속으로 빠져들었고, 지금 자신이 하려는 일이 얼마나 근사한 일인지 알아갔다. 그리고 그 일이 기다려졌다. 제이 때문이었다.

영화 속 제이를 처음 본 시우는 잠이 오지 않았다. 영화 내용은 하나도 기억나지 않고 제이의 얼굴과 목소리만 자꾸 떠올랐다. 시우는 린 몰래 제이가 나오는 또 다른 영화를 찾아봤다. 뒤늦게 제이가 가수라는 것도 알아냈다. 신기하게도 제이는 텔레비전만 틀면 그 속에 있었다. 그런 현상을 '잘나간다'라고 한다는 걸 시우가 알 리 없었다. 시우는 숲이 아닌 도시에 살고 있다는 사실에 처음으로 무한한 애정을 느꼈다. 뭔지 모르게 뿌듯하고 내일이 기다려졌다. 린을 보며 들던 야릇한 감정이 자연스럽게 제이에게로 옮아갔다.

시우가 출연할 영화는 요즘 잘나가는 신인 감독의 작품이었다.

〈너는 그곳에 무엇을 두고 왔니〉라는 가제의 휴머니티를 담은 가족 영화였다. 시우가 맡을 배역은 폭력을 일삼는 아버지를 피해 가출한 아들이었다. 가출한 아들은 어린 나이에 세상의 어두운 심장부를 배회하며 세상을 배우고 증오한다. 이성, 사랑, 동성애, 죽음과 이별이 혼재하는 삶 속에서 소년은 인생의 참의미를 깨닫고 당당하게 세상에 맞선다는 내용이었다. 감독은 아예 시우를 염두에 두고 시나리오를 썼다. 다른 어떤 배우가 하든 상관없었지만 요즘 어딜 가나 가장 따끈따끈한 이슈는 시우였다.

관객들은 도시의 심장부를 누비는 주인공의 현재와 기이해서 신비롭기까지 한 시우의 과거를 동시에 대비 체험하는 경험을 할 것이고, 이는 영화 전체에 상승효과를 가져올 것이라는 계산에서였다. 본격적으로 촬영에 들어가자 시우의 일상은 더욱 바빠졌다. 아침은 차 안에서 김밥으로 해결했고, 잠도 차 안에서 잤다. 린도 시우를 따라다니며 챙기느라 정신이 없었다. 시우의 행동반경은 한정적이었지만 만나는 사람은 배로 늘어났다. 시우가 이처럼 다양한 사람을 지속적으로 만난 것은 처음이었다. 그리고 꿈같은 일이 일어났다.

"텔레비전에서 봤어."

제이가 먼저 악수를 청해왔다. 영화에서 볼 때보다 피부가 더

희고 목소리도 고왔다. 시우는 얼떨결에 제이의 손을 잡았다. 한 없이 부드러웠다. 이곳에서는 꿈이 이루어지기도 하는구나. 도시에서 이런 행복감을 느껴보긴 처음이었다. 나이도 비슷해 보였다. 촬영이 있을 때마다 제이는 시우를 챙겼다. 제이가 본 시우는 〈사냥〉 속 모습과 많이 달랐다. 동일 인물인지 의구심이 들 정도였다. 게다가 놀랍게도 시우의 연기가 나쁘지 않았다. 시우의 연기는 연기 같지 않았다. 그건 자연스러움이나 능숙함과는 다른 무엇이었다. 제이는 그런 시우가 싫지 않았다. 자연스럽게 촬영장에서 세세한 것들을 일러주고 챙겨주었다.

"비타민이야."

제이는 시우 손에 비타민C를 쥐여주었다. 시우는 비타민C가 뭔지 몰랐다.

"자, 아 해봐."

제이는 시우의 손에 쥐여준 비타민C를 도로 집어 먹기 좋게 개봉해 시우의 입에 털어 넣어줬다. 시큼하고 짜릿한 맛이 혓바닥을 톡 쐈다.

"으흑."

시우는 저도 모르게 이맛살을 찌푸렸다. 그 모습을 본 제이가 깔깔대고 웃었다. 다음 날 또 제이는 시우의 입에 비타민C를 털어 넣어주었다. 시우는 그 맛이 싫으면서도 여전히 받아먹었고 역시나 이맛살을 찌푸렸다. 촬영이 없을 때 둘은 나란히 앉아 장난을 치거나 휴대전화로 사진을 찍으며 시간을 보냈다.

"그런데 왜 왔어?"

"뭐가?"

"거기서 그냥 살지 여긴 뭣 하러 왔느냐고."

"어디?"

"네가 살던 데."

"으응, 거기……."

"그런데서 한번 살아봤으면 좋겠어. 너처럼 토끼도 잡고. 참, 너 정말 토끼 잘 잡더라. 근데 그걸 어떻게 먹어? 그건 좀 아니었어."

 제이는 토끼를 죽이고 손질하는 장면을 떠올리며 몸을 잠깐 부르르 떨었다. 그 장면이 방송으로 나간 후 많은 말을 들은 건 사실이었다. 토끼가 너무 불쌍하다며 동물 학대 모습을 고스란히 방송에 내보낸 책임을 물어 방송사 측에 사과 방송을 요구하는 단체도 있었다. 한편에서는 모처럼 순수하고 때 묻지 않은 소년을 만나 감동적이었다고 시우 편에서 감동을 피력하는 시청자도 다수 있었다. 제이는 양쪽 다였다. 시우의 산골 생활이 한편으로는 부럽고, 다른 한편으로는 죽은 토끼가 불쌍했다.

"오고 싶어서 온 거 아니야."

"그럼?"

"몰라. 감독님이 가야 한다고 했어. 더 이상 그곳에서 살 수 없다고."

"왜? 그동안 넌 그곳에서 아무 문제 없이 잘 살아왔잖아. 그건 순전히 감독님 생각이지. 나 같으면 안 따라왔을 것 같아."

"왜?"

"자유롭잖아. 내 멋대로 자자고 먹고 뒹굴고. 생각만 해도 가슴이 설레. 근데 난 숲보단 섬이 좋아."

제이는 눈을 감고 행복한 표정을 지었다. 어린 제이는 늘 엄마 손에 이끌려 방송국을 드나들었다. 녹화는 지겹게 이어지고 도무지 끝이 보이지 않았다. 다리에 쥐가 나고 목도 아팠다. 하기 싫어. 제이는 끝내 울음을 터뜨렸다. 이따가 피자 사줄게. 엄마는 제이 귀에 대고 속삭였다. 간신히 울음을 멈춘 제이는 머릿속에 피자 한 판을 떠올리며 노래를 불렀다. 녹화가 끝나고 엄마는 약속대로 피자를 사주었다. 파란 하늘 파란 하늘 꿈이 드리운 푸른 언덕에 아기 염소 여럿이 풀을 뜯고 놀아요. 엄마가 노래를 흥얼거렸다. 제이가 종일 부르고 또 부른 노래였다. 지겨워. 제이는 먹고 있던 피자로 귓구멍을 틀어막았다. 얘가 미쳤나. 놀란 엄마가 귓구멍에 박힌 피자를 빼냈다. 제이는 쉴 새 없이 반복되는 이 생활이 지겨웠다. 꿈은커녕 또래의 수다도 느낄 수 없었다. 오로지 연습과 환호만 존재했다. 제이는 그 모든 것에 점점 무감각해져갔다. 엄마가 시키는 대로, 하라는 대로 노래를 부르고 춤을 출 뿐이었다. 영원히 귓구멍에 피자를 쑤셔 박은 채로 살고 싶었다. 그런 제이에게 〈사냥〉은 충격이었다. 저렇게도 살 수 있구나. 시우가 부러웠다. 마지막에 시우가 도시로 오는 데서 또 한 번 충격을 받았다. 그건 잘못된 선택이었다. 아니 선택이라고 할 수도 없었다. 엄마 손에 이끌려 방송국을 드나들던 자신의 어린 시절 모습을 보는 것 같았다. 바보.

아무 문제 없이 잘 살아왔잖아. 제이의 말에 시우는 고개를 갸웃거렸다. 만약 린이 그곳에 나타나지 않았다면 지금쯤 나는 어디에 있을까. 시우는 섣불리 대답할 수 없었다.

"뭐가 그렇게 심각해. 웃어봐. 넌 웃을 때가 예뻐."

제이가 다시 휴대전화를 들이댔다. 제이는 액정 속 시우의 모습을 바라보았다. 시우는 지겹지 않았다. 멀고 먼 다른 별에서 온 사람 같았다. 좀 더 알고 싶었다. 그곳의 공기와 바람 소리 그리고 자작나무에 대고 속삭이던 비밀까지 모조리 궁금했다. 하지만 시우는 알려주지 않았다. 제이가 묻는 말에만 간신히 짧게 대답했다. 바보 같았다.

종일 제이 생각이 났다. 그것은 눈덩이 같아서 굴리면 굴릴수록 부피가 커졌다. 밥을 먹다가도 이를 닦다가도 똥을 누다가도 불쑥불쑥 나타나는 제이의 모습에 시우는 어쩔 줄을 몰랐다. 간신히 잠이 들어도 온통 제이 꿈을 꾸다가 깨어나곤 했다. 화장실 창문으로 보이는 하늘을 올려다보면서도 제이를 생각했다. 책을 들추어도 갈피마다, 활자마다, 행간마다 제이가 어른거렸다. 오로지 제이를 위해 살아온 것처럼, 앞으로도 제이를 위해서만 살아가야 하는 것처럼 삶의 초점이 온통 제이에게로 맞춰졌다. 그건 어느 날 갑자기 눈을 떠보니 도시의 하얀 병실에 누워 있던 그날처럼 비현실적이고 초월적이어서 만화의 한 컷 속에 누워 있는 기분이

들었다. 촬영장에서 혹시라도 제이가 보이지 않으면 잘근잘근 손톱을 씹었고, 이내 감독의 지적을 받곤 했다. 린은 신경이 곤두섰다. 시우에게서 한시도 눈을 떼지 않았다.

시우는 텔레비전 앞에 앉아 제이가 나오기만 기다렸다. 제이 차례는 한참 뒤에 있었다. 시우와 제이는 시간을 맞추는 것조차 어려웠다. 어쩌다 틈이 나도 서로 몰래 빠져 나오기가 쉽지 않았다. 제이도 시우가 보고 싶었다. 시우는 편안했다. 방송일로 지치고 힘들다가도 시우를 보면 푸근해졌다. 하늘을 향해 곧게 뻗은 아름드리나무처럼 든든하고 시원한 그늘 같은 게 느껴졌다. 또래답지 않은 묵묵함이 제이를 설레게 했다. 그건 어쩌면 〈사냥〉의 후광이나 여운인지도 몰랐다. 제이는 시우가 안쓰러웠다. 가장 불행하고 운이 나쁜 사람은 시우를 두고 하는 말 같았다. 제이의 눈에 지금 시우는 하나도 행복해 보이지 않았다. 오히려 〈사냥〉 속 시우가 훨씬 시우다워 보였다. 가장 시우다워 보이는 게 가장 행복한 거라는 사실을 시우는 모르고 있는 듯했다. 시우에게 언젠가 말해주고 싶었다. 너를 찾아가라고.

제이의 순서가 되었다. 시우는 가슴이 뛰었다. 마치 자신이 무대에 서 있는 것처럼 떨렸다. 정작 제이는 여유 만만해 보였다. 흰 원피스 아래로 드러난 다리가 유연하게 움직였다. 제이는 어디선가 보고 있을 시우를 생각하며 노래를 불렀다. 시우는 그런 제이의 노래를 따라 불렀다.

제이는 주변을 살폈다. 어둑한 실내에서 퀴퀴한 냄새가 났다. 벽을 더듬어 스위치를 올렸다. 희미한 불빛 아래 실내가 드러났다. 방 가운데에는 철제 앵글로 만든 선반이 빼곡하게 서 있었고, 벽을 따라 덩치 큰 가구들이 아무렇게나 널부러져 있었다. 선반 위에는 각종 잡동사니가 쌓여 있었다. 분류도 체계도 알 수 없는 온갖 물건으로 그득한 이곳은 폐쇄된 소품실이었다. 방송국 신사옥에 소품실이 생기면서 방치되다시피 했다. 쓸 만한 것들은 대부분 새로운 곳으로 옮겨 갔다. 쓸모없이 버려진 소품들이 아직 치워지지 않은 채 뒹굴었다. 가끔 인부들이 드나들 뿐 방범도 문단속도 허술해 명패가 아니면 창고인지 소품실인지 짐작할 수 없을 정도였다. 방송을 끝냈을 때 제이는 숨이 막혔다. 랩으로 온몸을 칭칭 감은 듯 옴짝달싹할 수 없었다. 집에도 방송국에도, 세상 어디에도 제이만의 공간은 존재하지 않았다. 심지어 매일 자고 깨는 방조차 팬들과 공유했다. 보이지 않는 눈과 귀가 자신의 일거수일투족을 보고 들었다. 피곤했다. 지겨웠다. 꽁꽁 숨어버리고 싶었다. 눈과 귀가 없는 세상이 필요했다. 엘리베이터를 타고 무작정 지하로 내려갔다. 우연히 폐쇄된 소품실에 들어갔고 낡은 소파에 기대어 깜빡 잠들었다 깼다. 아무 일도 일어나지 않았지만 언제고 마음만 먹으면 무슨 일이든 일어날 듯, 곳곳에 포진한 야릇한 긴장이 나쁘지 않았다. 마음만 먹으면, 마음만 먹으면. 제이는 천천히 주변을 둘러보았다. 버려진 소품들이 아직은 아니야, 하고 일제히 중얼거렸다. 제이는 눈을 질끈 감았다 떴다. 한숨을 깊이 몰아쉬곤 자리를 털고 일어났다. 그 뒤로 나쁜 생각이 들 때면 폐쇄된 소품실 문을 슬며시 밀고 들어와 담배 한 대를 피우고 갔다.

　제이는 선반에서 챙이 넓은 모자 하나를 집어 들었다. 불빛 아래 먼지가 풀풀 일었다. 모자를 다시 제자리에 내려놓고 가위를 집었다. 한쪽 날 끝이 잘린 가위는 힘겹게 절걱거렸다. 다른 한 손으로 머리카락을 움켜쥐고 가위로 잘랐다. 오늘은 너를 묻을래. 서운해하지 마. 너는 나거든. 노란 머리카락 뭉치를 선반 위에 올려놓았다. 지겨워. 네가. 자신을 송두리째 묻고 싶었다. 미로처럼 얽혀 있는 선반을 따라 발걸음을 옮겼다. 쓰임새를 한 번도 고민해보지 않은 물건들이 질문을 던져왔다. 나는 어디에 쓰는 물건이니? 도대체 무엇에 쓰는 거지? 난 내가 누구인지 도대체 모르겠어. 그러니 네가 가르쳐줘. 제이는 먼지가 뽀얗게 쌓인 모자를 집어 들고는 머리에 푹 눌러썼다. 이게 바로 너야. 먼지가 콧등으로 떨어졌다.

　선반 사이를 누비고 다니던 제이가 모서리에 처박혀 있는 물건 앞에서 멈추어 섰다. 낡은 풍금이었다. 손바닥으로 뚜껑에 쌓인 먼지를 쓸어냈다. 뚜껑에 난 금이 선명하게 드러났다. 뚜껑을 열고 손가락으로 건반을 눌렀다. 건반이 맥없이 푹 꺼졌다. 소리가 나지 않았다. 아래를 살폈다. 페달이 보였다. 페달을 밟으며 건반을 눌렀다. 파. 소리가 났다. 도, 레, 미, 파, 솔, 라, 시, 도를 차례로 눌렀다. 도, 파, 솔, 시. 건반은 맥없이 푹 꺼져 다시 제자리로 돌아오지 않는 게 더 많았다. 파, 파, 파. 제이는 '파'처럼 살고 싶었다. 도, 레, 미도 아니고 솔, 라, 시, 도도 아닌 파. 낮지도 않고 높지도 않은, 묻히지도 않고 튀지도 않는 그저 그런 소리가 찍찍 거렸다. 담배 한 대를 막 피워 무는데 휴대전화가 울렸다. 지겨운 놈. 매니저였다.

시우는 제이 덕분에 빡빡한 촬영 일정이 고된 줄도 모르게 지나갔다. 철거가 진행되고 있는 변두리 산동네에서 밤샘 촬영이 있는 날이었다. 불량배들과 싸워 성폭행당할 뻔한 제이를 구해내는 장면이었다. 조명을 밝힌 촬영장은 대낮처럼 환했다. 여기저기 부서진 집들이 흉물스럽게 드러났다. 주인들이 버리고 간 개들이 촬영장 주변을 어슬렁댔다. 하늘을 향해 치켜든 조명등이나 마이크 따위의 장비에 위협을 느낀 개들이 슬슬 꼬리를 내리고 사라졌다. 감독의 사인이 떨어지자마자 어디선가 개가 컹컹 짖어대는 소리에 촬영이 중단되었다. 개 짖는 소리는 쉽게 그칠 것 같지 않았다. 스태프들이 구운 쥐포를 들고 개를 찾아다녔으나 허사였다. 소리가 잦아들어 촬영을 시작하면 영락없이 또 짖기 시작했다. 주인에게 버림받은 개들은 촬영장이 오롯이 내려다보이는 곳에 모여 앉아 자신들의 터전이 이방인에게 침략당하는 걸 막고 있는 듯했다.

도시의 무덤 · 227

시우는 제이와 부서진 담장 밑 벽돌 위에 앉아 촬영이 시작되기를 기다렸다.

"밤새도록 짖었으면 좋겠다."

제이가 작은 소리로 속삭였다.

"그럼 집에는 언제 가?"

"저기 저 달 좀 봐."

시우는 고개를 들어 제이가 가리키는 곳을 바라보았다. 보름달 두 개가 떠 있었다. 하나는 촬영을 위해 켜놓은 조명등이었고, 다른 하나는 진짜 달이었다. 물론 제이가 가리키는 건 진짜 달이었다. 오랜만에 보는 보름달이었다. 숲에서 보던 것과 똑같았다.

"자, 시작합시다!"

개 소리가 잠잠해졌고 사방은 고요했다. 촬영이 시작되었다. 불량배들에게 쫓기던 제이는 담벼락 밑에 웅크린 채 잔뜩 겁먹은 표정으로 그들을 노려봤다. 머리는 엉클어졌고, 치마는 허벅지까지 말려 올라갔다. 그런 제이를 불량배들이 빙 둘러쌌다. 부서진 담벼락에 그림자가 길게 걸렸다.

"물 좋은데? 그럼 어디 슬슬 시작해볼까?"

"건들기만 해봐!"

제이는 깨진 유리 조각을 치켜들었다.

"아이, 왜 그러셔. 예쁜 아가씨."

불량배 하나가 잽싸게 제이 손에 들린 유리 조각을 쳐냈다. 비명과 함께 그중 한 놈이 제이 웃옷을 잡아당겼다. 단추가 후드득 떨어지며 속옷이 드러났다. 불 꺼진 동네를 헤매던 시우는 비명을 듣고 소리가 나는 쪽으로 향했다. 그러나 폐허가 된 동네는 사방이 부서진 잔해로 막혀 있어 길이 없었다. 비명은 점점 더 날카롭게 밤하늘을 가르는데, 시우는 막다른 골목 앞에서 갈 길을 몰라 헤맸다. 그런 시우를 무심한 달이 내려다보고 있었다. 시우는 정말 제이에게 무슨 일이 일어날 것만 같아 감독의 사인이 떨어진 줄도 모르고 그곳으로 내달렸다.

"오케이!"

감독은 만족스러운 듯 미소를 지었다. 촬영은 한 번에 끝났다. 방금 전에 일어난 일이 실제 상황인지 촬영인지 모를 정도로 시우 얼굴은 벌겋게 달아올랐다. 두 개의 달 중 하나가 사라지자 기다렸다는 듯 개들이 짖기 시작했다.

다음 촬영은 제이와 포옹하는 장면이었다. 제이는 자연스럽게 했는데, 시우는 왠지 어색했다. 심장이 밖으로 튀어나올 것만 같았다. 자꾸 NG가 났다.

"왜 그래? 둘이 싸웠어? 다시!"

감독이 컷을 외쳤다. 몸이 뻣뻣했다. 시우는 제이 몰래 숨을 골랐다. 이번에는 꼭 OK 사인을 받아야 했다. 제이가 입 모양으로 파이팅을 외쳤다. 아무렇지도 않은 모양이었다. 다시 촬영에 들어갔다. 시우는 용기를 내 제이를 단번에 와락 끌어안았다. 그러는 바람에 제이의 가슴이 시우의 가슴팍에 강하게 와 부딪혔다. 뭉클한 느낌이 났다.

"우리 다시 만날 수 있을 거야."

제이가 대사를 했다. 다음은 시우 차례였다. 대사가 떠오르지 않았다. 심장만 쿵쾅쿵쾅 뛰었다. 몇 차례 더 NG가 난 뒤에야 가까스로 OK 사인이 떨어졌다.

"너, 생각보다 터프하더라. 그런데 그 쉬운 대사를 왜 자꾸 까먹어?"

촬영이 끝나고 제이가 음료수를 들고 다가왔다. 시우는 아까 일이 생각나 제이를 똑바로 쳐다볼 수 없었다.

"너 나 좋아하지?"

제이가 빤히 쳐다봤다. 시우는 고개를 저었다.

"그래? 나도 관심 없어."

역시 너도 별 볼일 없구나. 지겨울 것 같아. 제이가 발딱 일어나 반대편으로 도도하게 걸어갔다. 시우는 멀어지는 제이의 뒷모습을 바라봤다. 마음 같아선 달려가 붙잡고 싶었으나 용기가 나지 않았다. 그후로 제이는 더 이상 시우에게 비타민C를 주지 않았고, 휴대전화로 사진을 찍으며 장난을 걸어오지도 않았다. 시우에게 그랬던 것처럼 다른 배우들과 여전히 수다를 떨었고 장난을 쳤으며 큰소리로 웃었다. 시우는 혼란스러웠다. 둘 사이에 아무 일도 일어나지 않았는데, 마치 모든 일이 끝난 것 같은 기분이 들었다. 이런 기분은 처음이라 얼떨떨했다. 촬영은 막바지에 접어들었고, 한낮의 수은주는 점점 올라갔다. 자신의 촬영분을 마친 제이는 더 이상 촬영장에 모습을 드러내지 않았다.

살인적인 스케줄을 소화하고 집으로 돌아온 제이는 그대로 곯아떨어졌다. 한참 후 화장실에 가기 위해 눈을 떴다. 제이는 화장실 거울에 비친 제 모습에 화들짝 잠이 깼다. 짙게 화장한 얼굴이 매번 낯설었다. 클렌징크림을 얼굴에 찍어 바르고 문질렀다. 얼굴이 허옇게 크림으로 범벅이 되었다. 시계가 새벽 3시를 가리키고 있었다. 절로 한숨이 나왔다. 문득 시우가 떠올랐다. 후다닥 크림을 닦아내고 휴대전화를 찾았다. 이 시간에 시우가 문자를 보낼 리 없었다. 지금 이 시간이 아니어도 연락이 올 리 없었다. 그래도 혹시나 다시 살폈다. 역시 없었다. 정말일까. 좋아하지 않는다는 거. 시우의 해맑은 미소가 자꾸 떠올랐다. 나이도 모르는 멍청한 아이. 백지 같은 아이. 비어 있는 게 많아서 갖고 싶은 아이였다. 맨발로 자작나무 숲을 달리며 다져진 몸, 그 마디마디에서 피톤치드가 뿜어져 나오는 듯했다. 그 단단하면서도 부드러운 굴곡을 가만히 만져보고 싶었다. 몸속 깊이 느껴보고 싶었다. 제이는 휴대전화를 뚫어져라 들여다봤다. 그때 기적처럼 휴대전화에 메시지가 도착했다는 알림 소리가 울렸다.

"너 나 좋아하지?"

시우는 제이가 한 말이 머릿속에서 지워지지 않았다. 그런데 왜 고개를 흔들었을까. 마음과 행동이 왜 따로 노는지. 어떤 게 진짜인지. 누군가를 좋아해본 적이 없는 시우에게는 어려운 숙제였다.

싸움을 한 것도 아닌데 왜 불편하지? 누군가가 속 시원히 가르쳐 주었으면 좋겠다. 종일 제이 생각으로 머리가 터질 것 같아서 견딜 수가 없었다. 휴대전화를 집어 들고 꾹꾹 눌렀다.

나 머리가 너무 아픈데.

린에게 보낼까 제이에게 보낼까, 고민하다가 제이에게 문자를 보냈다. 진짜 머리가 너무 아파서였다. 문자를 본 제이는 어이없었다. 뭐야. 수작도 부리네? 귀여운 자식. 그럼 그렇지.

타이레놀 먹어.

답장을 썼다.

그게 뭔데?

약이야. 두통약.

약?

그래, 약국에 가면 있어. 아니 그 여자한테 말하면 될걸? 그 여잔 뭐든지 다 해주잖아.

그 여자?

감독.

제이는 린이 못마땅했다. 언제 어디서든 시우 옆에 찰거머리처럼 붙어 다녔다. 어느 때는 그림자 같았다. 시우의 그림자. 절대로 분리할 수 없는 그림자 말이다. 이를테면 제이의 지겨운 매니저 놈처럼.

그런 머리 말고.

그럼?

몰라.

며칠 후 두 사람은 쫑파티에서 만났다. 고기 굽는 냄새가 진동하고 뿌연 연기 속으로 사람들의 말소리가 흩어졌다. 제이와 시우는 구석에 따로 마련된 자리에 앉았다. 잠시 어색함이 흘렀다. 제이가 먼저 입을 열었다.
"머리 아픈 건 어때?"
"다 나았어."
시우가 물에다가 머리를 처넣는 시늉을 했다. 제이가 웃었다.
"근데 너 요즘 키가 큰 것 같아. 아니 나이, 나이가 더 큰 것 같아. 그런데 진짜 몇 살이야?"
혼자 웃던 제이가 정색을 하며 물었다. 순간 시우는 제이가 말하는 '나이'가 이곳에서 '키'를 말하는 건지 진짜 '나이'를 뜻하는 건지 헷갈렸다.
"나이 몰라? 몇 살이냐고!"
아, 그건 진짜 '나이'를 말하는 것이었다.
"열…여섯…열일…곱?"
"뭐야, 열여섯 살이라는 거야 열일곱 살이라는 거야?"
"정확히 열여섯 아니면 열일곱일 거야."
"뭐 그런 대답이 다 있어. 너 정말 미개인이구나!"
제이가 까르륵 넘어갔다. 시우는 자신의 나이를 정확히 알지 못했다. 린이 정해준 가상의 나이가 있었지만 그것도 매번 헷갈려서 기억하지 못했다. 그런 것은 중요하지 않았다. 미개인이라고 놀려도 제이가 옆에 있으면 열 살이든 백 살이든 상관없었다. 시우는 '사랑'이라는 변덕스러운 낱말을 깨우치는 중이었다.

쫑파티가 무르익을 무렵, 다들 거나하게 취해 있었다.
"이리 와봐."
제이가 시우 손을 잡아끌며 속삭였다. 시우는 습관처럼 주변을 둘러보았다. 린이 보이지 않았다.
"보여줄 게 있어."
시우는 제이가 잡아끄는 대로 일어났다. 제이는 시우를 데리고 밖으로 나왔다. 도시의 야경이 눈부셨다. 제이가 택시를 잡았다. 택시 운전사가 자꾸 백미러를 힐끗거렸다. 택시는 방송국 뒷문 앞에 섰다. 제이는 앞장서서 걸었다. 엘리베이터를 지나쳐 비상구로 갔다. 계단은 끝도 없이 이어졌다. 시우는 말없이 제이의 뒤를 따랐다. 마치 또 다른 영화를 찍는 것 같았다. 대사를 잊어버린 배우처럼 시우는 가슴이 콩콩 뛰었다. 나선형처럼 이어지는 계단을 두 사람의 발소리가 쫓아왔다. 길고 긴 비상구를 지나 제이가 멈춰 선 곳은 소품실이었다. 손으로 살며시 밀자 문이 열렸다. 깜깜했다.
"들어와."
시우는 어둠 속으로 들어섰다. 제이가 벽을 더듬어 불을 켰다. 희미하지만 눈이 부셨다. 갑자기 펼쳐진 풍경에 시우는 움찔 뒤로 물러섰다.

"내 아지트야! 언제 사라질지 모르지만."

제이는 시우에게 소품실을 보여주고 싶었다. 비타민C도 모르는 시우에게 별의별 게 다 모여 있는 이곳을 보여주고 싶었다. 실은 아무도 모르게 시우와 단둘이 있고 싶었다. 이 시간에 소품실은 버려진 천국이었다. 시우는 제이에게 이끌려 천천히 발걸음을 옮겼다. 오래된 전등에서 쏟아지는 희미한 빛 때문에 사물의 윤곽이 흐릿하게 보였다. 어수선하고 지저분하게 널려 있거나 쌓여 있는 물건은 모서리가 희미해 적당히 위압적이고 알맞게 쓸쓸해 보여 오히려 정답게 느껴졌다. 물건들은 모양새보다 각자 고유의 체취로 말을 걸어오는 것 같았다. 시우는 숨을 깊이 들이쉬었다. 움막에서 나던 것과 비슷한 냄새가 폐부 깊숙이 딸려왔다. 오래되어 익숙해진 사이에서만 느낄 수 있는, 무언의 눈빛 같은 냄새였다. 시우 눈이 반짝거렸다.

"이게 뭔지 알아?"

"주전자?"

"땡! 커피포트. 커피 끓일 때 쓰는 거야. 이건?"

"옷!"

"무슨 옷이냐고!"

"여자 옷?"

제이가 천을 얼굴에 두른 채 깔깔거렸다.

"장삼이야. 옛날 여자들이 밖에 나갈 때 요렇게 쓰던 거래. 한번

써볼래?"

제이가 장삼을 벗어 시우 얼굴에 씌웠다.

"네가 더 잘 어울려!"

제이는 배를 잡고 웃었다.

"저건?"

시우가 오래된 축음기를 가리켰다.

"이게 뭐지?"

제이도 처음 보는 물건이었다. 두 사람은 미로처럼 생긴 선반 사이를 누비고 다녔다. 들추어보고 만져보고 냄새를 맡았다. 입어보고 대보고 써보고 흉내 냈다. 먼지 때문에 자주 콜록거렸다. 제이가 풍금 앞으로 시우를 이끌었다. 뚜껑을 열고 건반 위에 시우의 손가락을 얹어주었다.

"내가 밟을게. 넌 이걸 눌러."

시우는 손가락에 닿는 건반을 눌렀다. 제이가 동시에 발판을 굴렀다. 파. 소리가 났다. 다시 파 소리가 울렸다. 솔, 파, 파, 도, 시, 라. 제이가 손가락으로 건반을 눌렀다. 망가진 건반은 입으로 소리를 냈다. 가락도 노래도 아닌 것이 가락처럼 노래처럼 흥겨웠다. 두 사람은 풍금에 기대어 앉았다. 제이가 손가방에서 담배를 꺼냈다. 담배에 불을 붙여 길게 한 모금 빨고는 시우에게 넘겼다. 시우가 머뭇거리다 담배를 받아 들고 빨았다. 머리가 핑 돌면서 헛구역질이 났다.

"이런 촌스럽기는."

제이가 다시 담배를 채갔다.

"잘 봐. 이렇게."

제이의 입과 코에서 흰 연기가 뿜어져 나왔다. 눈을 반쯤 감은 얼굴은 황홀함으로 충만했다. 한껏 치켜든 턱 때문에 감은 듯 살포시 치켜뜬 눈이 파르르 떨렸다. 시우는 그런 제이의 모습이 낯설었다. 제이가 담배를 시우 입에 물려주었다.

"빨아."

제이가 속삭였다. 시우는 담배를 힘껏 빨았다. 오, 예. 제이가 흥을 돋웠다. 한 번 더. 제이의 입김이 귓바퀴에 훅 끼쳤다. 시우는 제이가 시키는 대로 다시 한 모금을 빨았다. 머릿속에서 작은 폭발이 일어났다. 사방에서 알록달록한 불꽃이 퐁퐁 터졌다. 몸속의 내장을 다 꺼낸 대신 솜을 꾸역꾸역 쑤셔 넣은 것 같았다.

"너 무덤 속에 들어가본 적 있어?"

제이가 나지막이 말했다.

"무덤 속엘 어떻게 들어가!"

"그럼 이다음에 네 무덤 속이 어땠으면 좋겠어?"

제이가 낄낄거리며 담배를 껐다.

"어떻긴 깜깜하겠지."

"바보. 그건 네가 죽어서 눈을 감고 있으니까 그렇게 느끼는 거지."

"죽었는데 느끼긴 뭘 느껴."

"하긴 죽었는데 깜깜하든 답답하든 무슨 소용이겠어. 그래도 난 내 무덤이 답답하지 않았으면 좋겠어."

"무덤을 안 만들면 되잖아."

시우의 머릿속에 노파의 풍장이 떠올랐다.

"넌 우리가 이미 무덤 속에서 살고 있다는 걸 몰라?"

제이가 비척비척 몸을 일으켰다.

"여기 무덤 같지 않아?"

음산한 제이의 목소리가 기괴하게 서 있는 소품들 속으로 쓱 스며들었다가 토해졌다.

"도시의 무덤. 도시 한복판에 있는 지겨움의 무덤. 그래서 나는 지겨움을 묻으러 이곳에 와."

"지겨움?"

"하긴 지겨운 게 꼭 나쁜 것만은 아니야. 그 덕에 노래도 부르고 이렇게 유명해졌잖아. 아니, 그래도 난 지겨워. 내 꿈이 뭔지 알아? 이곳이 없어지지 않는 거. 이 모습 그대로 남아 있는 거. 사장의 뇌에서 사라지는 거. 일하는 아저씨들의 의식에서 꺼지는 거. 어느 누구의 기억 속에도 남지 않는 거. 그냥 이렇게 쓰레기 창고로 남아 있는 거. 꿈이 고작 그거냐고 왜 안 물어?"

제이는 혼자서 떠들었다. 시우 귀에는 어렴풋한 지저귐으로 들렸다. 깊은 잠을 비집고 들려오는, 숲의 아침을 알리던 새의 지저귐. 숲 한가운데에 들어와 있는 착각이 들었다. 문을 열고 나가면 어디 갔다 이제 와 하며 자작나무가 빼곡히 둘러쌀 것만 같았다. 맥박이 빨라지면서 호흡이 불규칙적으로 가빠졌다. 가슴이 알 수 없는 희열로 벅차올랐다. 눈이 스르르 감겼다. 길 잃은 어린 새 한 마리가 품으로 미끄러져 들어왔다. 새는 여린 부리를 가슴팍에 대고 비볐다. 아린 듯 아픈 듯 자국이 생겼다. 생채기를 닮은 자국이 가슴팍을 물들였다. 이상하게도 따뜻했다.

"이 근육 좀 봐."

눈을 뜨자 어느새 제이의 손이 가슴을 더듬고 있었다. 손이 지나갈 때마다 시우는 정신을 차리려고 애썼다. 손바닥에 불덩이를 달고 있는 듯 지나간 자리마다 화르르 타올랐다. 이러다간 온몸이 불덩이가 될 것만 같았다. 후. 시우는 숨을 몰아쉬었다. 그때 제이가 발딱 일어나더니 선반 사이로 걸어갔다.

"오늘은 뭐가 지겹지? 여기다 묻고 갈 게 뭐가 있을까?"

제이가 시우를 빤히 쳐다봤다. 시우는 흐린 불빛 때문에 흔들리는 제이 눈빛을 알아채지 못했다.

"왜 말이 없어? 설마 너 여기다 말을 묻은 건 아니지? 아님 혹시 나? 나를 묻고 가고 싶은 거야?"

"지겨운 게 뭔데?"

시우는 너는 지겹지 않아, 라고 말하려고 입을 열었는데 엉뚱한 말이 튀어나왔다.

"바보. 아직도 그런 게 헷갈려?"

제이가 비틀비틀 다가왔다. 내가 가르쳐줄게. 지겹지 않은 것과 지겨운 것. 제이는 중얼거리며 점점 가까이 다가왔다. 시우는 이상한 기분이 들었다. 온몸의 피가 그곳으로 몰리는 듯했다. 불뚝

불뚝 노크를 했다. 제이의 손이 볼을 더듬었다. 시우는 눈을 감았다. 제이가 귓가에 대고 속삭였다. 알고 있어. 시우가 간신히 입을 달싹거렸으나 말은커녕 학학 숨소리만 흘러나왔다. 그 위로 제이 입술이 포개졌다. 시우의 몸은 이미 터질 듯이 부풀어 있었다.

✔

시우는 오랜만에 느긋하게 시간을 즐겼다. 종일 침대에서 뒹굴었다. 주로 자다 깨다를 반복했지만 정신이 맑을 때는 책을 읽었다. 이제는 온라인 서점에서 직접 책을 샀다. 책은 숲의 나무만큼이나 많아 그 수많은 활자를 떠올리는 일만으로도 감격스러웠다. 시우의 독서는 체계적이고 계산적인 것과는 거리가 멀었다. 마음 가는 대로, 손 가는 대로 읽었다. 그렇게 읽은 책들이 머리맡에 쌓여갔다. 숲의 나무가 있던 자리에 책이 하나둘 들어섰다. 이성과 감성에 나무 대신 책을 심었다. 도시로 온 지 벌써 두 해가 지나가고 있었다.

책을 통해 자동차의 원리를 알고, 컴퓨터를 이해하고, 휴대전화를 익혔다. 활자를 통해 태양보다 밝은 전기를 만나고, 냉장고의 편리함에 빠졌다. 공장에서 생산하는 식료품에는 유효기간이 존재한다는 사실을 알려준 것도 책이었다. 사람들은 우유 팩에 찍힌 유효기간을 절대적으로 신뢰한다는 사실과 그것과 상관없이 유효기간이 훨씬 지난 우유를 먹고도 행복해하는 부류가 꽤 많다는 점도 알았다. 부와 명예와 그 공정성에 대해, 아득히 높은 고층 빌딩과 그 속에 갇힌 얼굴 없는 사람들에 대해, 햄버거 패티의 두께와 산 채로 죽어가는 짐승들에 대해, 썩어가는 땅과 강에 대해 그리고 새로운 토끼 사냥법까지. 활자는 숲의 나무보다 교활하고 명랑했다. 하지만 시우는 이를 알지 못했다. 시우는 이 모든 것을 정직하게 받아들였다. 시우가 알고 있는 책은 교활함이나 명랑함보다는 전지전능에 가까웠다. 마치 활자가 그렇지 않을 수도 있다는 의심을 품을 때 우리에게 닥칠 일을 알고 있기라도 하듯, 시우는 아슬아슬하게 그 경계를 넘고 있었다. 린은 책을 보다 잠이 든 시우의 모습을 영상으로 기록했다. 책상 위에 쌓여 있는 책들을 카메라가 훑었다. 린은 영상 일지에 2007년 9월 21일이라고 적었다.

영화 시사회가 열렸다. 핑크빛 미니 드레스를 입은 제이는 기자들로부터 카메라 세례를 받았다. 빨간 나비넥타이에 검은색 양복을 차려입은 시우 또한 기자들의 집중 표적 대상이었다. 두 사람은 나란히 앉아서 영화를 관람했다. 찍을 때는 몰랐는데 감동적이고 재미도 있었다. 아들이 어쩔 수 없이 아버지 입을 청테이프로 막고 골방에 가두는 장면에서는 관람석에서 안타까운 한숨이 새어 나오기도 했다. 시우는 영화를 보는 내내 눈을 제대로 뜨지 못했다. 넓은 스크린에 제 얼굴이 대문짝만 하게 나오는 게 영 어색하고 부끄러웠다. 제이가 나오는 장면만 유심히 봤다. 제이와 입을 맞추는 장면이 나오자 아예 눈을 감아버렸다. 옆자리 제이와 지금 이 순간 입맞춤을 하는 듯 온몸에 전류가 흘렀다. 시사회가 끝나기 전 제이는 다음 스케줄이 있다며 먼저 자리를 떴다. 빈자리가 자꾸 거슬려 영화에 집중할 수가 없었다. 마음 같아선 제이를 따라 나가고 싶었으나 엄두도 내지 못했다. 옆에는 린이 그림자처럼 앉아 있었다.

영화는 반응이 좋았다. 제작자의 치밀한 계산도 한몫했지만 여러 가지 상황이 맞아떨어졌다. 한창 주목받고 있는 감독의 작품인 데다 가수로서도 활발하게 활동하고 있는 제이의 인기가 뒷받침했다. 무엇보다 사람들의 이목을 끈 것은 다름 아닌 시우였다. 시우가 출연했다는 사실 자체로도 이슈가 되기에 충분했는데 연기까지 호평을 받았다. 사람들은 모이기만 하면 영화 이야기를 했다. 방송국과 광고기획사, 심지어는 기업 강연회에서까지 러브콜이 왔다. 시우의 입지전적인 이야기가 사원들의 사기를 충전하는데 큰 도움이 될 거라는 요청이었다. 작업복 차림으로 강당에 정렬해 앉은 사원들은 저렇게 허우대 멀쩡한 애가 왜 그런 곳에서 살았는지를 가장 궁금해했다. 전 나이도 모르고 왜 거기서 살게 되었는지도 몰라요. 부모가 누구인지도 모르고 아무것도 몰랐어요. 린에게 떠밀려 나간 강연회에서 시우는 바보처럼 더듬거리며 숲 이야기를 했다. 용기를 가지세요, 힘내세요 따위의 말은 필요 없었다.

사람들은 영화 자체보다 시우에 열광했다. 시우 자체보다 시우의 과거와 그것을 이루는 요소와 그와 상반된 현재의 모습에 빠져

들었다. 영웅이 없는 시대의 영웅 만들기는 그만큼 더욱 절박하고 치열했다. 얼굴도 이름도 모르는 사람들이 온라인상에서 저희끼리 모여 시우의 생일을 정하고 나이를 매겼으며 훈훈한 웃음을 주고받았다. 그러나 그 속에 시우는 없었다. 시우가 없어도 가능한 이야기들이 신화처럼 전해지고 무리 속으로 들불처럼 번졌다. 그즈음 시우는 아주 사소한 병을 앓고 있었다.

공식적인 자리에서 몇 번 제이와 마주쳤다. 따로 시간을 내 만나기는 둘 다 어려웠다. 그날의 짜릿한 기억이 시우를 괴롭혔다. 귓가에 속삭이던 제이의 음성과 함께 전해지던 여린 숨결. 봉긋한 가슴과 천국의 문 같던 그곳의 황홀한 유혹에 하루하루가 송두리째 흔들렸다. 그날을 상상하는 것만으로도 아래가 불뚝불뚝 섰다. 제이, 하고 발음하기만 해도 아무 곳에서나 돌처럼 단단해졌다. 자신의 몸에 투명 인간 같은 생명체가 기생하는 듯해 야릇한 불쾌감에 휩싸이곤 했다. 수치심이 들었다. 격정이 끓어오르면 어찌할 바를 몰라 하다가 슬그머니 화장실로 들어가 찬물을 뒤집어썼다. 거울에 비친 알몸을 바라보다가 그 속에서 제이를 발견하고는 자기도 모르는 새에 손이 그곳으로 향했다.


영화 개봉 후 시우는 방송 출연이 잦아졌다. 이제는 예능 프로그램에 나가 농담도 곧잘 했다. 아직 미숙하고 어색한 게 많았지만 어쩌다 이어지는 실수가 오히려 친근감을 불러일으켰다. 알량한 제작자들은 시우를 포장해 팔아먹기에 바빴다. PD들은 진행자에게 이런 요소를 유발하는 질문을 주문했다.

"시우 군,《죽음의 중지》를 다 읽었다면서요?"

"네."

"저도 그 책을 봤지만 무슨 소린지 이해가 안 되던데. 그걸 전부 이해했단 말이죠?"

"처음에는 무슨 소리인지 모르고 그냥 읽었는데, 읽다 보니까……."

"읽다 보니까 저절로 이해가 되었나요?"

"아니 꼭 이해가 되었다기보다…… 재미있더라고요."

"재미요? 그건 내용을 이해했다는 말인데요? 그럼 그 책하고 콜라 마시는 것하고 둘 중에 어떤 게 더 어려워요?"

"콜라요."

시우는 아직도 콜라를 벌컥벌컥 마시지 못했다. 몇 번을 시도했다가 사레가 들린 후로 아예 콜라를 입에 대지 않았다. 어느 인터뷰에서 이 이야기를 한 뒤로는 나가는 프로마다 이 말을 물어왔다.

"그럼 콜라 마시는 것하고 침대에서 자는 것 중에 더 무서운 게 뭐예요?"

"침대요."

시우의 대답을 예상하고 웃을 준비를 하고 있던 사회자와 방청객은 까르륵 뒤로 넘어갔다. 시우가 겁내는 것 중 하나가 침대였다. 딱딱한 바닥에서 제대로 된 이불도 없이 살아온 시우에게 스프링이 달린 침대는 공포의 대상이었다. 우선 높이부터 거부감이 일었다. 공중에 어중간하게 떠 있는 것 같아 불안했다. 침대가 주는 공포의 최고조는 뭐니 뭐니 해도 스프링의 힘으로 안락함을 제공하는 매트리스에 있었다. 정확히 말하면 폭신한 쿠션이 그 정점이었다. 누군가가 침대 밑에서 두 손으로 등짝을 서서히 밀어 올려 등이 활처럼 굽는 것 같은 기분이 들어 잠이 오지 않았다. 처음보다 많이 익숙해지긴 했지만 지금도 시우는 침대보다 바닥에서 자는 것을 선호했다.

 이 사실도 초기에 한 잡지에 기사가 실린 후 가는 곳마다 우려먹었다. 시우는 사람들이 왜 이 이야기를 자꾸 하는지, 이 이야기에 왜 그토록 웃어대는지 알지 못했다. 그저 묻고 또 물으니까 정직하게 답하고 또 답했을 뿐이었다. 오로지 한 사람만 웃음기 없는 얼굴 혹은 초조한 표정으로 이 모습을 주시했다. 린은 여전히 이 모든 사소함을 하나도 빠뜨리지 않고 기록하고 있었다. 기록을 이루는 근간은 위대함이나 거창한 서사에서 비롯되는 게 아님을 린은 오래전에 간파했다. 그건 콜라나 침대를 무서워하는 것과 같은 바보스러움에서도 얼마든지 생겨났다. 일상을 이루는 사소함에도 사람들은 충분히 열광할 준비가 되어 있었다. 다만 그 기록이 어떤 그림을 형상화하느냐에 따라 예스와 노가 정해졌다. 시우 정도면 어느 각도에서 보나 훌륭한 그림이 되기에 충분했다.

시우에게 정체불명의 소포가 배달된 것은 영화 개봉 후 얼떨떨한 하루하루가 이어지고 있을 때였다. 린은 집에 없었다. 발신인 박기용. 아무 감흥도 없는 이름이었다. 어느 열혈 팬이겠거니 했다. 누런 종이 포장지를 벗기자 나무로 만든 상자가 나왔다. 상자 안에는 편지 묶음이 들어 있었다. 편지를 쓴 사람은 박승준. 역시 아무런 감흥이 없는 이름이었다. 박기용은 누구고, 박승준은 또 누구인가. 박기용이 쓴 메모를 보고서야 호흡이 가빠졌다. 시우는 편지를 읽기 시작했다. 활자가 눈에 들어오지 않았다. 숲에서《죽음의 중지》를 처음 펼쳐 들었을 때처럼 글자들이 자꾸 사방으로 흩어졌다. 도통 무슨 소리인지 알 수 없었다. 소리를 내 자꾸 달아나려는 글자들을 입안에 가두었다. 그래도 여전히 이해할 수 없었다. 꾸역꾸역 활자들을 밀어 넣었다. 힘겹게 가슴속으로 흘러든 문장들이 거센 파도가 되어 출렁이기 시작했다. 방문을 걸어 잠갔다. 사방으로 마구 미끄러져 빠져나가는 문장들을 온몸으로 막아 잡고 늘어졌다. 지독한 난독이었다. 알아들을 수 없는, 용납할 수 없는 활자들의 반란을 오롯이 감내해야 했다. 누군가에게 해독을 갈구할 수 없었다. 린에게조차 동의를 구할 수 없었다. 누군가가 유창하고 알아듣기 쉽게 설명해준다 해도 이해할 수 없는 기록이었다. 시간이었다.

거기에 생소한 이름 '아버지'가 있었다. 시우는 놀라거나 감동하지 않았다. 언젠가 마주할 것을 예견하고 있었다는 듯 그저 급작스러움에 조금 당혹스럽고 신기할 따름이었다. 분노하고 슬퍼하고 싶었지만 그런 마음이 생기지 않았다. 그 속에 아버지는 신기루처럼 존재했다. 신기루는 신기루일 뿐이었다. 그게 이유였다. 시우는 상자를 책상 밑에 처박았다. 거기 강이 흐르고 있었다. 언젠가는 건너야 할 강. 그러지 않고는 더 이상 앞으로 나갈 수 없었다.

시우는 책상으로 눈길도 주지 않았다. 방에 들어가는 것조차 꺼렸다. 방에 괴물이라도 들어앉은 듯 그 앞을 지날 때는 바싹 긴장까지 했다. 잠잘 때에도 벽에 붙어 잤다. 상자를 다른 곳으로 치워버릴까도 생각했다. 그러나 실행에 옮기지 못했다. 거기엔 어떤 위엄이 서려 있었다. 감히 엄두도 못 내는 이상한 힘이 흘렀다. 몇 날을 상자 주위를 맴돌다가 마침내 뚜껑을 열고 편지들을 읽었다. 누가 장난을 치는 거지. 함부로 내 인생을 조롱하는 자…… 누구지. 태워버릴까. 땅에 묻어버릴까. 그러면 괜찮아질까. 다시 떠오르지 않을까. 비행기. 아버지. 비행기…… 그……곳…… 거기가…… 어디지…… 어디……지.

시우가 린 몰래 박승준의 기록을 읽고 있을 때, 린의 기록 또한 순조롭게 진행 중이었다. 영상 기록은 물론 일지를 쓰는 것도 치밀하고 정교하게 이루어졌다.

2008. 5. 26.
시우가 제이와 서대문에 있는 변두리 삼류 영화관에 감. 시우는 야구 모자를 푹 눌러썼고, 제이는 후드 티에 갈색 선글라스를 착용함. 관람객이 주로 노인들이라 아무도 두 사람을 알아보지 못함. 두 사람은 2층 가 열 57번과 58번에 앉음. 영화 보는 내내 팝콘을 먹음. 서로 먹여주기도 함. 시우는 여전히 콜라를 못 마심. 장난기 발동한 제이가 시우에게 자꾸 콜라를 권함. 영화를 보러 온 게 목적이 아님. 영화관 특성상 촬영은 할 수 없었음. 어차피 촬영해도 다큐멘터리에는 반영할 수 없으므로 아쉬움은 없음. 가 열 맨 뒷줄에 앉아 두 사람을 엿보느라 영화 내용은 하나도 기억나지 않음. 영화관을 나와 다정하게 걸어가는 두 사람의 뒷모습을 휴대전화에 기록함.

2008. 6. 12.
속옷을 스스로 빨기 시작함. 세탁기도 곧잘 돌림.

2008. 7. 4.
화보 촬영 후 돌아오는 밤, 서점 앞에서 내려달라고 함. 요즘 책 읽는 재미에 푹 빠짐. 서점 앞에 내려주고 재빨리 주차한 후 동향을 살핌. 그리 크지 않은 서점이라 쉽게 눈에 띔. 시우는 소설 코

너에서 신간을 뒤적이고 있었음. 전화가 걸려옴. 주변을 두리번거리며 짧게 통화를 끝낸 후 황급히 서점을 빠져나감. 서점 후문 쪽에 대기하고 있던 제이의 승용차에 오름. 주차장에서 차를 몰고 나오니 이미 사라지고 없음. 추적 실패. 자정이 되기 전에 들어옴. 손에는 책 대신 우산이 들렸음. 신발이 비에 흠뻑 젖었음. 나를 피해 얼른 들어감. 점점 낯설게 멀어짐. 하지만 아무것도 물을 수 없었음.

2008. 12. 24.

오전 10시에 크리스마스 특집 텔레비전 오락 프로그램에 출연. 힘 겨루는 게임에서 일등을 차지함. 아이돌과 비교되는, 자연에서 다져진 명품 몸매와 맵시. 뭇 여성 출연자의 환호를 받음. 그새 어깨도 더 벌어졌고, 키도 부쩍 자랐고, 턱 밑에 수염도 제법 까매졌다고 남자 진행자가 너스레를 떪. 방청석에 시우를 응원하는 손팻말이 보임. 누가 봐도 남자 티가 물씬 남. 오후 4시 라디오 방송 녹음. 청취자와 전화 연결. 좋아하는 캐럴 한 곡을 불러달라는 주문에 미리 준비해간〈고요한 밤 거룩한 밤〉을 1절만 부름. 음정 박자가 약간 불안했지만 감미로운 목소리로 커버. 앙코르를 받았으나 진행자의 권위로 무사히 넘어감. 부를 줄 아는 캐럴이 그게 전부임. 어제 밤늦도록 연습한 보람 있음.

2009. 1. 5.

감기 몸살로 열이 39도. 드라마 촬영을 간신히 끝내고 병원 직행. 링거 맞고 귀가. 내가 끓여준 전복죽을 먹고 잠. 그 덕분에 나도 쉼.

2009. 3. 21.
새 영화 시나리오의 검토를 끝내고 대화를 나눔. 좋다 나쁘다 말이 없음. 내가 봐도 그다지 끌리는 작품은 아님. 조금 더 고민하기로 함. 제이와 잦은 통화. 간간이 웃음소리. 둘 사이가 심상치 않아 보임. 신경이 곤두섬.

두 사람이 숨어든 곳은 지하에 있는 폐쇄된 소품실이었다. 린은 시우와 제이가 사라진 소품실 밖에서 두리번거렸다. 고요했다. 가끔 녹화장에서 흘러나오는 함성이 와, 흘러갔다. 소품실 앞으로 바짝 다가갔다. 안에서 풍금 소리가 흘러나왔다. 형편없는 연주였다. 갑자기 풍금 소리가 뚝 끊겼다. 정막이 이어졌다. 린은 돌아서서 발길을 돌리려다가 다시 귀를 기울였다. 학학. 낯익은 소리가 벽을 타고 희미하게 들려왔다. 린은 벽에 기대어 숨을 골랐다. 이윽고 제이의 웃음소리가 깔깔 울려 퍼졌다. 린은 어느새 두 주먹을 그러쥐고 있었다. 안에서 인기척이 가까워졌다. 린은 재빨리 엘리베이터로 갔다. 엘리베이터는 금세 내려왔다. 문이 닫히고 움직였다. 지상으로 나온 엘리베이터 밖으로 화려한 야경이 휙휙 지나갔다. 린은 넋을 잃고 점점 멀어지는 야경을 바라봤다. 엘리베이터 전광판에 27이라는 빨간 숫자가 깜박거렸다.

"난 그놈을 여기다 팍 묻고 싶어!"

"놈?"

"매니저! 지겨워."

제이가 얼굴을 찌푸렸다.

"난 아버지."

"뭐라고?"

"아버지."

"너 아버지 있었어?"

"응. 그런가 봐."

"근데 왜 그 여자랑 살아? 아버지랑 살아야지."

"몰라. 할아버지도 있대."

"누가 그래?"

"괴물이."

"괴물?"

시우는 처음으로 아버지를 입에 올렸다. 그리고 그 정체 모를 상자와 편지에 대해 발설했다. 아버지를 묻어버리고 싶었다. 이제 막 문장이 가슴속으로 넘쳐 흘러들기 시작한 시우에게 기록은, 고요히 머무는 폭력이었다. 그것이 어쩌면 기록의 본래 모습인지도 몰랐다.

6장

# 신기루, 그림자

비행하기 좋은 날씨였어요. 목적지는 어느 한적한 숲을 한 바퀴 선회하고 오는 것이었어요. 그전에도 숲 상공을 여러 차례 비행한 경험이 있어서 별다른 준비 없이 그곳으로 향했어요. 그곳으로 가려면 산을 넘고 넘어야 해요. 숲을 사이에 두고 협곡이 가로막고 있어서 웬만한 경력자도 꺼리는 지형이에요. 한마디로 곡예비행 이상의 위험을 감수하고 가야 하는 항로지요. 이상하게 앞이 탁 트인 하늘은 오히려 불안하고 재미가 없더군요. 처음부터 일부러 그런 곳을 찾아다녔어요. 이륙할 때 화창하던 날씨는 산등성이에 다다르자 비바람을 동반한 돌풍으로 변했어요. 즉시 고도를 낮추며 배풍을 피해 선회하며 숲으로 접근했어요. 시야가 뿌옇게 흐려졌어요. 동체가 기우뚱하더니 한쪽으로 심하게 기울었어요. 조종간을 잡은 손에 저도 모르게 힘이 들어갔어요. 이 손을 놓으면 모든 게 끝나겠구나. 그러자 갑자기 마음이 평온해졌어요. 순간적으로 손을 놓을 뻔했지요.

협곡을 간신히 빠져나와 고도를 정상 궤도에 놓고서야 내가 무슨 생각을 했는지 뒷목이 뻣뻣하게 땅겼어요. 그러나 곧 다시 그 야릇한 경지로 빠져들었지요. 창 너머로 펼쳐지는 비 오는 숲의 전경이 저를 정신없이 빨아들였어요. 위험을 무릅쓰고 최대한 숲 가까이로 날았지요. 은빛 자작나무 숲이 스치듯 지나갔어요. 하늘을 향해 찌를 듯 솟은 나무들과 기암괴석이 부딪힌 듯 아슬아슬하게 스쳐 갔어요. 그 순간 당신이 떠올랐어요. 어릴 적 자작나무 숲에서 꿈꾸던 이름. 아버지. 그리고 당신이 1047로 존재하는 이유. 위험하지만 고통을 수반한 아름다운 비행. 온전히 혼자로 존재하는 그 순간. 그걸 아집이나 이기심이 아닌 절대 자유라 부르는 걸 망설이지 않은 까닭은 저 또한 두고 온 아내와 아들이 있기 때문이었어요. 그후로 그 위험한 비행을 멈추지 않은 것도 바로 그 때문이라는 걸 당신, 1047에게 말하고 싶었어요. 언젠가는 부여잡은 조종간을 스스로 놓아버리는 날이 있을 거예요. 당신에게 1047이 아닌 새 이름을 부여하는 날.

대청도 인근 해상에서 조업을 마친 배는 회항하려던 참이었다. 사위는 이미 어둠에 휩싸여 한 치 앞도 보이지 않았다. 오후 내내 걷히지 않은 안개 때문에 조업하는 데 애를 먹었다. 해무는 허공에 떠 있는 늪 같았다. 무엇이든지 그곳에 발을 들여놓는 순간 사라져버렸다. 멀리서 보았다면 우리가 타고 있는 배도 똑같은 형상으로 사라지는 것처럼 보였을 것이다. 마침 저녁 식사도 마친 터라 나는 야식을 만드는 데 쓸 재료를 손질하고 있었다. 여덟 명이 먹을 야식을 준비하려면 한두 시간 전부터 움직여야 했다. 야식은 보통 야간 조업이 있는 날 새벽에 제공했지만 그날은 만선을 자축하는 의미에서 취사원인 내 재량으로 제공하는 각별한 메뉴였다. 그래 봤자 해물이 듬뿍 들어간 파전 정도였다.

가끔 부엌에 들어가 쟁반만 한 부침개를 뚝딱 부쳐서 내오면 만삭인 아내는 앉은자리에서 후딱 해치웠다. 임신 기간 내내 입덧에 시달려 만삭이라고 해봐야 배가 남들 육칠 개월 때 정도밖에 나오지 않았다. 밥 냄새는 싫다고 돌아앉으면서도 부침개는 넙죽넙죽 잘도 넘겼다. 신기하고 기특해 매일이라도 만들어주고 싶었다. 처음 배를 타겠다고 했을 때 아내 눈에 눈물이 그렁그렁 고였다. 멀리 나가는 거 아니니까 울지 마. 만삭인 배에 가만히 손을 얹었다. 좋아서 우는 거예요. 아내가 히죽 웃었다. 어서 우리 배를 사서 아이를 태우고 넓은 바다를 항해하고 싶다며 히죽히죽 웃었다. 꼭 그러자. 아내와 손가락을 걸고 약속했다. 일은 고되고 힘들었다. 그럴 때마다 곧 세상에 나올 아기를 생각하며 버텼다. 동료들 사이에서 나는 실없는 놈으로 통했다. 파도와 싸우면서도 콧노래를 흥얼거리는 나를 두고 정신 나간 놈이라고 쑤군거렸다. 동 트기 전 집을 나섰다. 아내는 내가 보이지 않을 때까지 손을 흔들었다. 그날도 주방에서 아내를 생각하며 파전에 넣을 쪽파를 다듬고 있었다.

"고장이야!"

누군가가 갑판에서 소리쳤다. 가끔 배가 말썽을 일으키곤 해서 대수롭지 않게 여겼다. 늘 큰 고장이 아니었고 금방 복구되었다. 다 다듬은 파를 씻어서 건져놓고 커다란 볼에 밀가루를 쏟아부었다. 그때 주방 옆 선실에서 쪽잠을 청하던 갑판원 윤 씨가 선장의 호출을 받고 눈을 비비며 갑판으로 올라갔다. 곧이어 항해사 오 씨, 선원 문 씨가 줄지어 올라갔다. 분위기가 심상찮았다. 나는 반죽하던 밀가루를 둔 채 갑판으로 올라갔다. 얼핏 배는 평온해 보였다. 다들 조타실에 모여 레이더를 들여다보고 있었다.

"먹히질 않아!"

키를 이리저리 돌리던 선장이 날카롭게 소리쳤다. 레이더를 살피던 항해사 오 씨가 재빨리 아래 기관실로 뛰어 내려갔다. 뒤이어 갑판원 김 씨와 선원 문 씨도 따라 내려갔다. 잠을 자던 다른 선원들도 하나둘 깨어 갑판 위로 올라왔다. 삼삼오오 짝을 지어 선체 구석구석을 살피고 다녔다. 선체 자체에는 이상이 없었다. 곧이어 기관실로 내려갔던 오 씨가 올라왔다. 손에는 커다란 손전등이 들려 있었다. 그때 조타실 계기판의 전원이 모두 꺼졌다. 레이더도 암흑으로 변했다. 현재 위치조차 확인이 불가능했다. 구조 요청도 할 수 없었다. 선장은 계속 계기판의 스위치를 껐다 켰다 했다. 어둠 속인데도 손이 부들부들 떨리는 게 보였다. 갑판 위에 모인 선원들은 모두 얼어붙은 듯 미동도 하지 않았다. 표류하던 배가 북쪽 군사분계선을 넘은 사실을 알아차린 것은 동이 틀 무렵이었다.

"투항하라. 안 그러면 발포한다!"

북한군 목소리가 들렸다. 선장은 즉시 속옷을 찢어 갑판 위로 들고 나가 흔들었다. 북한군 경비정 두 척이 우리 배를 둘러쌌다. 잠시 후 중무장한 북한군이 우리 배로 넘어왔다. 우리는 누가 시키지도 않았는데 다들 두 손을 머리 위로 얌전히 치켜들었다. 북한군은 우리를 선실로 몰아넣었다. 주방에는 반죽하다 만 밀가루가 어지럽게 흩어져 있었다. 배는 북한군 경비정에 이끌려 어디론가를 향해 갔다. 그때까지만 해도 곧 풀려나리라 믿었다. 우리는 따로따로 억류되었다. 눈만 뜨면 취조와 사상 교육이 이어졌다. 내가 할 수 있는 건 아무것도 없었다. 나는 어느 쪽에도 동의하지 않았다. 그럴 필요도 없었다. 모든 일은 내 의지와 상관없이 일어났다. 그들은 우리를 회유하기 위해 서둘러 결혼을 시켰다. 자그마한 체구에 열성 공산당원이던 아내는 나와 결혼하고 이듬해 아들을 낳았다. 곧이어 딸도 생겼다. 아내는 예뻤고 아이들은 사랑스러웠다. 그럴수록 남쪽에 두고 온 가족이 눈에 밟혔다.

납북된 지 10년이 지난 1969년 여름, 나는 두만강을 건넜다. 그리운 가족을 지척에 두고 체포되었다. 어디론가 끌려가 고문을 받았다. 잠자는 시간까지 취조에 이용했다. 누구한테 어떤 지령을 받고 남파되었는가. 답은 이미 작성되어 있었다. 그들의 질문에 고개만 끄덕거려주면 모든 게 끝났다. 죄목은 간첩이었다. 이십오 년 형을 선고받고 복역하던 중 1989년 사회안전법 폐지와 함께 석방되었다. 나이 59세. 나는 수인번호 1047 간첩 박기용이었다.

사료를 붓자 금붕어들이 달려들어 입을 빠끔거렸다. 시우는 새로 이사한 집에서 수족관이 가장 마음에 들었다. 이제는 화장실 창으로 하늘이 보이지 않았다. 그나마 그 작은 창을 우중충한 회색빛 건물 벽이 막아섰다. 하늘이 보인다 해도 그걸 쳐다보며 두고 온 숲을 떠올리는 일은 하지 않았을 테지만. 하늘이라면 탁 트인 거실 창으로도 얼마든지 볼 수 있었다. 하지만 시우는 소파에 누워 하늘을 올려다보며 전처럼 숲을 떠올리지 않았다. 아파트 군락이 떠받치고 있는 하늘은 시우에게 그런 감성을 허락하지 않았다. 그건 단지 먼지와 매연으로 가득 찬 도시의 지붕에 불과했다. 지붕은 그것을 떠받치고 있는 피조물에게만 유용하면 되었다. 거기에는 유폐된 꿈을 향한 그리움이나 애틋한 상상의 힘이 넘나들 여지가 희박했다. 하늘은 열려 있었고, 지붕은 닫혀 있었다. 지붕은 그 아래 고요히 머무르기를 원했다. 시우는 화장실의 작은 창 대신 수족관을 들여다봤다. 작은 바위며 물풀 사이를 헤엄치는 금붕어를 보고 있으면 숲이 떠올랐다.

눈코 뜰 새 없이 바쁜 날의 연속이었으며, 하루하루가 별반 다르지 않은 날들이었다. 스케줄은 거의 똑같았고 스케줄이 없는 날엔 종일 잠에서 헤어 나오지 못했다. 봄이 여섯 번 바뀌는 동안, 키는 훌쩍 컸고, 골격은 더욱 다부지고 튼실해졌다. 세수를 하며 들여다보는 거울 속에는 매일 낯선 얼굴이 어른거렸다. 바쁜 일상 속에 시우는 자신의 얼굴도 묻어버렸다. 규모를 넓혀 새 집으로 이사하고, 새로운 사람들을 만나 이야기를 나누고, 새 옷을 입고, 새 차를 타고, 새로운 음식을 먹어도 전혀 새롭지 않았다. 빠듯하게 옥죄며 돌아가는 시간은 시우로 하여금 자꾸만 뒤를 돌아보게 했다. 먼 신기루처럼 아련한 지난 시간들이 자꾸 발목을 잡았다. 시우의 발목은 이제 더 이상 노파의 그것처럼 앙상하고 볼품없지 않았다. 양질의 단백질과 근육으로 이루어진 희고 곧은 발목이 바쁜 일상 속에서 대책 없이 꺾이곤 했다. 그나마 시우를 지탱해주는 것은 제이였다. 제이는 아버지처럼 신기루로 존재하지 않았다. 그 사실만으로도 힘이 되었다.

제이는 일본을 오가며 일정을 소화하느라 시우만큼 분주한 나날을 보냈다. 서로 바쁜 상황에서도 짬짬이 얼굴을 보곤 했지만 시간이 지날수록 그마저 녹록지 않았다. 모든 일상은 린과 시우가 모르는 어떤 세력에 의해 계획되고 조종되었다. 제이의 공연이 있는 날이면 시우는 생방송 중이거나 녹화 중이었다. 린은 일부러 시우가 제이와 마주치지 않게끔 일정을 잡았다. 린을 피해 제이를 만난다 해도 이미 수많은 보이지 않는 눈이 지켜보고 있었다. 그럴수록 제이를 향한 그리움은 커져만 갔다. 눈을 뜨건 감건 제이는 종일 시우 옆에 존재했고 존재하지 않았다. 제멋대로 시우의 머릿속과 마음속을 들락날락했다. 밥을 먹다가 예고도 없이 제이가 불쑥 튀어나오기도 했다. 밥을 먹고 있는 게 자신이 아니라 제이인 것 같았다. 시우는 그저 껍데기에 불과했다. 분명 숨을 쉬고 있는데, 죽은 목숨이었다. 바다 건너 일본에서 제이의 소식이 들려올 때마다 지난날 자작나무를 향해 맨발로 흙 위를 달릴 때처럼 가슴이 벅찼다. 이 느낌을, 이 기분을 제이에게도 보여주고 싶었다. 제이 앞이라면 느낌과 기분도 얼마든지 가공해 보여줄 자신이 있었다. 이 무자비하고 냉혈한 세계에서 무슨 일이든 불가능한 건 없어 보였다. 그 일이 일어나기 전까진 그랬다.

제이는 일본에서 공연 중이었다. 공연장을 꽉 메운 사람들은 색색의 야광봉과 풍선을 들고 외쳤다.
"제이 사랑해요."
"제이 짱."

검은 핫팬츠로 갈아입은 제이가 다섯 번째 노래를 부르기 위해 무대 위로 올라섰다. 전주가 흘렀고 음악에 맞춰 백댄서들과 춤을 추기 시작했다. 제이는 첫 소절을 막 부르려던 참이었다. 갑자기 무대가 흔들렸다. 한두 차례 가벼운 진동이 지나갔다. 멈칫하던 제이는 다시 숨을 고르고 노래를 부르기 시작했다. 그때였다. 발아래로 요동치는 느낌이 전해졌다. 거대한 짐승이 순식간에 땅속을 헤집고 지나가는 것 같았다. 몸이 휘청거렸다. 무대 가운데 있던 마이크가 우당탕 쓰러졌다. 이어 여기저기서 무대장치가 떨어지고 엎어졌다. 관객들은 일어나 우왕좌왕했고 비명과 울음소리가 뒤섞였다. 몸을 피하기 위해 발을 떼는 순간, 아까보다 무지막지하게 큰 놈이 제이의 발아래 무대 바로 밑으로 씩씩대며 쏜살같이 달려갔다. 무대는 춤을 추듯 출렁거리며 쩍 벌어졌다. 제이는 간신히 기둥을 잡았다. 바로 옆에서 춤을 추던 백댄서가 벌어진 틈 사이로 사라졌다. 무대는 계속 춤을 추었고 그에 맞춰 노래라도 부르듯 사람들은 비명을 질러댔다.

"이쪽으로 피해요!"

뒤쪽에서 다급한 목소리가 들렸다. 제이는 소리 나는 쪽으로 엉금엉금 기어갔다. 부서진 틈으로 물이 새어 들어왔다. 물은 금세 바닥을 적시고 무대 위로 진격해왔다. 몸이 더 이상 말을 듣지 않았다. 제이는 안간힘을 썼다.

"내 손을 잡아요!"

누군가 제이를 향해 손을 내밀었다. 간신히 그 손을 잡고 그가 이끄는 대로 몸을 피했다.

"여기도 안전하진 않아요. 밖으로 나가는 게 좋겠어요!"

안무를 담당하는 완이었다. 그곳은 무대 뒤편에 있는 설비실이었다. 거긴 무대보다 높았다.

"어차피 마찬가지야! 이미 늦었다고!"

누군가 소리쳤다. 기계들이 나뒹구는 좁은 공간에 일곱 명의 사람이 웅크리고 있었다. 다들 하얗게 질린 얼굴로 바들바들 떨었다. 핫팬츠 아래로 드러난 다리에 소름이 돋았다. 제이는 부르르 몸을 떨었다. 누군가 훌쩍거리기 시작했고, 작은 방은 순식간에 울음바다로 변했다. 제이는 울지 않았다. 왠지 그래야 할 것 같았다. 살아야 한다. 주문처럼 이를 악물었다. 진동은 계속되었고 마치 풍랑을 만난 배에 타고 있는 듯 멀미가 났다. 또 한 번 건물을 뒤흔드는 진동과 굉음이 이어졌다. 이미 부서져나간 건물 외벽을 타고 물이 밀려 들어왔다. 물은 점점 해일로 변했다. 유리벽 너머로 아수라장이 된 체육관 내부가 고스란히 내려다보였다. 사람들이 물속에서 허우적대며 필사적으로 탈출을 시도했다.

"여기서 나가요!"

누군가가 소리쳤다. 제이는 무릎 사이에 파묻고 있던 고개를 들었다. 체육관을 훌쩍 넘기는 어마어마한 해일이 다가오고 있었다. 제이는 얼어붙은 채 그 비현실적인 광경을 바라봤다. 너무나 초현실적이라 무섭거나 두려운 감정조차 들지 않았다. 그건 차라리 악마의 아가리였다. 그 아가리 속으로 쓸려 들어가는 순간, 제이는 눈을 감고 쇠기둥을 움켜잡았다. 엄청난 물살이 몸을 강타했다. 뼈마디가 분해되어 와르르 쏟아지는 것 같았다. 얼마 후 눈을 뜨고 주변을 둘러보았다. 한 명이 모자랐다. 바로 옆에서 가장 많이 울던, 얼굴이 하얀 백댄서가 보이지 않았다. 그 하얀 얼굴을 떠올리기도 전에 또 숨이 막혔다. 두 번째 해일이었다. 코와 입속으로 물이 쏟아져 들어왔다. 제이는 울지 않았다. 가장 많이 울던 백댄서가 머리에서 지워지지 않았다. 눈을 떴다. 고개를 들고 주변을 둘러볼 수가 없었다. 몇 명일까. 머릿수를 세어볼 엄두가 나지 않았다. 옆이 허전했다. 뭔가 텅 빈 기분이 들었다. 제이를 포함해 셋밖에 남아 있지 않았다. 쏟아지려는 눈물을 꾹꾹 밀어 넣었다. 앙다문 입술 사이로 피가 흘렀다. 아수라장이 된 체육관은 지옥의 도가니였다. 물 위로 제이 사랑해요, 라고 적힌 현수막을 단 노란 풍선이 떠다녔다. 차라리 악마의 아가리 속으로 일찌감치 쓸려가는 게 나을 뻔했다.

매스컴에서는 연일 일본 지진해일로 실종된 제이 소식을 보도했다. 시우는 텔레비전을 꺼버렸다. 텔레비전에 비친 참상은 희미하게 품고 있던 희망마저 깡그리 앗아갔다. 폐허 속 어디에도 제이가 숨 쉴 곳은 없어 보였다. 시우는 희망을 절망으로 바꾸지 않았다. 그럴 수는 없었다. 그러기에는 제이에 대한 기억이 너무 생생했다. 아침에 눈을 뜨면 마음속에서 아침 인사를 하고, 함께 밥을 먹고, 함께 운동을 하고, 함께 잠드는데. 누군가가 사건 발생 며칠 만에 극적으로 구조되었다는 기사를 보면 얼른 텔레비전을 틀었다. 행여나 저 쓰레기 더미 안에서 썩어 문드러진 생선 눈깔이라도 파먹으며 기다리고 있는 건 아닐까. 포클레인이 쓰레기 더미를 헤집을 때마다 신경을 곤두세웠다. 제이는 있는 듯 없었다. 그리고 없는 듯 있기도 했다. 시우는 식음을 전폐하다시피 했다. 마치 자신이 흙더미 아래 깔려 있기라도 하듯 자주 알 수 없는 신음 소리를 냈다.

제이의 실종을 두고 연예계를 비판하는 목소리가 높아졌다. 제이는 원래 일정대로라면 전날 일본에서 철수하기로 되어 있었다. 전날 공연이 성황리에 끝나자 기획사에서 애초 계획과 다르게 하루 연장 공연을 감행했다. 제이의 의사는 하나도 반영되지 않은 처사였다. 계약이 만료될 때까지 모든 일정은 소속 기획사의 결정에 따랐다. 누리꾼들은 기획사와 매니저의 욕심이 화를 불렀다면서 해당 기획사를 살인방조죄로 고소하자며 분노했다. 제이는 단지 잘 꾸민 무대 위에서 방긋방긋 웃으면서 가끔 섹시한 윙크를 날리며 쭉 뻗은 몸매를 맘껏 드러내고 노래하고 춤을 추면 그만이었다. 제이 인생 자체가 립싱크였다.

제이는 가까스로 건물 잔해 더미를 헤치고 나왔다. 한쪽 다리가 몹시 아팠다. 걸을 수가 없었다. 주변을 둘러보았다. 차와 부서진 집, 그 속에서 쏟아져 나온 가재도구며 뿌리가 하늘을 향한 나무들 그리고 얼핏얼핏 보이는 낯선 얼굴과 하얀 손목 혹은 발목들이 엉켜 광활한 쓰레기 산을 이루었다. 제이는 비로소 자신의 몰골을 살폈다. 머리카락은 헝클어지고 옷은 다 찢겼으며, 얼굴과 몸은 여기저기 상처와 멍투성이었다. 핫팬츠 아래로 드러난 다리도 온통 상처투성이에 맨발이었다. 빨갛게 칠한 발톱이 빛났다. 여기가 어디지? 나는 왜 여기 있는 거지? 저 여자는 왜 저 속에 누워 잠을 자지? 바로 옆 부서진 식탁 아래 누워 있는 여자가 보였다. 목욕 준비를 하고 있었는지 삼각팬티 하나만 걸치고 머리는 수건으로 동여맸다. 풍만한 가슴이 탐스러웠다. 제이는 절룩거리며 여자 가까이로 다가갔다.

"이봐요. 일어나요. 여기서 자면 어떡해요!"

여자의 몸을 흔들었다. 손끝에 냉기가 느껴졌다. 꼼짝도 하지 않았다.

"일어나라니까요. 집에 가서 자요. 저 하늘 좀 봐요. 곧 비가 올 것 같아요."

하늘이 낮게 가라앉고 있었다. 여자가 꼼짝도 하지 않자 제이는 일어났다. 다리가 아팠다. 아픈 다리를 끌고 걸음을 옮겼다. 온갖 쓰레기 때문에 발 디딜 틈도 없었다. 여기저기 누워 엉켜 있는 사람들이 눈에 띄었다. 왜 사람들이 이런 데서 자고 있을까. 비가 올 텐데. 제이는 사람들의 옷이 젖을까 봐 걱정이었다. 그들의 옷은 이미 젖어 있었는데, 속살까지 젖을 대로 다 젖어 있었는데, 제이는 알지 못했다. 남자의 다리에 걸려 넘어질 뻔했으면서도, 아기의 머리통을 밟을 뻔했으면서도, 사내애의 손목을 걷어찰 뻔했으면서도 아무것도 알지 못했다. 더 이상 알려고도 하지 않았다.

사방에서 악취가 풍겼다. 배가 고팠다. 제이는 주저앉았다. 집에 가야 하는데 길이 어디지? 길이 안 보여. 주변을 아무리 둘러봐도 길 같은 것은 보이지 않았다. 야옹. 갈색 새끼 고양이 한 마리가 냉장고와 부서진 문틈에 끼어 있었다. 고양이에게 다가갔다. 두 손으로 고양이를 들어 올렸다. 야옹. 고양이는 작은 입을 벌려 계속 울어댔다. 고양이가 끼어 있던 냉장고 문을 당겼다. 잘 열리지 않았다. 고양이를 품에서 내려놓고 두 손으로 힘껏 당기자 덜컥 하고 냉장고 문이 열렸다. 옆에 있는 부서진 벽 때문에 문은 고작 손 하나가 가까스로 드나들 수 있는 정도밖에 열리지 않았다. 냉장고에 얼굴을 박고 안을 살폈다. 전기가 나간 냉장고 안은 어두워서 잘 보이지 않았다. 게다가 음식물 썩는 냄새까지 진동했다. 냉장고 문틈으로 손을 넣고 더듬었다. 손끝에 뭉클한 느낌이 났다. 썩어서 문드러진 사과였다. 사과를 한 입 베어 먹었다. 야옹. 고양이가 제이를 올려다봤다. 고양이를 품에 안아 올렸다. 씹던 사과를 뱉어 손바닥에 올려놓았다. 고양이가 손바닥을 핥았다. 뭉개진 사과는 금세 동이 났다. 다시 손을 뻗어 냉장고 안을 더듬었다. 차가운 유리의 감촉이 느껴졌다. 유리로 된 사각 밀폐 용기가 딸려 나왔다. 용기 속에는 잘 손질된 생선이 담겨 있었다. 뚜껑을 열자 고약한 냄새가 났다. 고양이가 얼른 밀폐 용기에 얼굴을 박고 생선을 먹기 시작했다. 또다시 냉장고 문틈으로 손을 디밀었다. 요구르트와 주스를 꺼내 마시고 몇 가지 밑반찬과 약간의 버터도 먹었다. 이제 손끝에 닿는 게 없었다. 문을 더 열어보려고 안간힘을 써봤지만 소용없었다. 냉장고 문틈에 얼굴을 박고 있던 제이가 중얼거렸다.
"거기 누구 없어요?"
냉장고 안에서 목소리가 울렸다. 문을 닫았다. 생선을 다 먹어치운 고양이가 두 발을 세우고 오롯이 앉아 제이를 올려다봤다. 제이가 고양이를 안아 올렸다. 고양이 등에 얼굴을 비볐다. 비릿한 냄새가 풍겼다. 춥고 오한이 났다. 집에 가야 하는데. 길이 없어. 눈이 감겼다. 졸음이 몰려왔다.

텔레비전을 틀어도 더 이상 춤추고 노래하는 제이의 모습을 볼 수 없었다. 휴대전화는 불통이었고, 미니홈피는 폐쇄되었다. 이건 명백한 인재다. 제이는 사냥에 희생당했다. 성난 제이의 팬들이 올린, 소속사를 질타하는 내용의 글들이 인터넷에 떠다녔다. 팬들의 분노는 제이를 덮친 해일만큼 세력을 확장해나갔다. 마침내 소속사 대표는 외국으로 종적을 감췄다. 제이는 여전히 행방이 묘연했다. 사람들 기억 속에서도 차츰 잊혀갔다. 시우는 믿을 수 없었다. 자신이 숨을 쉬고 있다는 사실이 원망스러웠다. 넋이 나간 사람처럼 멍하니 앉아 있다 정신을 차리면 어김없이 눈가가 젖어 있곤 했다.

 일상은 지속되었고 겉으로 보기에 시우는 아무 탈 없이 그 속으로 합류했다. 드라마 촬영은 일주일에 네 번 있었다. 어느 때는 일주일 내내 하기도 했다. 아직도 카메라에 빨간불만 들어오면 멀쩡하게 외우던 대사를 자꾸 까먹었다. 그럴 때마다 특유의 미소를 지으며 위기를 모면했다. 하지만 동료들은 더 이상 시우를 산골 소년으로 보지 않았다. 연민이 사라졌다. 전에는 애교로 봐주던 작은 실수도 이제는 그냥 넘어가지 않았다. 감독은 더 좋은 연기를 원했고, 더 완벽한 감정이입을 주문했다. 혹독하고 냉정한 비판도 거침없이 쏟아졌다. 인터넷에서도 좋은 말만 오가지 않았다. 전에 없던 안티가 생기고, 견디기 힘든 루머와 말들이 게시판을 도배했다. 얼굴만 잘 생기면 다냐, 연기가 그게 뭐냐, 산속으로 다시 돌아가라. 가서 토끼나 잡아먹어라. 역시 원시인이야, 어쩔 수 없어. 이 사람들은 도대체 나에 대해 뭘 안다고 이렇게 떠들까. 나도 나를 모르겠는데. 시우는 컴퓨터를 꺼버렸다. 자꾸 책상 아래로 눈길이 갔다.
 의식 저 밑바닥으로 내동댕이친 박승준의 기록이 꾸물꾸물 올라왔다. 바람결에 저절로 펼쳐진 《죽음의 중지》에서 알 듯 모를 듯, 본 듯 안 본 듯 호명하지 않은 문장들이 저희끼리 미어져 나오는 형국이었다. 시우는 사력을 다해 그것들을 도로 밀어 넣었다.

두 발로 꾸욱 눌렀다. 제발 신기루로 존재하라. 야멸차게 박승준을 외면했다. 그동안은 제이가 방패막이가 되어주었다. 제이를 핑계 삼아 그 뒤로 숨었다. 그런데 제이조차 신기루가 되려고 했다. 제이를 잃어버리는 게 두려운 건 그 때문인지도 몰랐다. 사람들은 그런 시우를 눈곱만큼도 배려하지 않았다. 얼굴도 이름도 모르는, 단 한 번도 서로 마주한 적이 없는 그들은 잠도 잊은 채 시우에 관해 험담을 늘어놓았다. 그것은 용감하다 못해 필사적이었으며 처절하기까지 했다. 저들이 왜 그러는지 시우는 이해할 수 없었다. 자신이 무엇을 잘못했는지 밤새도록 생각해도 알 수 없었다. 어디 도망갈 데가 있으면 가봐. 난 괜찮으니까. 마음대로 달아나라고. 지구 끝까지. 나 같은 거 신경 쓰지 않아도 돼. 정말이야. 책상 밑에 처박힌 상자가 은밀하게 속삭였다.

✦

아무렇게나 벗어놓은 옷가지가 방바닥과 침대 위에 널려 있었다. 린은 방 안을 천천히 둘러보았다. 평소와 다른 것은 보이지 않았다. 카메라를 왼손에서 오른손으로 옮겨 들었다. 책상 위 컴퓨터를 켜고 최근 목록을 살폈다. 역시 별다른 게 없었다. 책들도 매일 보던 것 그대로였다. 서랍을 차례대로 열었다. 잡동사니가 뒹구는 서랍에서도 제이와 함께 찍은 사진이 몇 장 나왔을 뿐 특이한 건 없었다. 방을 나가려던 린의 눈길이 책상 밑에 가서 박혔다.

흔히 보는 누런 종이 상자였다. 책상 밑으로 조심스레 손을 뻗었다. 꽤 큼직한 택배 상자가 모습을 드러냈다. 발신인에 박기용이라 적혀 있었다. 카메라를 들고 있는 손이 부르르 떨렸다. 예상대로였다. 박승준의 편지 속 목걸이와 시우의 목걸이는 동일한 것이었다. 린은 카메라에 박기용이라는 이름 석 자를 담았다. 상자 속에는 나무로 된 또 다른 상자가 들어 있었다. 그림이 새겨진 뚜껑을 열자 누런 서류 봉투가 나왔다. 서류 봉투 속에는 두툼한 편지 뭉치가 들었다. 린은 차분하고 민첩하게 그것들을 카메라에 담았다. 종이 넘기는 소리와 카메라 기계음이 두 개의 칼날이 되어 쨍쨍 부딪쳤다.

시우는 서랍 속에 넣어둔 목걸이를 꺼냈다. 영문도 모르는 소포를 받기 전까진 그랬다. 스스로 잘 살고 있다고 믿었다. 상자를 개봉하는 순간, 시우의 인생은 뒤죽박죽이 되었다. 그 곰팡내 나는 기록을 들추는 순간, 오늘의 시우는 온데간데없이 사라졌다. 그 화석 같은 글자들을 소리 내 발음하는 순간, 시우는 통째로 증발해버렸다. 이곳도 저곳도 아닌 허공에서 산산이 부서져 내렸다. 사냥꾼에게 쫓기는 토끼가 떠올랐다. 토끼는 사냥꾼을 피해 어디로든 달려보지만 얼마 못 가 길을 잃고 허둥댄다. 그새 사냥꾼이 바싹 따라붙는다. 막다른 골목에 몰린 토끼는 그래도 포기하지 않는다. 토끼가 사정거리 안에 들어온다. 사냥꾼은 총부리를 토끼에게 겨눈다. 토끼가 총부리를 피해 움직인다. 방아쇠가 당겨지고 토끼는 피를 흘리며 고꾸라진다. 시우는 창밖으로 스쳐 지나가는 어둠을 노려보았다. 시우는 들고 있던 목걸이를 다시 서랍 속에 던져 넣었다. 그날 수족관에서 죽은 금붕어 한 마리를 건져 올렸다.

끝내 제이의 시신은 발견되지 않았다. 인터넷 누리집에 제이를 추모하는 글들이 올라왔다. 하지만 오래가지 않았다. 사람들의 감성은 곧 애도에서 망각으로 흘렀다. 제이가 춤추며 노래하던 자리에는 다른 가수가 엇비슷한 율동과 목소리로 엇비슷한 가사의 노래를 불렀다. 이들은 무대 뒤에서 자신의 차례가 오기를 목놓아 기다리다가 잘 육성된 기계체조 선수처럼 민첩하고 완벽하게 무대를 점령해갔다. 어디에도 제이의 빈자리는 없었다. 아니 애초에 자리 같은 게 있었나 하는 의심마저 들었다. 무대 위에서 발산하던 미친 존재감은 물 위에 떠다니던 노란색 막대 풍선과 함께 해일 속으로 쓸쓸히 사라졌다.

그리움은 곧잘 기억이나 추억이라 할 수도 없는, 희미해서 때론 남루하기까지 한 시간의 흔적들을 집요하게 물고 늘어지는 습성이 있었다. 시우는 제이의 숨결을 기억했다. 제이와 함께하던, 자신을 둘러싸던 사소한 일상의 공기까지 그리웠다. 특이할 것도 유별날 것도 없는 숟가락질 소리라든가 물 넘기는 소리, 웃을 때마다 손바닥으로 옆 사람을 때리는 버릇, 이마 위로 흘러내리는 머리칼 따위가 간절하게 떠올랐다. 눈에 보이는 것이든 그렇지 않은 것이든, 의도한 것이든 그렇지 않은 것이든 상대방과의 공유는 그리움의 표상이었다. 시우는 몸에 힘이 다 빠져나간 사람처럼 굴었다. 노파가 죽었을 때와 다른 느낌의 상실감이었다. 세포 하나하나에, 뼈 마디마디에 절망이 차올랐다. 급기야 몸이 터질듯 슬픔으로 부풀어 올랐다. 맨발로 숲을 달려 노파의 부고를 알렸듯 어딘가로 맹렬하게 달려야 할 것 같았다. 그렇게 토해내야 할 것 같았다. 그러나 시우는 예정대로 드라마 촬영을 하고, 영화 제작자들과 미팅 자리에도 참석했다. 소주를 마시는 사람들 틈에 끼어 삼겹살을 먹고 밥도 한 그릇 비웠다. 린은 조마조마한 마음으로 시우를 지켜봤다. 시간이 해결해주리라 믿었다. 하지만 시우는 곧 한계를 넘어섰다. 린을 피해 술에 취해 들어오는 날이 잦았고, 어느 때는 연락도 없이 들어오지 않았다. 일정은 취소되기 일쑤였다.

"정신 차려!"

며칠 만에 수척한 모습으로 들어서는 시우에게 린이 쏘아붙였다. 시우는 말없이 방으로 들어갔다. 린이 쫓아와 방문을 열어젖혔다. 시우는 침대에 대자로 누웠다.

"취소된 곳이 몇 군데인지 알아? 이젠 진짜 끝이야! 네 마음 이해해. 마음 아프겠지. 왜 안 그러겠어. 그렇지만 이건 아니잖아. 언제까지 이렇게 지낼 수는 없는 거잖아. 너를 기다리는 사람들이 얼마나 많은 줄 알아? 네가 다시 돌아오기를 팬들이 얼마나 기다리는데. 제이 일은 정말 가슴 아파. 하지만 너는……."
"지겨워!"
시우가 소리쳤다. 린은 움찔 놀라 한동안 그대로 서 있었다.
"지겨워! 지겨우니까 제발 그만해!"
시우가 벌떡 몸을 일으켜 문을 박차고 나갔다. 주차장을 빠져나간 차는 전속력으로 도심을 달렸다. 어디로 가야 하는지도 모른 채 길을 따라 무작정 속력을 냈다. 아는 사람도 없었다. 아무리 머릿속을 더듬어도 갈 곳이 없었다. 이 광활한 도시에 홀로 버려진 기분이었다. 맨발로 달려가 얼굴을 묻을 자작나무 한 그루 없었다. 화려한 불빛이 춤을 추며 유혹했다. 내게로 와. 이리로 와서 내 품에 안겨. 거머리처럼 들러붙는 도시의 야경을 뚫고 속력을 냈다. 제이와 아버지는 어느 곳에도 존재하지 않았다. 아, 빌어먹을 놈의 도시. 어디에도 그들의 그림자는 없었다.

그런대로 아무는 듯했다. 시우 자신도 그렇게 믿었다. 아무렇지 않게 일을 하고, 밥을 먹고, 운동을 하고, 방송을 하고, 스태프들과 수다를 떨며 웃는 자신이 신기하고 대견하기까지 했다. 시간이 지나자 차츰 제이는 사람들의 수다 속에서 사라졌다. 사람들은 더 이상 제이를 입에 올리지 않았다. 그 이름을 입에 올리는 순간, 어떤 불행의 씨앗이 날아와 박히기라도 하듯 '운도 지지리 없는 이름', '빡세게 재수 없는 이름'은 '불행을 불러오는 이름'으로, 그 이름을 소리 내어 발음하는 것은 금기처럼 되어버렸다. 마치 헌법에 그런 조항이 명시돼 있기라도 한 듯 술자리에서조차 사람들은 함구했다. 시우도 그 대열에 합류했다. 린의 조언 덕분이었다. 하지만 얼마 못 가 대열에서 이탈하고 말았다. 시우는 돌고래나 코끼리가 아니었으므로 어쩌면 예견된 결과인지도 몰랐다. 제이를 향한 그리움에서 비롯된 감정의 보폭은 갈수록 걷잡을 수 없이 증폭되었다. 맨 처음 슬픔에서 시작된 감정은 괴물처럼 덩치를 불려나갔다. 방송 녹화 중에도, 러닝머신 위를 달리다가도 이유 없이 괴물에게 난타를 당했다. 제이 때문만은 아니었다. 결정적인 사건은 한 잡지사와 진행하던 인터뷰 중에 벌어졌다.

"조심스러운 질문 하나 해도 될까요?"

기자가 물었다. 인터뷰 테이블에서 멀찌감치 떨어져서 상황을 지켜보던 린의 얼굴에 순간 긴장의 빛이 스쳤다. 조심스러운 질문이라면 그다지 반가운 게 아닐 공산이 컸다.

"네."

시우의 목소리는 거침없고 자신에 차 있었다. 린은 오히려 그게 더 마음에 걸렸다. 저 무모한 자신감이 조심스러운 질문을 어떻게 피해갈지 염려되었다.

"부모님에 대해 어떻게 생각하는지 솔직한 심정을 듣고 싶은데요."

린의 예감은 적중했다. 과연 조심스러운 것이었다. 건들지도 개봉하지도 궁금해하지도 말아야 하는 것이었다. 등줄기에서 식은땀이 났다. 린은 시우에게서 시선을 거두었다.

"별로 진지하게 생각해본 적이 없어요."

시우는 제법 담담하게 말했다. 솔직한 답변이었다. 한 번도 본 적 없는 부모를 떠올리는 일은 제이를 그리워하는 일과는 사뭇 달랐다. 나를 낳아준 부모는 누구일까. 나는 왜 그곳에서 자랐을까. 부모는 어디에 있을까. 그는 왜 그곳으로 갔을까. 그곳에서 무엇을 보았을까. 어떤 단초도 없이 막연하게 그런 의미심장한 구절들을 떠올리는 것은 비효율적인 일이었다. 시간과 감성의 낭비였다. 이를 자각하는 자체가 상처였다. 시우는 상처를 주고받는 데 익숙하지 않았다. 린이 조련해내지 못한 게 바로 이것이었다.

"아, 그래요. 그래도 부모님께 한마디 해주시겠어요?"

시우는 입안에 고인 침을 삼켰다. 그렇게 당혹스러운 질문도 아니었다. 제이에게 한마디 하라는 것보다야 훨씬 신사적이었다.

"보고 싶어요."

시우는 짧게 말했다.

"좋은 소식이 있기를 바랄게요."

새로운 특종을 기대한 기자는 조금 실망스럽다는 표정을 지었다. 린이 참았던 숨을 길게 내쉬었다. 그날 밤 시우는 잠이 오지 않았다. 기자의 질문이 머릿속을 맴돌았다. 그건 단순히 질문으로 남지 않았다. 연민과 의아함과 조롱으로 뒤범벅되었다. 슬슬 괴물이 출현했다. 나는 어디에서 왔는가. 부모가 있긴 한 걸까. 숲 속에 묻고 온 할머니까지. 시원을 알 수 없는 시우의 일생을 비웃기라도 하듯 여전히 시원을 알 수 없는 분노가 들불처럼 일었다. 강

건너 빌딩 군락이 불 꺼진 유리창에 화려한 빛을 수놓았다. 돌아가고 싶었다. 이 문명의 덫에서 풀려나 자유롭게 맨발로 숲을 달리고 싶었다. 거기서 다시 시작하고 싶었다. 그곳에 가면 생매장된 시간의 기록 혹은 부모의 안부라도 물을 수 있을 것 같았다. 신기루처럼 느껴지던 생소한 이름, 아버지 박승준이 상처 밑에 새로 돋는 살처럼 아려왔다. 박승준이 처음으로 낯설지 않게 느껴졌다. 책상 밑에 처박아두었던 상자를 꺼냈다. 뚜껑에 쌓인 먼지를 손바닥으로 쓸었다. 낯익은 비행기가 모습을 드러냈다.

7장

# 잔혹한 여행

아내를 만나 결혼을 하고 나서도 전 틈만 나면 비행을 했어요. 그리 넉넉한 형편도 아니었는데 그런 데 돈을 쓰는 저를 아내는 이해하지 못했어요. 우리는 자주 다투었고 아내를 설득하기 위해 거짓말을 했지요. 그곳에 아주 멋진 놈이 살고 있어. 그놈을 잡을 거야. 그놈은 너무 날쌔고 눈치가 빨라서 단숨에 잡아야 해. 그러려면 그놈의 동태를 주도면밀하게 살필 필요가 있어. 그놈을 잡으면 한마디로 대박이 나는 거지. 아내는 누굴 바보 천치로 아느냐며 콧방귀를 뀌었어요. '그놈'이 무엇인지조차 물어보지 않았으니까요. 그래서 사냥을 하겠다고? 그 비행기를 몰고? 아내가 비아냥거렸어요. 그래. 그러니까 그놈을 잡을 때까지만 기다려줘. 당시 저는 양복 호주머니에 사표를 넣어 다니고 있었어요. 진급에서 번번이 누락되길 밥 먹듯 하고 있었거든요. 수차례 옮겨 다닌 직장 어디에서나 같은 상황이 반복되었어요. 아이가 태어나고 현실은 더욱 팍팍해졌어요. 아이에게 또 다른 주홍 글씨를 물려줄 자신이 없었어요. 미친 듯이 비행을 했지요. 마치 그놈이 정말 그곳에 살고 있기라도 한 듯. 그놈을 사냥이라도 할 듯. 그러면 대박이라도 날 듯.

마침내 사표를 내고 보험 영업에서 시작해 공사장을 전전하는 데까지 이르렀어요. 그래도 비행에 대한 욕망은 가라앉지 않았어요. 아니 그건 욕망이 아니었어요. 그곳이, 잃어버린 유년이, 햇살 아래 비늘처럼 반짝이며 부서져 내린 그리움이 저를 향해 흔드는 핏기 가신 말간 손이었어요. 미친 짓이라는 걸 알면서도 그만둘 수 없었어요. 그놈을 잡아야 했거든요. 빚이 점점 쌓였어요. 그래도 제게는 아름다운 비행이었어요. 하늘을 나는 동안은 행복했지요. 그것이 또 다른 고통으로 제 자신을 내모는 일이라는 걸 애써 지우면서 말이에요. 그건 비단 현실의 문제만은 아니었어요. 옹색한 과거가 물어다

주는 비루한 미래의 선물이었지요. 골 깊은 상처는 욕망을 넘어 중독을 거쳐 어느새 철면피 가장의 내일을 저당 잡고 있었거든요. 그 그림자 속에 어린 아들과 철모르는 아내가 숨어 있다는 걸 알면서도 말이에요. 전 비행을 멈출 수 없었어요. 도무지 기수를 돌릴 수 없었어요. 당신이 남쪽으로 기수를 돌리지 못하는 것과 마찬가지로 말이에요. 이것이 제가 당신을 아버지라 부르지 못하는 단 하나의 이유입니다. 동시에 당신을 아버지라 부르는 유일한 까닭이기도 하다는 걸 이 시대는, 당신은 알까요. 과연 그놈은 거기 있을까요.

〈사냥〉을 처음 본 것은 우연이었다. 일찌감치 저녁상을 물린 우리는 여느 때처럼 둘러앉아 텔레비전을 보았다. 그 속에서 시우를 만났다. 우연이 운명이 되는 순간이었다. 시우는 누가 봐도 승준을 꼭 닮아 있었다. 외까풀의 눈매며 다부진 눈망울, 올곧은 콧대와 훤칠한 키까지, 마치 어린 승준의 모습을 보는 듯했다. 시우. 처음 들어보는 손자 이름을 중얼거렸다. 그럴 리가 없지. 나는 애써 태연한 척했다. 시우는 문명과 동떨어진 숲 속에서 야만에 가까운 생활을 하고 있었다.

"야, 그놈 불알 한번 만져보고 싶네!"

시우가 잡아 온 토끼를 거침없이 손질하는 장면을 보고 김 씨가 혀를 찼다. 하마터면 옆에 놓인 재떨이로 김 씨 머리를 내려칠 뻔했다. 〈사냥〉의 방영 횟수가 더해질수록 나는 시우가 잃어버린 손자임을 확신했다. 그 애의 목에 걸린 목걸이를 보는 순간, 숨이 멎는 듯했다. 나무를 깎아 만든 비행기 목걸이였다. 승준이 마지막 편지와 함께 보내온, 지도가 들어 있던 나무 상자에 그려 있는 것과 같은 모양이었다. 이미 한 번의 뇌출혈을 경험한 나는 손 떨림이 더욱 심해졌고 입도 전보다 많이 돌아갔다. 무슨 말을 한 번 하려면 삐뚤어진 입을 수십 번도 넘게 옴짝거려야 간신히 말 비슷한 소리가 새어 나왔다. 꿈속에서 시우를 부르다 김 씨가 흔들어 깨우는 바람에 눈을 떴다.

"손자 이름이여?"

김 씨가 퉁명스럽게 돌아누웠다. 나는 누가 알아차릴까 봐 전전

궁금했다. 두 손으로 입을 틀어막고 싶었다. 시우는 그 애가 아니야. 그럴 리가 없어. 잠자리에 누워 수도 없이 최면을 걸었다.

"맞지요?"

방송을 본 오 신부가 조심스럽게 물어왔다.

"아······ 아······니오. 내······ 손······자가 아······니오!"

나는 심하게 말을 더듬었다. 입 밖에 낼 수 없었다. 발설하기가 두려웠다. 시우는 내 손자요 하고 소리 내 발음하는 순간, 그 애의 행복에 먹구름이 드리울 것만 같았다. 진실은 나 혼자서 아는 것만으로 족했다. 한때 만천하에 그것을 드러낼 뻔한 내 이기심을 생각하면 아찔했다. 그 애 이마에 주홍 글씨를 새기고 싶지 않았다. 나는 비전향 장기수였다. 잠시 그 사실을 잊었다.

그후 텔레비전에서 시우를 심심찮게 볼 수 있었다. 시우는 갈수록 세련되고 멋지게 변했다. 외모나 말투 어디에서도 옛 모습을 찾아보기 힘들었다. 잘 다듬어지고 훈련된 이미지는 영락없는 도시 청년이었다. 텔레비전이나 영화에서 시우를 만나는 일은 내게 유일한 기쁨이었다. 손을 부여잡고 볼을 부비지 않아도 정이 느껴졌다. 그런 날은 잠을 이루지 못했다. 마치 장성한 손자가 나를 위해 재롱을 떨다 간 것 같아서 어둠 속에서 허전한 옆자리를 손으로 더듬곤 했다.

"뭘 그렇게 찾아?"

김 씨가 진지하게 물었다.

"응. 누······가 있······는 것 같······아서."

"노망이 났나. 이젠 헛소리까지 하고."

김 씨가 끙 하고 돌아누웠다. 하마터면 그의 등 뒤에 대고 이실직고할 뻔했다. 사실은 말이야. 아까 텔레비전에서 본 애 말이야. 그 잘난 애가 바로 내 손자야. 이불을 머리끝까지 뒤집어쓰고 혼잣말로 중얼거렸다. 나는 내가 드디어 미쳐가고 있다고 생각했다. 미치지 않고 버티고 있는 게 오히려 이상할 정도였다. 승준은 내 거처를 용케 알아냈다. 출소 후 도망치듯 숨어든 이곳에도 편지는 어김없이 날아들었다. 편지는 나를 서서히 나락으로 내몰았다. 보이지 않는 올가미에 내 목을 걸고, 역시 보이지 않는 손이 그 올가미를 천천히 잡아당겼다. 숨이 막혔지만…… 편안했다.

경찰에서 너를 쫓고 있어. 에어쇼가 끝나기만 기다릴 거야. 제이 사건의 불똥이 튄 것 같아. 에어쇼 그만두고 지금이라도 빠져나가. 이 층 남자 화장실 청소 도구함에 옷 갖다놨어. 갈아입고 남문으로 와.

린에게서 온 문자였다. 시우는 하늘을 올려다보았다. 구름 한 점 없었다. 바람도 잔잔했다. 어린이날 기념행사가 열리는 시민공원은 이른 아침부터 사람들로 북적거렸다. 여느 때처럼 어김없이 축하 비행 순서가 있었다. 오늘은 이례적으로 연예인들의 축하 비행이 있을 예정이었다. 축하 비행에 참가하는 연예인은 네 명이었다. 영화배우 두 명, 가수 한 명, 탤런트 한 명으로 모두 경비행기 조종사 자격증을 보유하고 있었다. 그중에 시우도 포함되었다. 이들은 한 달 전부터 전문 교관에게서 강도 높은 훈련을 받았다. 시우를 태운 차가 시민공원으로 들어섰다. 축하 비행을 알리는 현수막과 조형물 사이에 파일럿 복장을 한 연예인들의 대형 사진이 걸렸다. 그 옆에는 여학생들이 작은 손팻말을 들고 이른 아침부터 이들을 기다리고 있었다. 시우 일행을 알아본 여학생들이 소리를 질러댔다. 검은 안경을 낀 몇몇 안전 요원이 이들을 저지했다. 이를 틈타 차는 재빨리 주차장으로 향했다. 시우 일행이 차에서 내리자 대기하고 있던 경비업체 직원들이 이들을 에워쌌다. 그곳에도 여학생들이 기다리고 있었다. 시우는 경호원들에게 둘러싸인 채 주차장을 빠져나왔다. 먼발치에서 이를 지켜보던 린이 휴대전화를 꺼냈다. 시우는 전화를 받지 않았다.

비행만이 유일한 자유 시간이었다. 린에게 비행 사실을 알리지 않았다. 이제 그럴 필요가 없었다. 시우는 린을 떠나 혼자 생활하고 있었다. 린은 진즉 눈치를 채고 있었다. 시우가 떠난 후에도 그림자처럼 시우 뒤를 따라붙었다. 시우는 다시 영화와 드라마를 오가며 승승장구했다. 모습도 앳된 미소년에서 건장한 청년으로 바뀌어갔다. 시우에게서 점점 낯선 남자의 냄새가 났다. 린은 멀리서 아련히 멀어지는 시우의 뒷모습을 바라봤다. 시우가 나오는 드라마를 빠뜨리지 않고 봤다. 잠을 이루지 못하고 뒤척이다가 빈방 문을 가만히 열어보곤 했다. 방에는 시우가 쓰던 가구며 책들이 그대로 놓여 있었다. 그리고 그날의 기억들이 밀물처럼 밀려왔다.

늦은 밤부터 장대비가 내렸다. 가까스로 녹화를 마친 후 말도 없이 사라진 시우는 밤늦게까지 돌아오지 않았다. 휴대전화도 꺼져 있었다. 다음 날 이른 아침부터 연속으로 방송 스케줄이 잡혀 있었다. 린은 초조했다. 더 이상의 일탈은 통하지 않았다. 벌써부터 하차설이 나돌고 있었다. 화가 머리끝까지 치밀었다. 어찌어찌해 일단 스케줄은 미뤄두었다. 천둥 번개를 동반한 빗줄기는 점점 굵어졌다. 린은 와인을 꺼내 마시기 시작했다. 술이 들어가자 마음이 너그러워졌다. 혹시 무슨 일이 생긴 건 아닌지, 나쁜 마음을 먹은 건 아닌지. 슬슬 걱정이 되었다. 들어오기만 해라. 린은 안절부절못하고 집 안을 서성거렸다.

  현관문이 열린 건 린이 와인 한 병을 다 비운 후였다. 비에 흠뻑 젖은 시우가 오래된 나무처럼 거실 바닥에 쓰러졌다. 술 냄새가 났다. 정신 좀 차려봐. 린이 손바닥으로 볼을 살살 치자 시우가 눈을 떴다. 발그레한 린의 얼굴에 제이 얼굴이 겹쳐 보였다. 웬 술을 이렇게 마셨어. 린이 몸을 숙여 시우의 젖은 머리를 수건으로 닦아주었다. 복숭아 향이 풍겼다. 시우가 팔을 뻗어 린의 목을 끌어당겼다. 놀란 린이 완강히 버텼다. 얼마간의 실랑이 끝에 린이 시우 품에서 떨어져 나왔다. 린은 술이 확 깼다. 시우도 마찬가지였다. 실수한 걸 알아차렸지만 어찌해야 할지 판단이 서지 않았다. 무엇이 자신을 용감하게 하고 비열하게 하는지. 시우는 아득히 귓전을 때리는 빗소리에 몸을 맡긴 채 누워 있었다. 축축하게 젖은 등이 차갑게 식어갔다. 린은 천천히 옷을 벗었다. 그리고 시우의 옷을 벗겼다. 시우는 말 잘 듣는 어린애처럼 고분고분했다. 시우의 몸은 단단하고 아름다웠다. 물이 잔뜩 오른 질긴 나무껍질을 천천히 오래오래 씹는 기분이었다. 이 모든 게 그렇게 익숙할 수가 없었다. 어쩌면 이미 오래전 시우와 몸을 섞었는지도 몰랐다.

시우의 머릿속에 토끼 굴을 찾아 헤매던 설원이 스쳐갔다. 욕망은 눈부시도록 아름답고 황홀한 얼굴로 히죽거렸다. 저건 가면이야. 시우는 가면을 벗기기 위해 허공으로 손을 뻗었다. 린의 작고 하얀 손이 허우적대는 시우의 손을 가만히 잡아 제 가슴으로 가져갔다. 텔레비전 소리와 빗소리가 밤새도록 이어졌다. 차갑게 식은 등에 차츰 온기가 돌았다. 린은 시우의 가슴에 오래 얼굴을 묻고 있었다.

시우는 이른 아침 눈을 떴다. 텔레비전은 켜져 있고, 옆에는 린이 잠들어 있었다. 갈증이 났다. 주방에서 물을 마시다가 생각이 난듯 린의 방으로 향했다. 책상 위에 카메라가 보였다. 거실 쪽을 힐끔거렸다. 카메라 스위치를 켜고 지난 영상을 살피던 시우가 다시 린을 돌아봤다. 린은 여전히 자고 있었다. 카메라를 들고 나왔다. 수족관 가까이 다가갔다. 수족관 안에는 금붕어들이 유유히 헤엄치고 있었다. 카메라를 수족관 속으로 밀어 넣었다. 금붕어들이 뿔뿔이 흩어졌다. 카메라가 가라앉으며 꼬르륵 물방울이 올라왔다.

기록이 진실에 가깝다고 믿는 건 아니겠지.

린이 아침에 눈을 떠 보니 책상 위에 쪽지 한 장만 남겨둔 채 시우는 사라지고 없었다. 린은 수족관 속에 잠겨 있는 카메라를 건져 올렸다. 창백한 얼굴에 의미심장한 미소가 번졌다. 찍은 영상은 바로바로 컴퓨터에 저장되고 있었다. 기록이 진실에 가깝다, 린은 중얼거리며 물기 어린 앵글을 들여다봤다. 어둑한 앵글 저 너머로 금붕어가 느리게 흘러갔다.

린은 시우의 손때가 묻은 책들을 들추다가 스웨터에 가만히 코를 묻었다. 자작나무 냄새가 났다. 시우는 그 먼 숲의 자작나무를 끌고 온 듯했다. 이 좁은 방에 자작나무를 숨겨두고 더는 무성한 가지(아니면 말라 비틀어가는 가지일 수도)를 어찌할 수 없어 그 거대한 나무 혹은 빈 껍데기만 남아 쭉정이 같은 나무를 등에 업고 대지를 향해 맨발로 달리고 달리며 또 달리고 있는지도 몰랐다. 다행히 먼발치에서 바라본 시우는 건강하고 늠름해 보였다. 린은 미완의 기록을 멈출 수 없었다.

앞서 달리던 시우의 차가 멈춰 선 곳은 바닷가에 인접한 한적한 비행장이었다. 첫 단독 비행을 하던 날, 몰래 지켜본 시우의 비행기는 경이롭고 아름다웠다. 시우의 벗은 몸을 손끝으로 더듬던 그때처럼 가슴이 벅찼다. 린은 카메라에 벅찬 순간을 기록했다. 그날 저녁 하마터면 첫 비행을 축하한다며 시우 앞에 불쑥 모습을 드러낼 뻔했다.

제이가 다시 사람들의 입에 오르내리기 시작한 것은 인기 가수와 모델이 연루된 대마초 사건이 터지면서였다. 누군가 죽은 제이를 밀고했다. 그 세계에선 망자도 없었다. 불똥이 자연스레 시우에게까지 튀었다. 린은 시우보다 앞서 이 모든 정보를 입수했다. 린은 모른 척 기록에 열중하려 했다. 어차피 목표는 그것이었다. 그러나 마음이 말을 듣지 않았다. 곰삭은 줄로만 알았던 오래된 시간들이 생생히 살아나 할퀴고 물어뜯었다. 가슴과 머리가 으르렁대며 싸웠다. 그냥 모른 척해. 머리가 냉정하게 잘라 말했다. 사랑하잖아. 빨리 알려줘. 가슴이 간절하게 주문했다. 린은 뭔가에 끌리듯 차에 올라탔다. 정신없이 행사장으로 차를 몰았다. 운전하는 내내 숲에서 글을 배우던 시우의 낭랑한 목소리가 귓전을 맴돌았다. 몇 번이고 차를 돌릴까 망설였다. 돌아가기엔 너무 멀리 와 있었다.

시우 일행이 선보일 비행은 비행기 네 대가 일정한 간격을 두고 비행해서 공원 상공을 다섯 바퀴 도는, 곡예비행 중 가장 초보적인 단계였다. 관중의 관심은 비행의 난이도에 있는 게 아니었다. 그 안에 누가 타고 있는지에 더 집중했다. 고글과 헬멧을 착용한 이들을 멀리서 분별해내기란 쉽지 않았다. 관중들은 미리 준비한 망원경으로 이들을 집중 관찰했다. 표적 1위는 단연코 시우였다. 축하 비행을 할 네 대의 비행기는 2170, 2165, 2154, 2138이었다. 시우는 이 중 맨 바깥쪽 비행기인 2138에 탑승했다. 시우는 옆자리에 놓인 종이 쇼핑백에 잠깐 눈길을 준 뒤 안전벨트를 매고 헤드셋을 썼다. 심호흡을 하고 오른손 엄지손가락으로 메인 파워 스위치를 눌렀다. 플랩을 내려 양측 날개 주변의 이상 유무를 확인한 뒤 브레이크 페달을 힘껏 밟았다. 엔진 시동 키를 돌려 부드럽게 시동을 걸었다. 프로펠러가 푸다다닥 소리를 내며 힘차게 돌았다. 무전기 스위치를 켜고 주파수를 맞췄다. 브레이크 페달을 밟고 있던 발의 힘을 서서히 풀자 동체가 움직이기 시작했다. **사람됨이 무엇을 뜻하는지 점점 더 모르게 된다.**[5] 마음속에 《죽음의 중지》 중 한 구절이 떠올랐다. 할아버지, 보고 있지요? 시우는 박기용에게 원망 섞인 인사를 건넸다.

   Taxi into position and hold. (활주로 이륙 대기선에서 기다리시오)

   헤드셋에서 무선이 흘러나왔다. 2170이 먼저 이륙했다. 그다음 2165가 그 뒤를 따르고 2154가 이륙할 때까지 기다렸다.

   Take off. (이륙하시오)

   두 발로 러더를 조작하며 속도를 높였다. 48노트, 49노트, 50노트. 조종간을 부드럽게 뒤로 당겼다. 굉음과 함께 동체가 흔들리며 비행기가 위로 솟았다. 순식간에 고도 500피트로 상승했다. 다시 700피트. 조종간을 뒤로 살짝 잡아당겨 기수를 들어 출력을 높였다. 수평을 잡고 앞선 비행기를 견제하며 시선을 멀리 아파트 공사 현장에 우뚝 솟아 있는 타워 크레인에 맞췄다. 다행히 바람은 거의 없었다. 2170을 선두로 오른쪽 날개는 2165, 왼쪽 날개는 2154. 시우는 후미에서 간격을 두고 비행했다. 연막탄은 두 바퀴째에 터뜨리기로 되어 있었다. 한 바퀴, 두 바퀴. 스탠바이 스리

---

[5] 같은 책, 7쪽.

투 윈 제로. 시우는 연막탄에 연결해놓은 철사를 힘껏 잡아당겼다. 비행기 꼬리에서 색색으로 연기가 뿜어져 나왔다. 관중들이 환호성을 질렀다. 다들 잘하고 있었다. 대만족이었다. 사람들은 숨죽여 비행기 동선을 좇았다. 린은 카메라 렌즈에서 잠시도 눈을 떼지 않았다. 렌즈 속에 갇힌 비행기는 장난감처럼 작고 간결했다. 마지막 한 바퀴를 남겨놓고 있었다. 다섯 바퀴째. 나란히 일정한 간격을 유지하며 비행하던 중 비행기 한 대가 갑자기 앞으로 나가기 시작했다. 2138. 시우가 탄 비행기였다. 시우는 기수를 왼쪽으로 틀었다. 엔진 출력을 올리면서 상승했다.

Say intention? (의도가 무엇인가)

2138, Reduce speed. (2138, 속도를 줄이시오)

시우는 헤드셋을 벗었다. 팽개친 헤드셋에서 계속 다급한 목소리가 흘러나왔다. 비행기는 편대에서 벗어나 앞으로 나갔다. 2165가 쫓아왔다. 시우는 출력을 높였다.

2138, Return! (2138, 돌아오시오)

무선 수신 장치의 전원을 껐다. 뒤쫓아 오던 비행기가 되돌아갔다. 시우는 공원 상공을 벗어나 도심으로 향했다. 위치와 고도를 확인했다. 고도를 올렸다. 동체가 흔들렸다. 고도를 다시 낮추고 속도를 줄였다. 비행기는 잠잠해졌다. 예를 들어 죽음에 관해 더 깊이 생각해보라. 그 과정에서 새로운 이미지, 새로운 언어적 영역과 마주치지 않는다면 정말 이상한 일일 것이다.[6) 숲에서 《죽음의 중지》를 처음 펼쳐 들고 더듬더듬 읽던 문장이 가슴속으로 따뜻한 기류가 되어 스며들었다.

 도심을 지나 숲이 보이고 들판이 보였다. 바람이 불어왔다. 얼마쯤 가자 바다가 보이기 시작했다. 위도와 위치를 다시 확인했다. 크고 작은 섬들이 돌무덤처럼 지나갔다. 섬에서 살고 싶다던 그녀. 저기 어디에 제이가 있을지도 모른다. 측풍이 불어와 기체가 심하게 요동쳤다. 고도를 낮추며 낮게 날았다. 한적한 섬 풍경이 스쳐갔다. 인적 끊긴 섬에 색색의 꽃들만 무성했다. 고도를 최대한 낮추고 섬 가까이 날았다. 프로펠러 바람에 꽃들이 미친 듯이 요동쳤다. 고도를 서서히 올렸다. 비행기 꼬리에서 푸른 연기가 피어올랐다. 푸른 연기는 하늘에 긴 무늬를 만들며 사라졌다. 어디선가 제이의 노래가 들려왔다. 비행기는 천천히 섬 상공을 돌고 돌았다.

 섬을 빠져나온 시우는 기수를 돌렸다. 그곳으로 돌아가. 그리워했잖아. 제이의 목소리가 환청이 되어 따라왔다. 시우는 조종간을 움켜잡았다. 해안선을 벗어난 비행기는 도심 상공으로 들어섰다. 아파트와 빌딩으로 중무장한 도시는 회색으로 빛났다. 고도를 높였다. 회색빛이 암울한 회반죽 덩어리처럼 뭉개져 보였다. 거기

---

6) 같은 책, 9쪽.

어디 사람이 살고 있을 것 같지 않았다. 저기 어디 자신의 둥지가 있다는 게 믿기지 않았다. 유배된 땅 같았다. 비행기는 도심을 벗어나 지도에 표시된 항로를 따라 날았다. 저 멀리 숲이 보였다. 시야가 흔들렸다. 나무가 빽빽한 숲 상공으로 들어섰다. 동체가 순간적으로 요동쳤다. 정신을 차리고 조종간을 다시 부여잡았다.

지도를 다시 확인했다. 손에 땀이 났다. 눈앞에 펼쳐지는 광경을 하나하나 마음에 새겼다. 양탄자를 깔아놓은 듯한 숲의 전경이 비행기를 감쌌다. 그곳이 가까워 오고 있었다.

드디어 도착했다. 천천히 하강을 시도했다. 협곡과 산봉우리 때문에 쉽지 않은 비행이었다. 숲이 점점 가까이 다가왔다. 짙푸르다 못해 검푸른 숲은 깊은 바다처럼 아가리를 있는 대로 벌리고 비행기를 맞았다. 더 이상 접근하는 건 무리였다. 아무리 둘러봐도 착륙할 만한 곳은 없었다. 다시 고도를 높이며 떠올랐다. 여태껏 보아온 평범한 숲이었다. 특이할 만한 게 있을까 싶어 숲 주위를 선회하며 유심히 살폈다. 아버지는 왜 이곳에서 비상착륙을 시도했을까. 정말 그놈을 사냥하기 위해서였을까. 이곳에서 착륙을 도모하는 일은 누가 봐도 무모한 짓이었다. 그래도 혹시나. 비행 반경을 넓히며 주변을 선회했다. 빼곡한 나무들 때문에 날개는 고사하고 갸름한 동체 하나 들이밀 구석이 없었다. 그렇다면. 숲 위를 선회하던 시우의 가슴속으로 쏴 하고 바람이 밀려들었다.

시우가 받은 소포는 A4 용지보다 약간 큰 크기의 나무 상자였다. 위아래 개폐식 뚜껑이 있는 나무 상자는 니스 칠이 되어 있지 않았다. 뚜껑에는 인두화가 그려져 있었다. 인류 최초의 동력기인 플라이어 1호였다. 고압선 중간 마디를 잘라다 붙여놓은 듯한 플라이어 1호는 전혀 하늘을 날 것 같아 보이지 않았다. 상자 안에는 누런 서류 봉투와 주먹만 한 비행기 모형이 들어 있었다. 반질반질 윤이 나는 비행기 모형은 밥풀로 만든 것이었다. 오랜 시간이 지나 굳어진 밥풀은 원형을 찾아보기 힘들 정도로 단단하고 다부졌다. 시우는 비행기 모형을 코에 갖다 댔다. 시큼한 밥 냄새가 나는 듯했다. 소포의 발신인 자리에는 박기용 석 자만 오롯이 적혀 있었다. 주소도 연락처도 없었다. 누런 서류 봉투에는 푸른 볼펜으로 삐뚤빼뚤 서툰 글씨가 적혀 있었다.

네 아버지 박승준의 기록이다. 나에 대해서는 알려고 하지 마라. 그냥 너와 네 아버지를 좀 아는 사람이다. 이걸 너에게 보내는 게 내 마지막 임무 같구나.

아버지. 시우는 가슴이 뻐근해졌다. 박승준. 시우는 소리 내서 그 낯선 이름을 발음했다. 입안에서 굵은 모래알이 굴러다녔다. 아무리 불러도 이물감이 가시지 않았다. 그렇다면 박기용은 누구인가. 새까만 메뚜기 떼가 머릿속을 훑고 지나가는 것 같았다. 서류 봉투를 열어보고 나서야 박기용이 할아버지임을 알아차렸다. 서류 봉투에는 박승준이 박기용에게 보낸 편지와 항로가 그려진 지도 한 장이 들어 있었다. 첫 번째 편지는 1987년 2월에 쓴 것이었다. 1991년 3월까지 모두 스물두 통이었다. 시우는 그것을 단숨에 다 읽었다. 잃어버린 과거가 그 속에 고스란히 들어 있었다.

　처음에는 어리둥절해서 그저 어안이 벙벙했다. 차츰 화가 났다. 내가 왜 이런 글을 읽고 있어야 해. 대상을 알 수 없는 분노가 일었다. 모든 것이 뒤죽박죽이 되었다. 잘 살고 있다고 생각했는데. 이제껏 쌓아온 것들이 하루아침에 무너져 내리는 기분이었다. 편지 내용을 인정할 수 없었다. 용서할 수 없었다. 차라리 안 본 것만도 못 했다. 왜 이런 것을 보냈을까. 박기용이 원망스러웠다. 시우는 나무 상자를 책상 밑에 처박았다. 편지에 대한 충격과 흥분은 좀체 가시지 않았다. 인생이 뿌리째 뽑혀 뜨거운 햇살 아래 내동댕이쳐진 기분이 들었다. 어디서부터 진실인지 알 수 없었다. 이 모든 게 자신을 끌어내리기 위한 음모라고 생각했다. 그런 일은 종종 벌어졌다. 시우는 편지를 읽고 또 읽었다. 글자 하나하나를 칡뿌리 씹듯 질경질경 씹었다. 글자를 배우고 문장을 만난 게 한없이 경멸스러웠다. 글이 '이 세상에 있는 모든 걸 재는 자'라고 일러주던 린의 말이 떠올랐다. 시우는 글을, 문장을 저주했다. 그들이 모여 만들어내는 원형이 한없이 두렵고 무서웠다. 그리고 의심스러웠다.

우선 박기용을 만나야 했다. 그래야 뭔가 실마리가 풀릴 것 같았다. 편지 내용대로라면 박기용은 어딘가에 갇혀 있었다. 수신인 주소가 적힌 편지 겉봉이 있었다면 일은 쉽게 풀렸을 것이다. 박기용은 이 모든 일을 예감했기에 철저하고 주도면밀하게 일을 처리했다. 자신의 거처를 드러내는 내용은 검은색으로 지워버렸고 겉봉은 아예 동봉하지 않았다. 지금 시우에게 필요한 것은 박기용이 아니라 아버지 박승준이었다. 시우가 왜 그곳에서 자랐는지. 박기용이 용인하고 싶은 진실은 거기까지였다. 박기용의 거처를 알아내는 일은 쉽지 않았다. 편지에 드러난 유일한 단서는 '아버지가 남쪽으로 기수를 돌리지 않는 것'이라는 문구였다. 제이의 도움을 받아 박기용이 비전향 장기수이며 오랫동안 감옥에 갇혀 지내다 지금은 석방되었다는 정보를 알아냈다. 비전향 장기수가 무엇을 뜻하며 그 가족으로 지낸다는 건 무엇을 의미하는지, 연좌제가 무슨 뜻이며 이미 오래전 그 법이 폐지되었다는 사실까지 알아냈다.

"더 이상 알려고 하지 마. 너한테 좋을 게 없어."

박기용의 거처를 알아내려고 애쓰는 시우에게 제이가 한 마지막 충고였다. 시우는 끈질기게 박기용의 거처를 묻고 다녔다. 어느 사회단체에서 제공하는 시설에서 지낸다는 점 이상은 알 수 없었다.

이건 누가 만들었을까. 시우는 모형 비행기를 만든 사람이 아버지 박승준이라고 생각했다. 그러나 비행 학교에 등록한 뒤 첫 비행을 하고 돌아온 날, 그것을 꺼내 보고 그 믿음이 흔들렸다. 정교해 보이던 그것은 기본적인 비례와 구조가 터무니없는 엉터리였다. 비행기를 조종해보지 않은 사람의 솜씨였다. 그야말로 공작 시간에 아이들이 찰흙으로 주물러놓은 수준이었다. 모형 비행기의 날개는 동체 아래 배 쪽으로 지나치게 기울어 있었다. 비행기를 목숨처럼 다루는 사람이라면 본능적으로 날개를 그렇게 갖다 붙이지는 않았을 것이다. 세 개 있어야 할 랜딩 기어도 두 개밖에 없었다. 그건 박기용의 작품이었다. 밥풀이 지닌 재료의 특수성이 이를 더욱 밑받침하는 증거였다.

도시로 온 후 시우는 혼자라는 생각이 들 때마다 남몰래 길게 혀를 빼 세상의 맛을 익혔다. 혀끝에 닿는 세상은 녹처럼 비릿하고 먼지처럼 텁텁했다. 책상 밑에 처박힌 상자를 피해 달린 곳, 그 끄트머리에서 만난 것은 바다가 면해 있는 비행장이었다. 그곳에서 처음 본 비행기는 작고 아담했다. 도시처럼 차갑고 냉정하지 않았다. 머릿속에 푸른 숲 위를 나는 비행기가 그려졌다. 다행이었다. 만약 거대하고 웅장한 비행기를 만났다면 두 번 다시 그곳으로 차를 몰지 못했을 것이다. 시우는 먼발치에서 이착륙하는 비행기를 한참 바라보다가 돌아서곤 했다. 그런 날은 등 너머의 상자가 말을 걸어왔다. 뭘 망설여. 뭘 두려워하는 거지.

마침내 첫 비행을 끝내고 돌아와 상자를 열었다. 아버지의 음성이 들렸다. 그러나 그건 또 다른 시작이었다. 아버지는 여전히 신기루로 남았다. 어렵사리 비행 스무 시간을 다 채우고 경비행기 조종사 자격증을 손에 쥐던 날, 시우는 오랫동안 들여다보던 《죽음의 중지》의 한 페이지를 가까스로 넘기는 기분이었다. 무슨 소리인지도 모르는 구절들을 소리 내어 혹은 마음속으로 더듬더듬 읽어나가다가 어느 날 불현듯 어떤 희열이 느껴지는 순간이 왔다. 그건 깨달음이라고도 할 수 없는, 아주 여리고 미세하지만 강렬한 울림을 동반한 감촉 같은 것이었다. 점점 두려움이 엄습했다.

순전히 편지 때문이었다. 이해할 수 없는 편지를 이해하기 위해서. 그곳으로 비행기를 몰고 간 박승준을 이해하기 위해서. 아버지를 이해하기 위해서 마지막으로 시우 자신을 이해하기 위해서였다. 누군가에게 소리 내어 물어볼 수도 없는, 어떤 이도 소리 내어 가르쳐주지 않는 그것들을 이해하기 위해서였다. 시우에게는 아직까지 서툴고 낯선 언어들이 존재했다. 그곳에 가보면 그 낯설고 서툰 언어들을 알아들을 수 있지 않을까. 그 기이한 기록들을 참아낼 수 있지 않을까. 시우는 뒤범벅된 시간들을 차례대로 정렬하고 싶었다. 그 시작과 끝 양쪽을 다 물고 있는 게 '비행'이었다. 마침내 그곳으로 가는 길이 열렸다. 또 한 페이지의 생경한 《죽음의 중지》를 마주하는 기분이었다. 결코 설렌다고 할 수만은 없었다.


어린이날 축하 비행에 발탁된 것은 린의 솜씨였다. 언제고 그렇듯이 린은 좀 더 극적이고 감동적인 걸 찾았다. 아니 시청자들이 그런 것을 원했다. 시우의 드라마틱한 삶에 대한 기대는 경이로움 이상이었다. 자신들과 똑같이 밥을 먹고 똥을 싸는 시우에게 감동받지 않았다. 그렇다고 자신들 속으로 섞여드는 걸 원하지도 않았다. 시우는 남달라야 했다. 자신들의 영웅이며 위대한 별이어야 했다. 린은 시우의 비행 기술을 시우 몰래 여기저기 흘리고 다녔다. 스타가 된 시우의 상품 가치는 매우 높았고, 비행에 대한 매력은 이를 한층 업그레이드시켰다. 다른 연예인에게는 한낱 겉멋으로 비치는 비행이 시우에게는 오만가지 문구를 달고 왔다. 야생 소년 문명의 날개를 달다, 야생과 문명의 숙명적 대결, 문명의 늪에 빠진 산골 소년, 야생 소년 멋진 파일럿으로 다시 태어나다, 문명의 위대한 승리……. 각종 TV 연예 프로그램에서는 시우의 축하 비행을 집중적으로 다뤘다.

어린이날 아침, 날씨는 바람 한 점 없이 맑았다. 아침부터 박기용은 텔레비전 앞을 지키고 앉았다.
"여차하면 그 속으로 들어갈 기세군."
김 씨가 절벅거리며 방 안을 왔다 갔다 했다.
"거참 가……만히 좀 앉……아 있어봐. 정신 사나……워서 원."
"왜 또 시비여? 손자 녀석이라도 나와?"
박기용은 뜨끔했다. 설마 저 인간이 그걸 다 꺼내 본 것은 아닐 테지. 박기용은 박승준이 보낸 편지들을 모아 시우에게 전달해줄 묘안을 생각했다. 오 신부는 부탁하기에는 스스럼이 없었지만 이미 너무 많은 것을 알고 있었다. 정 씨는 불편한 다리가 마음에 걸렸다. 일주일에 한 번 자원봉사를 오는 여학생이 떠올랐다. 여학생은 혈압도 재주고 감기약도 주고 갔다. 어눌한 말을 여학생이 알아들을 수 있을까 염려되었다. 사실 그보다 더 꺼려지는 건 그 앞에서 삐뚤어진 입을 바로잡으려 애쓰는 자신의 꼴을 보여주는 게 내키지 않았다. 좀 찜찜하긴 했지만 김 씨에게 부탁하기로 했다.

"이게 뭔데?"

나무 상자를 담은 쇼핑백을 받아든 김 씨가 물었다.

"신……발이야. 손……자 주려고."

"뭔 신발이 이렇게 무거워."

박기용은 얼떨결에 둘러대고도 아차 싶었다. 손자 이야기는 꺼내지 말았어야 했다. 그때 김 씨가 내용물을 꺼내 봤을지도 모른다. 박기용은 김 씨 눈치를 살폈다. 알고 있는 것 같기도 하고 아닌 것 같기도 했다.

"봐……봤어?"

"뭘?"

"시……신발."

"손자 주라던거? 그걸 왜 봐."

김 씨는 괜히 생사람 잡지 말라는 투로 텔레비전으로 시선을 돌렸다. 박기용과 마찬가지로 김 씨 역시 찾아오는 사람이 없었다. 어렴풋이 주워들은 소리로는 이쪽에 가족이 있었다. 김 씨뿐 아니라 이곳에 있는 사람들이 대부분 그랬다. 가족이 있어도 드러내놓지 못했다. 다들 서로 알면서도 물어보지 않았고 어쩌다 주워들어도 못 들은 척 쉬쉬했다. 다들 죄인이었다. 김 씨는 박기용이 부탁한 물건이 신발이 아니라는 것쯤은 어림짐작으로 알았다. 그뿐이었다. 더 이상 알고 싶지도, 보고 싶지도 않았다. 그래 봤자 고여 있는 물이기는 마찬가지였다.

  텔레비전에 시선을 박고 있던 박기용의 눈이 반짝 빛났다. 앞선 순서들이 지나가고 드디어 축하 비행을 알리는 장내 아나운서의 멘트가 흘러나왔다. 시민공원은 함성으로 가득 찼다. 화면에 활주로가 비쳤다. 활주로에는 일정한 간격을 두고 경비행기들이 정렬해 있었다. 이를 본 박기용의 안면 근육이 부르르 떨렸다. 이윽고 파일럿 복장을 한 시우 일행이 옆구리에 헬멧을 끼고 입장했다. 장내는 함성과 박수 소리로 출렁였다. 여기저기서 플래시가 터졌다. 박기용은 몸을 바싹 텔레비전 앞으로 기울였다. 시우의 모습이 보였다. 일행이 각자 자신들이 탑승할 비행기 옆에 가서 섰다. 시우가 탈 비행기는 동체에 노란 꽃무늬가 그려져 있었다. 일행이 헬멧을 쓰고 관중석을 향해 V자를 그려 보이자 함성은 최고조로 달아올랐다. 마침내 탑승을 하고 이륙 준비를 마쳤다. 함성이 잦아들었다. 사람들은 숨죽여 비행기를 쳐다보았다. 박기용은 미세한 움직임이라도 놓치지 않으려는 듯 시우가 탑승한 비행기에서 잠시도 눈을 떼지 않았다. 30여 년 전 아들 박승준이 거기 있었다. 그때 아내 손에 이끌려 온 아들의 모습이 거기 있었다. 얼굴 한 번 마주하지 않은 손자였다. 박기용은 손을 뻗어 클로즈업된 시우의 얼굴을 천천히 훑었다. 영락없는 아들의 모습이었다. 박기용의 입꼬리가 씰룩거렸다. 두 눈에서 눈물이 흘렀다.

"우는 겨?"

등 뒤에서 김 씨가 물었다.

"아……녀. 누……눈에 뭐가 들어……갔나 벼."

박기용이 손으로 애꿎은 눈을 비벼댔다.

"아니긴 뭐가 아녀. 손자 맞구먼."

김 씨가 티슈를 뽑아 건네주었다. 비행기가 활주로를 미끄러졌다. 네 대가 차례로 경쾌하게 하늘로 날아올랐다. 작고 날렵한 동체는 한 마리 새 같았다. 네 마리 새가 열을 지어 날았다. 꼬리에서 오색 연기가 뿜어져 나와 푸른 하늘을 수놓았다. 비행기들은 일정한 간격을 유지하면서 공원 상공을 돌았다. 시우의 비행기는 맨 끝에 있었다. 박기용의 입은 더 자주 씰룩거렸다. 나쁜 놈. 못된 놈. 말 대신 우우우 알 수 없는 소리가 터져 나왔다. 비행기 한 대가 이상 조짐을 보인 것은 마지막 한 바퀴를 남겨놓고서였다. 비행기는 턴을 해야 할 곳에서 이를 무시하고 앞으로 나가는 듯하더니 곧 높이 떠올랐다. 관중들의 시선은 일제히 그 비행기로 향했다. 중계하던 아나운서의 목소리도 끊겼다. 다들 뭔가 새로운 곡예를 선보일 거라고 짐작했다. 고도를 높인 비행기는 빠른 속도로 앞으로 나아갔다. 다른 비행기 한 대가 뒤따랐다. 관중 속 여기저기서 탄식이 흘러나왔다. 박기용은 침을 삼켰다. 대열을 이탈한 비행기는 빠른 속도로 멀어지더니 곧 시야에서 사라졌다. 노란 꽃무늬가 그려진 비행기였다.

저공비행을 하던 시우의 눈에 낯익은 풍경이 들어왔다. 짙푸른 심해 한가운데 떠 있는 은빛 섬. 불을 밝힌 듯 눈이 부셨다. 자작나무 숲이었다. 아기 손바닥 같은 잎사귀들이 일제히 팔랑거렸다. 아버지 편지 속, 그곳이었다. 조종간을 잡은 손이 떨렸다. 심호흡을 한 후 기수를 오른쪽으로 약간 틀며 비스듬히 선회했다. 자작나무 숲에서 한참 떨어진 곳에 둔덕이 보였다. 키 큰 나무들에 가려 온전한 모습을 보기는 힘들었지만 언뜻언뜻 보이는 붉은 흙이 둥근 모형을 이루고 있었다. 까마귀가 앉아 내려다보던 바위도 스쳐 지나갔다. 온몸이 부르르 떨렸다. 아, 그곳이었다. 저기 어디 할머니가 누워 있었다. 정연한 뼈를 발라내기 위해 앙상한 살을 내놓고 잠자듯 누워 있었다. 마치 그 순간을 위해 살아온 것처럼 할머니는 평온해 보였다. 마음이 급해졌다. 다시 고도를 높이며 주변을 천천히 돌았다. 우거진 나무들 탓에 움막은 좀처럼 찾기 힘들었다.

이틀 후면 그곳으로 떠납니다. 말이 되어 나오지 못한 은빛 언어들이 무참히 잘려나간 곳. 당신이 그토록 갈구한 절대 자유와 양심, 그

품으로. 멋진 비행이 될 것 같습니다. 당신이 이 편지를 읽을 때쯤 저는 아내와 아이를 데리고 새로운 인생을 설계하고 있을 겁니다. 약간의 식량과 옷가지 그리고 담요 두 장이 우리 집의 전부입니다. 오늘 아이 목에 걸어줄 목걸이를 완성했습니다. 참나무를 깎아 만든 비행기 목걸이입니다. 바로 인류 최초 동력기 플라이어 1호 모형입니다. 새처럼 하늘을 날고 싶은 욕망이 처음으로 실현된 순간이며 동시에 문명의 비극이 태동한 시발점이기도 합니다. 애초에 하늘을 날고 싶은 욕구는 자유를 향한 갈망이 아니었습니다. 그건 욕심의 끝이었습니다. 더 많은 것을 누리기 위해, 더 많은 것을 얻기 위해, 더 많은 것을 보기 위해 인간은 수없이 기계와 씨름했습니다. 마침내 비행기를 만들어내고 인간이 생각한 것보다 훨씬 더 많은 것이 부상으로 주어졌습니다. 그것들이 훗날 자신들을 사냥하는 도구로 전락할 수도 있다는 걸 인간들은 미처 깨닫지 못했습니다.

  저는 이제 이 문명의 이기를 무자비한 사냥으로부터 탈출하는 데 쓰고자 합니다. 그게 지금을 사는 제 욕심의 끝입니다. 누군가 끊임없이 우리 뒤를 밟습니다. 숨통을 서서히 조여옵니다. 우리는 사냥당하고 있었습니다. 목걸이에는 두 가지 뜻을 모두 담았습니다. 사냥과 탈출. 그래서 당신 혹은 우리와 관련한 아이의 신상에 관한 것은 아무것도 남기지 않았습니다. 멀지 않은 훗날을 위해 핏줄을 과감히 잘랐습니다. 이제 이 아이는 당신 혹은 우리의 아이가 아닙니다. 만약 그곳에 그놈이 살고 있다 해도 아이에게 사냥을 가르치지 않을 작정입니다. 상대방의 숨통을 단박에 끊어놓아야 제대로 된 사냥꾼입니다.

우리 아이가 훌륭한 사냥꾼이 되기를 바랍니다. 그곳에서는, 그것을 일부러 가르칠 필요가 없습니다. 집 앞을 기웃거리는 토끼를 보며, 나무를 오르내리는 다람쥐를 보며, 바람에 바스락대는 자작나무 소리를 들으며 저절로 터득해갈 테니까요. 비루하지만 미치도록 설레는 우리의 꿈이 그곳에 무사히 안착하기를 기원하며 이만 줄입니다. 건강하십시오.

시우의 눈은 눈물로 뿌옇게 흐려졌다. 거짓말. 순전히 거짓말이었다. 아버지는 살러 이곳에 온 게 아니었다. 애초에 비행기가 내려앉을 만한 곳이 존재하지 않았다. 그저 하늘을 향해 삐죽이 솟은 자작나무가 빽빽이 둘러친 곳이었다. 둔덕도 비행기가 착륙하기에는 무리였다. 고도를 조금만 낮춰도 단박에 우람한 나뭇가지에 비행기 날개가 찢길 판이었다. 눈물로 뒤범벅되어 시야는 온통 불투명해졌다. 소매로 눈물을 훔쳤다. 무엇인가를, 얼굴도 목소리도 기억나지 않는 사람에 대해 당당하게 이야기할 수 있는 게 도대체 있기나 한 걸까. 게다가 그 마음을 이해했다거나 이해할 수 없다고 감히 말할 수 있을까. 설령 그렇다 한들 시우는 둘 중 어느 쪽도 선택할 수 없었다.

고작 할 수 있는 일이란 미지의 무중력 공간을 유영하듯 제멋대로 풀어진 사지에 간신히 긴장을 유지하는 것 정도였다. 하지만 그마저도 쉽지 않았다. 온몸은 종이 인형처럼 구겨져 방풍창 저 너머로 흔적 없이 사라져버릴 것만 같았다. 아버지를 이해할 수 있으리라는 믿음이 날카로운 비수가 되어 또 다른 원망을 탄생시키는 순간이었다. 오지 말았어야 해. 그건 애초에 이해를 전제로 할 수 있는 게 아니었으니까. 우리가 범한 결정적 오류는 바로 그거지. 이해를 전제로 한 믿음. 시우는 소리치고 싶었다. 그래도 난 당신을 이해하고 싶었어요. 그래야 내가 살 수 있으니까요. 당신을 이리로 몰아온 게 무엇인지. 납득이 되어야 했다고요. 그런데 고작 이거였나요? 내가 당신을 이해할 줄, 당신이 택한 그 치졸한 자유를, 견고한 성곽에 하늘 높이 치켜든 붉은 깃발처럼 우러를 줄 알았나요? 감격할 줄 알았나요? 그보다 소품실 구석에서 몰래 피운 담배 한 개비가 훨씬 우월하고 가슴 떨린다고, 알고 싶은 건 이게 아니라 제이의 생사라고 소리치고 싶었다. 입에서 소리 대신 울음이 터져 나왔다. 아버지가 아니라 자신에게 내쏘는 것 같았다. 손으로 목을 더듬었다. 작고 단단한 나무 목걸이가 잡혔다. 처음으로 느끼는 아버지의 숨결이었다.

천천히 숲 위를 선회했다. 저기 어디 토끼가 숨어 있던 곳. 저기 어디 발꿈치를 붙이고 나이를 재던 곳. 저기 어디 나무 그늘 아래 누워 허공에 낱말을 써대던 곳. 저기 어디 풀피리를 불던 곳. 저기 어디 맨발로 달리던 곳. 저기 어디…… 그리움으로 다져진 길이 있었다. 그곳을 향해 비행기는 낮게 날았다. 그놈을 향해 정다운 구애를 보냈다. 한없이 낮고 정처 없이 부드럽게. 가슴속에서 뜨거운 기류가 비행기와 함께 돌았다. 그곳으로 돌아가. 넌 그곳에서 행복했잖아. 바람을 타고 제이의 목소리가 들려왔다. 연료 탱크는 조종석 아래쪽에 있었다. 천천히 연료 탱크를 향해 손을 뻗었다. 그때 기체가 기우뚱하며 한쪽으로 쏠리면서 심하게 흔들렸다. 시우는 두 손으로 조종간을 움켜잡았다. 비행기는 다시 수평을 유지했다. 난 아무것도 모르는 거야. 아무것도 알지 못해. 아무것도 보지 않았어. 시우는 조종간을 움켜쥔 채 멀어지는 숲을 외면했다.

비행기는 도시 후미진 공터에 착륙했다. 시우는 조종석에 얼굴을 묻고 한동안 그대로 앉아 있었다. 온몸이 땀으로 흥건했다. 안전벨트를 풀었다. 헬멧을 벗고 쇼핑백에서 옷을 꺼내 갈아입었다. 조종복과 헬멧을 가지런히 정리해 조종석에 올려놓았다. 모자를 눌러쓰고 비행기에서 내려섰다. 5월의 햇살이 뜨거웠다. 거리는 아이들로 넘쳐났다. 엄마 아빠 손을 잡고 마냥 행복한 표정을 짓고 있었다. 시우는 방송국을 향해 걸었다. 그러나 아무리 둘러봐도 방송국은 보이지 않았다. 방송국이 있던 자리에는 백화점이 들어서 있었다. 자동문으로 사람들이 쉴 새 없이 드나들었다. 아. 입에서 신음이 새어 나왔다. 시우는 비틀거리는 몸을 간신히 추스르며 백화점을 올려다보았다. 화려한 외장이 눈부셨다. 도시의 무덤이야. 지겨움의 무덤. 난 내가 지겨워. 내가 나인 게 지겨워. 그래서 날 묻을 거야. 이렇게 야금야금, 너덜너덜해져 더 이상 뜯어낼 게 없을 때까지. 제이는 가발을 벗었다. 원형 탈모 자국이 여기저기 문양처럼 나 있었다. 어차피 이렇게 빠지느니. 제이는 얼마 남아 있지 않은 머리카락을 한 움큼 움켜쥐고 가위로 싹둑 잘랐다.

잘린 머리카락이 선반 위에 수북이 쌓였다. 머리카락이 다 없어지면? 손톱을 뺄 거야. 그다음에는 발톱. 눈깔도 있고, 이 덜렁거리는 귀도 있고 팔다리도 네 개나 있잖아. 끝내 심장을 도려내겠지. 차갑게 식은 내 심장을. 그런 눈으로 보지 마. 묻어버릴 게 하도 많아서 그렇게 금방 끝나진 않을 테니까. 어쩌면 우리가 꼬부랑 할머니 할아버지가 될 때까지 여길 드나들게 될지도 몰라. 우리 축복받은 거 맞지? 세상에 자기 무덤을 드나드는 사람이 어디 있어. 근사하잖아. 그런데 넌 뭘 물으러 왔어? 제이의 목소리가 들려왔다.

시우는 인파 속을 무작정 걸었다. 어깨를 부딪치고 팔꿈치가 닿았다. 사람들은 바삐 제 갈 길을 갔다. 아무도 시우를 알아보지 못했다. 어디로 가야 하나. 어디로 가야 하나. 시우는 중얼거렸다. 사람들이 힐끗힐끗 쳐다보며 지나갔다. 얼마를 걸었을까. 유난히 뜨거운 5월의 햇살이었다. 목이 타들어갔다. 앉아서 쉬고 싶었다. 그러나 몸이 말을 듣지 않았다. 누군가에게 손목을 잡힌 채 질질 끌려가는 것처럼 온몸에 힘이 없었다. 눈이 스르르 감겼다. 아까 본 숲이 떠올랐다. 희미하게 자작나무가 딸려왔다. 입가에 엷은 미소가 잠깐 스쳤다. 하얀 설원 위로 토끼가 서성였다. 토끼를 향해 방아쇠를 당겼다. 안 돼. 누군가 외쳤다. 시우는 이미 중앙선을 가로질러 가고 있었다.

## 에필로그

 겉으로 드러난 시우의 시신은 비교적 깨끗했다. 운전자는 갑자기 뛰어든 시우를 미처 발견하지 못했다. 시신은 한때 보호자이던 린에게 인계되었다. 관에는 시우 대신 시우가 생전에 즐겨 읽던 책들을 채워 넣었다. 그 일은 비밀리에 진행되었다. 방송에서는 연일 시우의 죽음을 알리는 뉴스가 쏟아졌다. 시우가 출연한 화면을 엮어 특집 방송을 내보냈고, 시우의 생전 모습을 전하는 내레이터의 목소리는 한없이 슬프고 처량했다. 인터넷에는 시우를 애도하는 글이 쇄도했고, 장례식장에서는 팬들이 상주가 되어 문상객을 맞았다.
 린은 인부를 동원해 시우의 시신을 산중으로 옮겼다. 그곳은 아니지만 그와 비슷한 곳이었다. 린은 이곳에서 시우와 마지막 인사를 나눌 작정이었다. 그것이 이 기록의 대미를 장식하리라는 것을 예견하고 있었던 듯 린은 모든 일을 차분하고 순조롭게 진행했다. 슬프거나 아련하지 않았다. 다만 허전할 뿐이었다. 그건 죽음 앞에서 생기는 감정이 아니었다. 자신을 속여가면서까지 진행해야 했던 미련하고 지난한 어떤 기록의 끝맺음 앞에서 느끼는 일종의 피로감 같은 것이었다.

박기용이 산소마스크를 끼고 누워 있는 병실 로비에 사람들이 모여들었다. 텔레비전에서는 시우의 장례 모습을 비추고 있었다. 으레 그렇듯 꽃으로 화려하게 장식한 단에는 수많은 사람이 헌화한 국화 송이가 수북이 쌓였다. 단 가운데 영정 사진 속에서 시우는 해맑게 웃고 있었다. 그 시간 린은 낯익은 까마귀들의 울음소리를 피해 허둥지둥 산을 내려오고 있었다.

린은 기록과 개입 사이에서 끝까지 자유롭지 못했다. 〈사냥 II〉를 방영한 후 본격적으로 논란의 중심에 섰다. 린을 옹호하는 측과 그렇지 않은 측이 설전을 벌였다. 다큐멘터리의 본질을 흐려놓았다는 의견과 반대로 그 지평을 넓혔다는 의견이 팽팽히 맞섰다. 의외로 영화제에서는 후자의 손을 들어주었다. 린은 시상식에 참석하지 않았다. 기차가 터널 속으로 들어섰다. 휴대전화를 들여다보던 린이 고개를 들었다. 차창에 비친 얼굴이 유령 같았다. 다시 시선을 휴대전화로 옮겼다. 웹 서핑을 하던 손이 한 기사에서 멈쳤다. 〈시우, 그 이름 지금 어디에〉. 시우 추모 1주기를 맞아 누군가 올려놓은 동영상이었다. 린의 손끝이 파르르 떨렸다. 심호흡을 한 후 천천히 동영상을 재생했다. 〈사냥〉을 제작할 때 편집한 것으로 나중에 〈사냥 II〉에 다시 삽입한 노파의 인터뷰 장면이었다. 기차가 막 터널을 빠져나가고 있었다.

 아기를 처음 본 순간, 온몸을 관통하던 그때의 전율을 잊지 못해. 그건 남편의 죽음을 목격했을 때와 비슷한 충격이었지. 경박하게 느낌이나 기분이라고 함부로 단정할 수 없는 무엇이었어. 적당한 표현을 아직도 찾지 못했어. 몸과 정신을 다 담은 그 어떤 것이어야 해……. 혹시 아시오? 종종 둔덕에 갔지. 거기서 까마귀들과 실컷 수다를 떨다 오곤 했어. 그럼 남편을 만난 것 같았거든.
 비행기가 추락한 지 삼 일째 되던 날이었어. 주변의 불은 꺼졌지만 매캐한 냄새가 아직 남아 있었어. 수색대의 눈을 피해 바위 아래 몸을 숨겼지. 비행기는 그전에도 둔덕 근처 상공을 이따금 맴돌다 사라지곤 했어. 그럴 때마다 비행기 소리에 놀란 들짐승들이 후다닥 몸을 숨기듯 비행기가 사라질 때까지 나무 그늘에 나부죽 앉았다 일어나곤 했지. 나뭇잎 사이로 보이는 비행기는 작고 아담했어. 마치 커다란 한 마리 새 같았지. 그날 비행기는 착륙할 곳을 찾는 듯했어. 둔덕 위를 낮게 날았어. 바위 사이로 잡풀이 우거진 둔덕은 비행기가 착륙하기에는 형편없이 비좁고 울퉁불퉁했지. 공중을 한참 선회하던 비행기가 천천히 땅 위로 내려앉는가 싶더니 느닷없이 떠올랐다가 바위를 향해 곤두박질쳤어. 꽝 소리와 함께 비행기는 화염에 휩싸였어. 시뻘건 불길이 숲을 몽땅 집어삼킬 듯 타올랐지.

오래전 불타던 포목점이 떠올랐어. 발이 땅에 들러붙은 듯 꼼짝도 할 수 없었어. 저 안에 누군가 있을 텐데. 뜨끈한 오줌이 다리를 타고 흘러내렸어. 기다시피 움막으로 돌아와 양동이로 물을 퍼 날랐어. 불길 때문에 비행기 동체 가까이 접근하는 것은 무리였어. 다행히 불은 더 이상 번지지 않았어. 이튿날까지 탔지. 불이 꺼져갈 무렵 수색대가 도착했어.

수색대가 철수한 후 움막으로 돌아가는 길이었네. 둔덕에서 한참 떨어진 덤불 위에 허연 뭉치가 걸려 있는 게 눈에 띄었어. 비행기가 추락할 때 튕겨져 나온 것 같았어. 가까이 다가가 보니 무언가 이불과 옷으로 아주 두텁게 겹겹이 싸여 있었어. 얼핏 보면 그게 전부인 것처럼 보였지. 이불과 옷 따위를 둘둘 말아 던져놓은 것 같았거든. 그런데 그 속에서 뭔가가 움직이는 거야. 심장이 벌렁거렸어. 조심스레 옷가지를 헤쳐 보았지. 느릅나무 잎만 한 새하얀 아기 발이 꼼지락거리는 거야. 심장이 멎는 듯했어. 온몸이 덜덜 떨려서 서 있을 수조차 없었지. 아기였어. 뽀얀 살덩이가 나를 보고 방긋 웃는 거야. 아직 성장도 시작하지 않은 여린 목에 목걸이가 걸려 있더군. 나무를 깎아 만든 작은 비행기 모형이 달려 있는 목걸이였어. 그건 부적이었어. 그것 때문에 아기가 살아남은 거라고 믿었지. 아기를 품에 안고 누가 볼세라 허둥지둥 움막으로 돌아왔어. 물을 데워 아기를 씻기고 밤새도록 들여다봤어. 어둠 속에서도 아기는 환하게 빛났어. 신이 내린 선물이었지. 비린내 나는 젖살이었지만 고맙고 대견하고…… 미안했어. 이제 그만 제자리를 찾아주어야 할 것 같네. 그래서 말인데…… 시우에게…… 글을…… 글을 가르쳐주게나. 이것이 두 번째 부탁일세.

린은 창밖으로 시선을 돌렸다. 멀리 숲이 보였다.

| 해설 |

# 푼크툼, 문명에 찍힌 얼굴

### 정은경(문학평론가)

프랑스 철학자 롤랑 바르트는 사진 에세이 《밝은 방 –사진에 관한 노트》에서 사진을 감상할 때의 두 가지 요소를 라틴어 '스투디움(studium)과 푼크툼(punctum)'으로 이야기한 바 있다. 직접적으로 '연구'를 의미하지 않고 어떤 것에 대한 전념, 누군가에 대한 애정, 정신 집중을 뜻하는 스투디움은 일종의 교양적 이해로 '코드화된' 느낌을 뜻한다. '사랑'이 아니라 '좋아함', '즐김', '교육', '무책임한 관심' 등에 속하는 스투디움은 평균적인 정서이자 '길들이기'라 볼 수 있다. 이에 반해 푼크툼은 이러한 스투디움을 방해하는 요소다. '뾰족한 도구에 의한 상처', '찔린 자국', '흔적', '구두점'을 의미하는 푼크툼은 안온함과 교양에 대한 전복이자 위험한 욕망의 환기이며, 에피파니〔(epiphany, 현현(顯現)〕와 같은 섬광을 의미한다.

조영아의 장편 《헌팅(Hunting)》은 이러한 푼크툼에 바치는 작품이고, 푼크툼과 같은 작품이다. 문명의 도심을 벗어난 산골 소년 '시우'의 순수함과 원시성은 스마트한 기계에 포박된 현대 독자들의 가슴을 송곳처럼 찌르고, 뒤이은 그의 도시 적응 실패담은 또 한 차례 현대인의 박제화된 정념을 휘저어놓는다. 더 큰 충격과 심란함은 '시우'라는 이 원시 소년의 탄생과 죽음에 우리 모두가 참여했고 욕망했다는 데 있다. 이제 그 '통증'의 연원을 살펴보자.

'헌팅(hunting)'은 두 가지 의미를 지닌다. 하나는 사전적 의미의 '사냥'이고, 또 하나는 영상 제작 분야에서 흔히 사용하는 '촬영 장소 물색'이다. 소설 《헌팅》은 이 두 가지 의미를 모두 함축하고 있다. 《헌팅》은 우선 다큐멘터리 작가 린이 영상 제작을 위해 '숲'으로 들어가 문명과 담쌓고 살아온 소년 '시우'의 모습을, 그리고 시우가 도시로 나와 문명에 적응해나가는 일상을 담은 '가짜 다큐멘터리' 소설이다. 따라서 소설 전체가 새롭고 낯선 영상을 촬영하기 위해 감행한 '헌팅'이라 할 수 있다.

이 소설에는 시우가 토끼를 사냥하는 장면이 나오는데, 여기에서 사냥은 숲과 자연을 알아가는 시우의 성장을 의미하기도 한다. 그런 점에서 '사냥'의 사전적 의미를 충족시키고 있다. 또 하나 간과할 수 없는 점은 심층 구조에서 이 '사냥'은 소밀하게 정비되고 규격화된 사회제도와 그 속에서 살아가는 우리를 향해 있다는 것이다.

## 스투디움—카메라와 '타자'의 중지

어떤 제보를 접한 다큐멘터리 작가 린은 촬영 장비를 챙겨 숲으로 향하고 거기에서 길을 잃는다. 그리고 어깨까지 덮은 머리를 휘날리며 숲을 들짐승처럼 내달리는 소년 '시우'를 만난다. 그를 쫓아 움막에 당도한 린은 할머니와 단둘이 살아온 시우의 세계, 즉 글자나 기계 따위는 물론 사회와 언어와도 무관한 세계를 목격한다. 린에게 그곳은 어둠과 날짐승, 들쥐 고기, 뱀 고기, 토끼 고기, 맨발과 같은 원시와 야만, 위험과 비위생으로 가득 찬 곳이다. 린은 들쥐를 구워 먹는 그들을 보고 구역질을 하고, 아무 곳에나 용변을 보는 일상에 곤혹스러워하고, TV도 스마트폰도 없는 단절된 공간 속에서 지독한 무료함에 시달린다.

그러나 그녀는 차츰 이 시원(始原)의 땅에서 자신의 도시적 일상과 가치가 전복되고 "물소리와 바람 소리가 곧 말이" 되는 신비로움과 즐거움을 발견한다. 이러한 야만과 순수의 자리바꿈은 시우의 '나이 재기'와 같은 에피소드를 통해 아름답게 그려진다. 시우는 매일 아침 일어나자마자 자작나무를 향해 달려간다. 그곳에서 그는 자신의 키를 재고 표시를 해두는데, 시우는 이를 "나이를 잰다"라고 표현한다. 린은 시우에게 그것은 '나이'가 아니라 '키'라고 교정해주면서 이 둘의 차이를 설명한다. '눈에 보이는 것과 눈에 보이지 않는 것', '물리적 개념과 추상적 개념'의 차이를 설명하지만, 린은 어느새 그것이 자신의 문명화된 의식에 불과하다는 사실을 깨닫는다.

'숲'의 삶을 '도시'의 삶으로 재단하던 린은 그들과 뱀을 구워 먹고, 술을 마시며, 그들의 흥얼거림에서 즐거움을 느끼면서 자연에 서서히 동화된다. 린은 움막의 어둠에 익숙해지면서 "모든 사물이 그 실루엣만으로도 훌륭히 존재"할 수 있고, "섬세함이나 세밀함은 오히려 해가 되고 독이 될 수도" 있다는 사실을 깨닫는다. 매일 시우가 자작나무를 향해 달려가는 모습에서 "대지 혹은 광활한 숲을 향한 일종의 경배"를 느낀 그녀는 어느 날 새벽 그녀 자신이 맨발로 자작나무를 향해 달려가면서 다음과 같은 희열에 휩싸이기도 한다.

마침내 린은 달렸다. 그러자 희한한 일이 벌어졌다. 발바닥이 땅에 닿을 때마다 우주가 몸 안으로 들어오는 것 같았다. 심장이 쿵쾅쿵쾅 뛰었다. 문이 열리는 소리였다. 발바닥을 열고 린의 몸 안으로 들어온 우주는 무수한 세포마다 별을 달았다. 희미하지만 따뜻하고 노란 불이 들어왔다. 총총총 노란 불빛이 몸 구석구석을 비추었다. 린은 희미하지만 따뜻한 노란 불이 되었다. 몸의 문은 발바닥에 있었다. 어쩌면 세상의 모든 문은 가장 어둡고 낮은 곳에 있는지도 모른다. 자작나무 숲에 다다랐을 때 얼굴과 몸은 땀으로 범벅이 되어 있었다. 시우가 하듯이 발꿈치를 가지런히 모아 나무 밑동에 바싹 붙이고 고개를 똑바로 들어 나이를 쟀다. 손톱으로 꾹 눌러 표시한 곳의 눈금은 백육십오였다. 린은 백육십오 살이었다. (중략) 키와 나이의 개념이 바뀌는 곳에서 '이유' 같은 건 중요하지 않았다. 키와 나이의 개념을 바꾸어도 세상은 달라지지 않았다. 아무 일도 일어나지 않았다. (75~76쪽)

위 인용문에서 린은 자작나무 숲을 향해 달리고, 시우와 같이 자작나무에 '키'를 재면서 언어와 합리로 상징되는 '문명'이란 결국 세계의 그림자에 불과할 뿐, 어떠한 직접적인 '진짜'의 세계가 아님을 깨닫는다. 린이 포착한 원시의 숲에는 이렇듯 아름다운 시적 정경만 있는 것이 아니라, 풍장과 같은 장엄하고 숭고한 풍광도 들어 있다. 린이 그들과 함께 생활하기 시작하고 가을로 접어들 무렵 '노파'는 죽음을 맞는데, 린은 "풍장하라"는 노파의 유언대로 그녀의 시체를 숲 한가운데 버리듯 놓아둔다. 숲의 일부처럼 살아온 할머니는 시우에게 죽음이란 타인에게 자신을 내어주는 '잔치'라고 말하는데, 그녀 스스로 기꺼이 그 잔치의 일부가 되고자 한 것이다. 그러나 자연이 벌이는 '잔치'란 문명화된 린과 같은 인간의 눈에는 다음과 같이 끔찍하고 처참한 것으로 비쳐진다.

바람결에 피비린내가 섞여왔다. 까마귀들의 울음소리가 가까워졌다. 마침내 할머니가 보였다. 시신을 뜯어 먹던 까마귀들이 한꺼번에 날아올랐다. 시우의 입에서 신음이 터져 나왔다. 할머니가 아니었다. 꿈에서 본 모습이었다. 갈기갈기 찢긴 몸은 형체도 알아보기 어려웠다. 두 눈은 움푹 파인 채 피가 고였고 살점이 떨어져나간 볼과 몸은 군데군데 허연 뼈가 피로 얼룩진 채 드러났다. 한쪽 가슴은 칼로 도려낸 듯 사라졌고 나머지 한쪽도 너덜너덜 뜯겨 피범벅이었다. 밖으로 끄집어내진 내장은 햇볕에 검게 말라붙었고 하루살이와 구더기가 범벅이 되어 들끓었다. 손상된 시신에서는 악취가 진동했다. (중략) 군데군데 뼈대만 남은 노파의 시신은 더 이상 인간의 몰골이 아니었다. 누군가 알뜰히 뜯어 먹고 내버린 닭다리처럼 지나치게 간결하고 간단했다. 그래서 오히려 소름이 돋았다. 저기에 어떻게 살이 붙고 피가 돌아 기뻐하고 슬퍼했으며 행복해했을까. 그리고 사랑했을까. 인간의 몸은 놀랍도록 냉정하고 파편적이었다. 어쩌면 노파가 그토록 갈구한 잔치란 이런 것이 아니었을까. 살과 영혼을 살뜰히 발라낸, 아무런 온기도 품어지지 않는 단정함, 그 뒤에 숨은 격정의 파노라마. 그 어떤 단어나 문장으로 드러낼 수 없는 현장의 파국 같은 것이었다. (119, 121~122쪽)

위에서 노파의 시신은 일체의 인간적인 것, 문명적인 것을 포함한 영혼, 정념 등은 물론, 죽음에 관한 인간적 의미를 배제한 채 온전히 '물질'에 속한 인간존재를 보여준다. 그것은 숲, 자작나무, 어둠과 같이 린이 지닌 일체의 관념과 세속을 '무화'시키는 숭고한 경지다. 속수무책의 냉혹하고 무자비한 사연 앞에서 인간은 그저 머리를 조아리고 "사람됨이 무엇을 뜻하는지 점점 더 모르게 된다"와 같은 탄성을 내뱉을 뿐이다.

그러나 원시와 야만에 대한 이와 같은 경이의 시선이 이 소설의 진짜 이야기는 아니다. 문제는 이러한 경이의 풍광이 '기획'되었다는 것이다. 이 모든 것이 린의 카메라에 포착되고 연출된 '자연'일 뿐, 진짜 날것은 아니라는 사실. 《헌팅》의 진짜 이야기는 여기에서 비롯한다. 다큐멘터리 감독 린은 시우의 일상에서 할머니의 풍장에 이르기까지 모든 것을 낱낱이 기록한다. 그리고 그것은 시우가 도시로 나와서 살아가는 시간까지 이어진다.

'카메라(camera)'는 라틴어로 '방(chambre)'을 뜻한다. 그런 점에서 촬영이란 일체의 움직임과 생명을 일종의 '방'에 가두는 것이다. '찍는다는 것', 그것은 사냥하고 포획한다는 의미이기도 하다. 무한대로 펼쳐져 있는 이 시공간에서 '어떤 지점'에 멈춘다는 것은 특정한 시간과 공간, 각도를 선택한다는 뜻이고, 따라서 그 프레임 속에 갇힌 야생은 충분히 '인간화'되고 '속화'된 존재라고 할 수 있다. 이러한 야생의 다큐멘터리는 진짜 야생이 아니라 '인간화된' 야생일 뿐이다. 인식하고 이해한다는 것은 무형의 세계와 대상에 형태를 부여하고 인간의 '상징계' 안으로 들여와 길들이는 것이다. 불가해하고 위협적인 '타자'에 이름을 붙이고 논리를 부여하면, 길길이 날뛰던 그 타자성은 어느새 온순한 양이 되어 울타리 안에 얌전히 갇힌다.

인간의 이성은 그렇게 자연을 정복해왔고, 지금도 그렇게 미지의 것들을 점령해나가고 있다. 이성의 끊임없는 전진과 정복은 '타자의 중지'라는 목표를 향해 있다. '나'와 같은 언어로 말하기, '나'와 같은 방식으로 살기, 그 동일성에 내재된 폭력성은 이 소설에서 '나이 재기', '키 재기'의 일화에서 볼 수 있고, 도시로 나온 시우 길들이기에서도 여실히 드러난다.

이러한 폭력성은 처음부터 린의 카메라에 깊숙이 내장되어 있는 것이기도 하다. 린은 처음 오 신부의 이야기를 접하자 "직감적으로 찌가 움직이는 걸 느꼈다", "물리기만 해라"라고 생각한다. 새로운 작품에 목말라 있던 린은 시우와 할머니를 만나자 쾌재를 부르며 열정적으로 '헌팅'에 임한다. 그녀에게 할머니의 죽음은 "호재"고, 풍장과 까마귀들은 "뜻밖의 횡재"다. '나이를 재고, 토끼를 사냥하는 원시 소년 시우'는 무엇보다 그녀에게 '상품 가치'가 있는, '카메라'라는 무기를 통해 반드시 포획해야 하는 사냥감이었던 것이다. 그렇기 때문에 그녀의 카메라는 할머니의 죽음 앞에서도, 시우가 도시로 나온 뒤에도, 시우의 시체 위에서도 멈추지 않고 작동한다.

린의 렌즈에 붙은 우리의 욕망, 남김없이 훔쳐보고 정복하고자 하는 인간의 욕망은 어디서 멈추는가. '시우와 할머니'를 찍은 다큐멘터리는 흥행에 성공하고, 도시로 나온 시우는 사람들의 시선과 말 속에서 회자되고 '소비'된다. 그리고 이들 '시선'의 올가미에 갇힌 '시우'는 결국 죽음을 맞는다. 그러나 그것은 비단 '시우'라는 원시 소년의 죽음이기만 한 것일까. 인간의 욕망에 의해 희생된 것은 '시우'라는 소년만이 아니라 시우와 다르지 않은 우리 자신이기도 하다.

이 소설에서 자주 언급하는 주제 사라마구의 《죽음의 중지》는

'죽음'이 중지된 국가를 그리고 있다. 인간의 영원한 소망인 '영생'이 실현된다면, 인간은 더 많이 행복해질 수 있을까.《죽음의 중지》는 절대 그렇지 않다는 것을 보여준다. '죽음'이 중지되자 많은 소동이 벌어지는데, 장의사·보험회사·종교인 들이 집단적으로 항의하고, 사람들은 법을 피해 죽기 위해 국경을 넘기도 한다. '죽음'은 과거에도 미래에도 인간에게 '미답(未踏)'의 영역으로 존재할 수밖에 없는 근본적인 '타자성'이다.《죽음의 중지》가 보여주는 상상의 근본에는 '죽음'이라는 극단적 타자성 중지가 곧 '삶'의 중지와 다르지 않다는 사실이 내재되어 있다. "우리가 다시 죽지 않는다면 우리에게 미래는 없습니다"라는 말은, 곧 외부를 남겨두지 않는다면, 우리의 내부 또한 지속될 수 없다는 의미다.

### 푼크툼—'외부'에 머물기

숲 속에서 산골 소년으로 살아가는 '시우'의 이야기는 이 소설의 전반부 이야기고, 또 이 소설이 품고 있는 메시지의 반쪽에 해당한다. 나머지 절반은 시우의 도시 생활과 그의 가족사 그리고 파국적인 운명을 통과해야 한다.

할머니가 죽자 시우는 어쩔 수 없이 린을 따라 도시로 나온다. 도시에서 산골 소년 시우를 담은 다큐멘터리는 사람들에게 폭발적인 인기를 얻고, 시우는 인터뷰와 방송 출연으로 정신없는 나날을 보낸다. 린은 시우에게 글자와 사회적 제스처를 가르치고, 대중 앞에서 '시우'의 모습을 연출하면서 다큐멘터리 〈사냥〉의 후속작 제작에 들어간다. 린은 '도시 속의 시우'를 통해 또 하나의 다큐멘터리 걸작을 만들겠다는 욕심을 낸 것이다. 반면 다큐멘터리를 본 이후 시우는 언제든 자신을 쫓아다니는 '카메라'를 의식하고 여기에서 벗어나려고 한다. 린이 정해놓은 동선을 벗어나 배회하거나 아예 방에 틀어박혀 식사를 거부하기도 한다.

시우의 이러한 반항과 방황조차 린의 '시나리오'에서는 이미 예상된 것이다. 시우는 린의 예상대로 다시 돌아오고, 린은 대중적 스타로 떠오른 '시우'의 상품 가치를 높이기 위해 그에게 연기를 가르친다. 영화배우로 데뷔한 시우의 '스타성'은 더욱 높아지고, 그는 린의 카메라와 함께 대중의 '눈'에 노출되고 소비된다. 사람들의 열광과 패놉티콘(panopticon)과 같은 시선 속에서 '일상이 곧 연기'인 삶을 살던 시우는 '자신의 진짜 얼굴'에 대한 그리움으로 괴로워한다. 그리고 시우는 '제이'라는 아이돌 가수와의 사랑에서 그 탈출구를 발견한다. 그러나 일본 공연을 떠난 제이가 지진해일로 흔적도 없이 사라지자 시우는 한 번 더 절망한다. 다시 '연출된 삶'을 지속해야 하는 시우는 어느 날 '소포'를 받은 후 자신의 비극적 운명을 알게 되고, 결국 자신의 아버지처럼 자유를 향한 죽음의 실수를 감행한다.

짐 캐리가 열연한 영화 〈트루먼 쇼〉는 시우와 유사한 인물의 비극을 그리고 있다. 영화 속에서 트루먼은 평범한 샐러리맨으로 가정을 꾸리고 평범하게 살아가지만, 사실 그의 인생 전체는 TV 드라마 제작자가 연출하고 있는 거대한 '리얼리티 쇼'다. 24시간 그의 일상은 매일 시청자들에게 전파되는 일종의 '문화 상품'이었던 것이다. 아내, 첫사랑, 이웃의 몸짓과 언어가 각본에 따른 것이고 아버지에 대한 슬픈 기억조차 조작되었다는 사실을 알게 된 트루먼은 영화 세트장을 벗어나기 위해 바다로 향하고, 자유로 통하는 '문' 앞에 선다.

도시로 나온 시우의 삶 또한 〈트루먼 쇼〉와 크게 다르지 않다. 그는 린에게 조련되고, 누리꾼과 대중의 욕망에 부응하는 삶을 살면서 서서히 박제화된다. 자유의지에 의한 주체적인 삶이 아니라 기획되고 구획된 공간에서 '웰메이드'된 생(生). 그러나 그것이 비단 트루먼이나 시우에게만 해당될까.

우리 주위에는 수많은 학교, 병원, 영화관, 은행, 식당, 신호등, 자동차가 널려 있고 우리는 마음대로 그것을 선택해서 살아가는 듯하지만, 어찌 보면 그 거대한 세트에 의해 '구성'된 인생을 살아가는 것이다. 학교, 은행, 병원 등으로 이루어진 현대적 삶의 자판기에 의한 결과물, 그것이 우리일 수 있다. 움직이고 선택하는 것은 '우리'가 아니라 학교, 은행, 자동차들의 욕망, 무엇보다 그것들 사이를 잇는 거대한 자본의 흐름일 수 있다. 사회의 온갖 규율과 관습, 상식과 이념은 지금 우리의 삶을 질서화하고 규격화하며, 그 바깥에 대한 욕망을 금지시킨다. 트루먼의 행동반경이 세트장으로 한정되어 있듯, 우리의 자유 또한 경계 지어져 있는 것이다. 만일 그 바깥을 향한다면? 《헌팅》의 진짜 이야기는 처음부터, 이것에 관한 것이라고 할 수 있다.

시우의 비극적 운명은 처음부터 '야만'이 아니라 할아버지 박기용에서 비롯한 것이다. 대청도 인근에서 조업을 마친 배를 타고 집으로 돌아오던 박기용 일행은 실수로 북쪽 군사분계선을 넘게 되고 북한군에 납북된다. 북에서 취조와 사상 교육을 받고, 결혼까지 하여 아이 둘을 낳지만 남쪽에 두고 온 아내와 아들을 잊지 못한 박기용은 10년 뒤인 1969년 두만강을 건넌다. 그리고 그는 다시 남쪽에서 간첩죄로 체포되어 감옥에 가게 된다. 감옥에서 남쪽의 아내와 아들을 만난 그는 국가와 가족에게서 전향을 권고받지만, 자신의 양심을 지키기 위해 이를 거부한다. 1989년 사회안전법 폐지와 함께 석방된 박기용은 얼굴 본 지 오래인 아들을 찾지 않고 '만남의 집'이라는 시설로 간다.

이미 망자가 되어버린 아내 그리고 연좌제로 말미암아 '비행기 조종사'라는 꿈을 접어야 했던 아들 박승준. 박기용이 '비전향 장기수'로 남기로 결정했을 때, 그는 이미 가족과 연을 끊은 것이다. 그렇게 남은 인생을 고독하게 보내던 박기용은 TV를 보다가 아들과 꼭 닮은 '시우'를 보게 되고, 오랜 망설임 끝에 그에게 박승준의 편지를 담은 상자를 보낸다.

거기에는 어딜 가나 감시와 눈초리에서 자유로울 수 없던 박승준의 유년과 '절대 자유'를 향한 갈망이 담겨 있었다. 그 편지를 통해 자신의 가족사를 알게 된 시우는 결국 박승준처럼 자유를 향한 죽음의 비행을 하고 만다. 박승준은 비행의 꿈을 버리지 못하고, 보험 사원과 공사판 인부를 전전하다가 비행기를 몰고 아들 시우를 문명 바깥인 숲에 버리고 자살한 것. 시우는 아버지처럼 비행기를 몰고 자신이 자란 숲을 다녀온 후, 도로에 뛰어들어 생을 마감하고 만다.

문명 바깥에서 자라나 문명 안으로 포섭되어 갇혀버린 '시우' 그리고 남과 북의 경계에서 비켜나 '바깥'으로 나가버린 비전향 장기수 '박기용', 그로 인해 꿈을 빼앗기고 주변으로 쫓겨난 '박승준'. 이 세 명이 감행한 죽음의 비행은 박승준의 다음과 같은 절규를 담고 있다.

저는 이제 이 문명의 이기를 무자비한 사냥으로부터 탈출하는 데 쓰고자 합니다. 그게 지금을 사는 제 욕심의 끝입니다. 누군가 끊임없이 우리 뒤를 밟습니다. 숨통을 서서히 조여옵니다. 우리는 사냥당하고 있었습니다. (중략) 멀지 않은 훗날을 위해서 핏줄을 과감히 잘랐습니다. 이제 이 아이는 당신 혹은 우리의 아이가 아닙니다. (중략) 우리 아이가 훌륭한 사냥꾼이 되기를 바랍니다. 그곳에서는, 그것을 일부러 가르칠 필요가 없습니다. 집 앞을 기웃거리는 토끼를 보며, 나무를 오르내리는 다람쥐를 보며, 바람에 바스락대는 자작나무 소리를 들으며 저절로 터득해갈 테니까요. 비루하지만 미치도록 설레는 우리의 꿈이 그곳에 무사히 안착하기를 기원하며 이만 줄입니다. 건강하십시오. (308~309쪽)

위 인용문은 이들 세 명의 파국이 결국 카메라로 상징되는 문명과 이념의 추적에 의한 희생이었음을 보여준다. 외부와 타자를 용납하지 않는, '안'으로만 이루어진 세계, 이들의 월경(越境)은 이 세계의 찢김이고 '바깥'에 대한 증거다. 《헌팅》은 문명사회에 '헌팅'당한 산골 소년 '시우'의 비극을 그리고 있으나, 역설적으로 그것은 촘촘히 구획되고 박제화된 우리의 안온한 삶을 물어뜯는 '사냥'이다. '스투디움'의 풍광을 찢고 나온 일종의 '푼크툼'이고, 문명에 찍힌 우리의 '얼굴'인 것이다.

| 작가의 말 |

지독한 폭염이었다. 머릿속이 푹푹 익었다. 딸들을 부추겨 영화를 봤다. 한 번은 큰딸하고 〈설국열차〉를, 며칠 후에는 작은딸과 〈더 테러 라이브〉를. 영화를 본 후 집 앞 분식집에서 김밥과 칼국수를 먹었다. 오랜만에 딸들과 우아하게 데이트하고 싶었는데. 분위기 있는 곳에서 밥도 먹고 영화 이야기에 묻혀 슬며시 딸들 사는 이야기를 엿듣고 싶었는데. 두 번 다 시간과 허기에 쫓겨 허둥지둥 배만 채우고 돌아왔다.

이 작품을 쓰면서 유난히 아팠다. 너무 힘들어서 몇 번이고 그만두려 했다. 그럴 때마다 그 어떤 힘이 나를 컴퓨터 앞으로 이끌었다. 그러면 한동안은 무엇에 홀린 듯 글을 썼다. 신기하게도 그 순간은 아프지 않았다. 몸은 만신창이인데 정신은 더 맑아졌다.

나중에는 아프지 않기 위해 글을 썼다. 절대 그럴 리가 없는데, 난 그렇게 믿었다. 몸은 점점 더 나빠졌다. 결국 여름 내내 병원 신세를 져야 했다. 병원에 누워 '그 어떤 힘'에 대해 생각했다. 나를 조종하는 그 힘의 정체는 무엇일까.

 이 작품을 쓰게 된 동기는 기사로 접한 두 장의 사진에 있다. 한 산골 소년의 사진과 소녀의 사진이 바로 그것이다. 전자는 외국의 사례고, 후자는 국내 기사다. 먼저 본 것은 소녀의 사진이었다. 그 후 오랜 시간이 지난 몇 해 전 영화 잡지 한 귀퉁이에서 소년의 사진을 접했다. 피부색도 다르고 아무런 연관도 없는 두 장의 사진을 오랜 시차를 두고 따로따로 대했는데, 마치 동일 인물을 보는 듯 야릇한 기분에 사로잡혔다. 그건 불길한 징조였다. 소년과 소녀가 번갈아가며 잠을 깨웠다. 아무 말 없이 조용히 바라보다가 사라졌다. 말소리는 그들이 사라지고 난 뒤에 들렸다. 소년과 소녀는 행복하지 않다고 입을 모았다. 그건 우리도 마찬가지야, 나는 기어들어가는 소리로 간신히 대꾸했다. 소년과 소녀는 더 끈질기게 따라붙었다. 내가 한 말이 마음에 걸렸다. 컴퓨터를 켜고 궁색한 변명을 늘어놓기 시작했다. 사실은 말이야……. 만약 그 소년과 소녀가 우리를 만나지 않았다면, 하는 가정에서 이 소설은 출발했다.

 작품을 끝냈지만 여전히 마음이 편치 않다. 모르는 일이야, 발뺌하고 싶다. 그 어떤 힘에 떠밀려 그저 손가락만 움직였을 뿐 내가 쓴 게 아니라고. 그 어떤 힘, 도대체 너는 누구냐.

단순히 재미를 넘어 무엇인가 생각할 거리를 제공한다는 의미에서 두 영화 모두 훌륭했다. 두 영화감독도 나처럼 그 어떤 힘에 떠밀려 영화를 만들었을까. 뜨거운 칼국수를 먹으며 잠깐 그런 생각이 스쳤다. 모처럼 낸 시간, 데이트다운 데이트도 못 했지만 나름 우아한 시간이었다. 우아한 게 뭐 별건가. 이 찜통더위에 머리 맞대고 칼국수 한 그릇을 맛있게 비울 수 있다면 그게 바로 우아함이지. 안 그러니, 얘들아?

매번 고마운 사람이 많다. 부족한 원고를 꼼꼼히 살펴주신 한겨레출판 여러분과 정은경 선생님, 그릇에 비해 넘치게 담아주시는 박덕규 교수님, 그리고 EBS 라디오연재소설 관계자분들과 궂은 날씨도 마다 않고 낭독회를 빛내주신 많은 분께 감사드린다. 늘 곁에서 힘이 되어주는 딸들, 소설에 대한 애정이 나보다 많은 K, 고맙고 사랑한다. 내 가장 오래된 벗, 어머니께 이 책을 바친다.

2013년 가을 문턱에서
조영아

# 헌팅
ⓒ 조영아 2013

**초판 1쇄 인쇄** 2013년 9월 6일
**초판 1쇄 발행** 2013년 9월 9일

**지은이** 조영아
**펴낸이** 이기섭
**편집인** 김수영
**책임편집** 이지은
**기획편집** 임윤희 김윤정 정회엽 이조운 김준섭
**마케팅** 조재성 성기준 정윤성 한성진 정영은
**관리** 김미란 장혜정

**펴낸곳** 한겨레출판(주) www.hanibook.co.kr
**등록** 2006년 1월 4일 제313-2006-00003호
**주소** 121-750 서울시 마포구 공덕동 116-25 한겨레신문 4층
**전화** 02) 6383-1602~1603 **팩스** 02) 6383-1610
**대표메일** book@hanibook.co.kr

ISBN 978-89-8431-733-8 03810

* 책값은 뒤표지에 있습니다.
* 파본은 구입하신 서점에서 바꾸어 드립니다.
* 이 책의 일부 또는 전부를 재사용하려면 반드시 저작권자와 한겨레출판(주) 양측의 동의를 얻어야 합니다.